Život je jinde

米蘭·昆德拉

·生活在他方·

尉遲秀——譯

Milan Kundera

目錄

第一部

詩人誕生

1

詩人的母親問自己是在哪裡懷了詩人的，她只想到三種可能：某一夜在小公園的長椅上，某天下午在詩人父親的朋友的公寓裡，或是某天早上在布拉格城郊一處浪漫的所在。

詩人的父親問自己同樣的問題，結論是，詩人是在他朋友的公寓裡懷下的，因為那天什麼事都不對勁。先是詩人的母親不願意去父親的朋友家，他們吵了兩回合，又談和了兩次，他們做愛的時候隔壁公寓的門鎖吱嘎了一陣，詩人的母親受到驚嚇，於是他們暫停了一會兒，然後繼續做愛，緊張兮兮草草了事。詩人的父親把懷下詩人的原因歸咎於此。

相反的，詩人的母親絕不承認詩人是在一個借來的公寓裡懷下的（這個公寓的主要風格是單身漢的凌亂，亂七八糟的床單上蜷著一件皺巴巴的睡衣，睡衣的主人也不知是誰，母親看這光景心裡就討厭），同樣的，她也不接受在小公園的長椅上懷了詩人的可能性，因為她在長椅上做愛做得心不甘情不願，想到只有妓女才會在公園的長椅上做愛，她就覺得噁心。所以她絕對相信詩人只有可能是在一個陽光燦爛的夏日早晨懷下的，在一塊巨大的岩石後頭，這岩石悲愴地矗立在群石之間，在布拉格人星期天常去散步的一個小山谷裡。

這場景符合詩人受孕的地點，理由很多：在正午陽光的照耀下，這場景不屬於晦暗而屬於光明，屬於白天，不屬於黑夜；這是開放的自然空間中央的一個地點，所以正是為了展翅、為了飛翔而存在的一個地點；而且，這裡雖然距離城邊最後幾棟建築物沒多遠，但是已經有一幅岩石散布的浪漫景致，荒莽破碎的土壤上一塊塊岩石乍現。對母親來說，這一切似乎正是她當時心境的鮮活寫照。她對詩人父親的偉大愛情難道不是對她父母平庸規律的生活所展開的浪漫反叛嗎？富商的女兒選了一個剛畢業、一文不名的工程師，在她所展現的勇氣與這片荒莽的景致之間，難道沒有一點幽微的相似之處嗎？

詩人的母親當時正經歷著一場偉大的愛情，然而，岩石下的美麗早晨過後幾個星期，繼之而來的卻是失望。確實，當她興高采烈、心緒激盪地告訴情人說那每個月都造成她困擾的生理期已經讓她多等了好幾天，工程師卻說那肯定是因為身體循環出了點小問題，過幾天一定會恢復健康的規律。他若無其事的反應讓詩人的母親很生氣（不過在我們看來，他的若無其事是裝出來的，他其實很困擾）。詩人的母親猜想她的情人拒絕和她一起分享希望和喜悅，她因此受傷，不再和情人說話，直到醫生宣告她懷孕的那一天。詩人的父親說他認識一個婦科醫生可以幫他們解決煩惱，不會讓別人知道，詩人的母親於是抽抽搭搭地哭了起來。

反叛的結果真是動人！她先是為了年輕的工程師而反叛父母，後來又跑去找父母，請他們幫她對付他。而父母也沒讓她失望——他們去找工程師，跟他直話直說，工程師很清楚自己是躲不掉了，於是同意立刻結婚，並且無異議地接受一份足以供他開設一家建設公司的豐厚嫁妝；然後他帶著兩只行李箱的寒酸家當，搬到年輕的新娘自幼和父母一起生活的樓房裡去了。

儘管工程師立刻就投降了，但是卻無法阻止詩人的母親看見她輕率投入的情愛冒險並非偉大的愛情——她原本以為這冒險是崇高的，她以為自己可以理所當然地和情人共享這偉大的愛情。她的父親在布拉格擁有兩家生意興隆的藥品雜貨舖，她這個做女兒的對於帳目平衡的道德自然也有所信仰；自從她把一切都投入了愛情（她不是隨時都可以背叛她的父母親和她寧靜的家庭嗎？）她就希望她的伴侶也在他們共同的帳戶裡投入等量的感情。為了努力修復其中的不公正，她想從他們共同的帳戶裡把她存入的感情提領出來，於是在婚後，她一直對她丈夫擺出高傲嚴峻的一張臉。

她的姊姊前陣子離開了家裡的這棟樓房（她的姊姊結了婚，在布拉格市中心租了一個公寓），於是老商人和他的妻子留在樓下，工程師和詩人的母親則住進樓上的三個房間——兩間大的，一間比較小——房裡的擺設都跟年輕新娘的父親二十年前蓋好這棟樓房的時候一模一樣。對工程師來說，得到一個裝潢擺設樣樣不缺的家其實還滿方便的，畢竟除了前面提到的那兩只行李箱，他確實是一無所有；但他還是提出了幾項小小的規畫，想幫這三間房改改樣子。可是詩人的母親無法接受，這個曾經想把她送到婦科醫生手術刀下的男人竟然膽敢打亂屋裡舊有的布置，這屋裡還留著她父母親的精神，留著二十年來溫馨甜美的習慣，留著一家人之間的親密和安全感。

這次也一樣，年輕的工程師不戰而降，他只敢表現出一點卑微的抗議，這一點我們一定得強調一下：在他們夫妻的房間裡，有一張小桌子，粗壯的桌腳頂著一個灰色大理石的厚重桌面，上頭擺著一尊小小的裸男雕像；那男人手執一把七弦琴（琴就抵在渾圓的臀部側面）；他的右臂彎成一個悲愴的手勢，彷彿手指才剛剛用力刷過琴弦；他的右腳向前，頭微微低垂，兩眼轉向天空。容我再補充一下，那男人有一張極為俊美的臉龐，一頭鬈髮，而由於雕像是用白色大理石雕成的，這又讓那男人多了某種陰柔的調性，或者說某種神聖的少女氣息；我們之所以用上神聖這個詞，其實並非偶然：從刻在石像基座上的字看來，這個手執七弦琴的男人正是希臘神話裡的阿波羅。

可是詩人的母親幾乎每次看到這個手執七弦琴的男人就會生氣。大部分的時間，這男人都以臀部示人，要嘛被工程師拿來當帽架，要嘛是細緻的頭上掛著一隻鞋子，有時候甚至還套著工程師的一隻臭襪子，這種事對於掌管繆思女神的阿波羅來說，簡直是惡劣至極的褻瀆。

詩人的母親之所以對這一切如此不耐，她貧乏的幽默感並不是唯一的原因：其實她早就猜到了，她的丈夫把襪子套在阿波羅的身上，是要用這滑稽的把戲讓她知道，在他沉靜有禮的外貌下隱藏著什麼：他拒絕她的世界，他只是在她面前短暫地屈服片刻。

於是白色大理石做的東西成了不折不扣的古希臘天神，也就是說，一個超自然的存在跑來介入人類的世界，攪和著人類的命運，醞釀陰謀又揭開祕密。年輕的新娘把它當成自己的盟友，它若有所思的女性氣質讓它栩栩如生像個女人，它的眼睛有時會出現夢幻的虹彩，它的嘴看似在呼吸。詩人的母親愛上這個小裸男，它為了她也因為她而受到羞辱。她凝視它迷人的臉龐，她開始期望正在自己肚子裡長大的孩子長得像她丈夫俊美的敵人。她希望孩子像它，像到她可以幻想孩子是她跟這個年輕人生的，而不是跟她的丈夫。她懇求這尊雕像用魔法矯正胚胎的容貌，幫它加工，讓它變美，就像偉大的義大利畫家提香（Titien）一樣，在他的學徒畫壞的畫布上，畫出他自己的作品。

她很本能地把聖母瑪利亞當成模仿對象，這位母親不必勞駕男性就生了孩子，於是成為母愛的典範，在這樣的母愛裡，父親無緣插手，也不會來製造麻煩，她心底升起一股挑釁的欲望，想給這個孩子命名為阿波羅，因為這個名字對她的意義就是沒有凡人父親的孩子。但是她知道，她的兒子帶著這麼浮誇的名字日子會很難過，他們母子兩人也會成為眾人的笑柄。於是她想找一個配得上這位古希臘青春之神的捷克名字，她想到雅羅米爾（意思是喜愛春天的人，或者是被春天寵愛的人），結果所有人都贊成她挑選的名字。

而且，她搭車去產科診所的時候剛好是春天，是丁香花盛開的季節；在那裡，經過幾個小時的痛楚之後，年幼的詩人從母親的身體滑落到塵世髒兮兮的被單上。

2

接下來，他們把詩人放在搖籃裡，擺在床邊，她聽到甜美的哭聲，痛楚的身體充滿驕傲。我們可別羨慕她身體的這份驕傲；儘管這具身體還算不錯，可是這身體幾乎不曾有過這樣的感覺。當然，這具身體的屁股是有點呆板，腿也短了一點，但是相反的，它的胸部年輕得不得了，而在纖細的頭髮下（細到很難整出個髮型），這具身體的臉龐或許不耀眼，但是卻帶著某種含蓄的魅力。

媽媽總是對自己的含蓄很自覺，遠甚於自己的魅力，這尤其是因為她自幼就有個姊姊在身旁，她的舞藝出眾，衣服都出自布拉格最好的裁縫店，身上常帶著一支網球拍當裝飾，輕輕鬆鬆就打進了那些耍帥扮時髦的男人的世界，所以她也看不起她們家的房子。姊姊花枝招展的烈性，讓媽媽更是賭氣地確信自己的端莊是對的，她故意跟姊姊唱反調，學會去喜愛音樂和書籍裡多愁善感的莊嚴情調。

當然，在遇到工程師之前，她也曾經和另一個男孩子交往，那是個醫學院的學生，是她父母的朋友的兒子，但是這段關係並沒有給她的身體帶來太多自信。這個男孩在一個鄉間小屋裡教了她什麼是性愛，第二天，她就帶著感傷而確定的心情和他分手，她確信她的感覺和她的理性永遠不會遇到偉大的愛情。由於那時高中畢業會考剛剛結束，她宣稱自己想在工作中尋找生命的意義，於是決定在文學院註冊（儘管她務實的父親並不贊成）。

在遇到年輕傲慢的工程師之前，她失望的身體已經在大學的階梯大講堂裡寬大的長椅上度過四、五個月了，工程師在街上叫住她，約會三次之後就占有了她。而因為這一次身體得到大大的滿足（身體也大為驚訝），靈魂很快就忘了關於學術生涯的雄心壯志，急著要幫身體的忙（通情達理的靈魂總是應該這麼做的）：靈魂心甘情願地接受工程師的一切想法，接受他的歡樂無憂，接受他令人著迷的不負責任的態度。她明知這些都和她的家庭格格不入，她卻刻意去認同，因為在他們接觸的過程中，她那悲傷而端莊的身體不再疑惑，開始享受自己了——身體自己也很驚訝。

所以她終於覺得幸福了嗎？倒也不盡然：她在疑惑與自信之間搖擺不定；她脫光衣服照鏡子的時候，兩眼望著自己，有時覺得自己很誘人，有時覺得自己平庸無奇。她把自己的身體交由他人的目光擺佈——極大的不確定感因此而生。

儘管她在希望和疑惑之間如此猶疑，她還是完全掙脫了那種不成熟的逆來順受；姊姊的網球拍不再讓她氣餒；她的身體終於活得像個身體，而她也明白這樣生活才是美好的。她希望這個新生活不只是一個欺人的承諾，而是可長可久的真實；她希望工程師把她從文學院的長椅上和他家的房子裡拯救出來，她希望工程師可以把一場情愛的冒險變成生活的冒險。她之所以熱烈擁抱懷孕這件事，原因就在這裡：她看著自己，她、工程師、孩子，她覺得這個三人組合上升到群星之間，填滿整個宇宙。

我們在前一章已經解釋過：媽媽很快就明白了，尋找情愛冒險的男人害怕生活的冒險，這樣的男人一點也不想和她一起變成三位一體的雕像，一起上升到群星之間。但是我們也知道，這一次她的自信心不會在情人冷漠的壓力下崩潰。確實有某種非常重要的東西改變了。媽媽的身體——前不久還被情人的眼睛恣意擺佈的這具身體——剛剛進入它生命史上的一個新階段：它不再為別人的目光而存在，而是為了某個還沒有眼睛的生命而存在。身體的外表因此不再那麼重要；身體藉由它內部的膜接觸著另一個身體，而這體內的膜還沒有任何人看過。所以外在世界的目光只能掌握非本質性的外觀，就算工程師的意見也不算什麼了，因為他的意見一點也影響不了身體偉大的命運；身體終於達到獨立的狀態，達成完全的自主；肚子越來越大，越來越醜，但是對身體來說，這是一個儲水槽，裡頭儲存的自豪越來越多。

生產之後，媽媽的身體進入了一個新的時期。當她第一次感覺到兒子尋尋索索的嘴巴吸吮著她的乳房，她的胸中爆發出一股溫柔的輕顫，那令人微微顫抖的光芒散發到全身；像是情人的愛撫，但是裡頭又多了點什麼：一種極為平靜的幸福，一種極為幸福的平靜。這種感覺，她從前不曾經歷過；情人親吻她的乳房，那一秒鐘是幾個小時的懷疑和不信任換來的；但是現在，她知道壓在她乳房上的嘴巴會為她證明，證明有一種依戀是永不間斷，是她可以確信的。

還有另外一種感覺：情人觸摸她裸露的身體時，她總是有某種羞恥的感覺；兩人相互靠近時，總是得克服某種差異性；相擁的片刻之所以令人陶醉，只因為那不過就是片刻罷了。羞恥心永遠不會休息，它讓愛情變得讓人激動，但它同時也監視著身體，擔心身體完全投入。但是這一次，羞恥心消失了；羞恥心被廢除了。兩個身體完完全全向對方開放，毫不隱藏任何東西。

她從來不曾對其他身體如此投入，其他身體也從來不曾對她這麼投入。情人可以因為她的下腹得到高潮，但是情人從來不曾在裡面住過，情人可以觸摸她的乳房，可是情人從來不曾飲用她的乳房。啊，哺乳！她滿懷愛意望著那沒有牙齒的嘴巴像魚嘴一樣動著，她想像兒子喝她乳汁的時候也把她的思想、幻想、夢想一併喝了下去。

這是一種伊甸園的狀態：身體可以完全做為身體，不必用葡萄葉在那兒遮遮掩掩；他們在無限的空間裡，沉浸在一片安詳的時間之中；他們一同經歷的生活有如亞當、夏娃還沒咬下知識樹的蘋果前所經歷的生活；他們活在他們的身體之中，活在善與惡之外；而且還不只如此：在天堂的樂園裡，美與醜沒有差別，所以構成身體的所有東西對他們來說都沒有美醜，只有甜蜜；牙齦是甜蜜的（儘管上頭沒有牙齒），胸脯是甜蜜的，肚臍是甜蜜的，小屁股是甜蜜的，腸子是甜蜜的（有人專心監看著它的運作），奇形怪狀的腦殼上立起來的毛髮是甜蜜的。她專心關注著兒子打嗝、尿尿、大便，這不只是憂心的護士在細心呵護孩子的健康；不是的，她帶著激情，關注著這個小身體的一舉一動。

這是一種從來不曾出現的感覺，因為媽媽從小就極端厭惡人類的動物性，她厭惡別人的動物性，也厭惡自己的動物性；她覺得坐在抽水馬桶的座圈上很可恥（至少她總是小心翼翼地不讓別人看見她走進廁所），甚至還有一段時間，她羞於在別人面前吃東西，因為咀嚼和吞嚥對她來說都讓人厭惡。所以事情就怪了，她兒子的動物性在她眼裡竟然高過一切醜陋的事物，而且將她自己的身體變得純潔、變得正當了。兒子有時在她乳頭皺皺的皮膚上留下一小滴乳汁，在她看來卻有如珍珠般的露水一樣富有詩意；她經常捧起自己的乳房輕輕壓擠，就為了看見那神奇的露珠；她用食指把那滴乳汁蘸起，嚐它的味道；她對自己說，她想要知道她餵哺兒子的飲品是什麼滋味，但是她想知道的其實是自己身體的味道；由於她覺得自己的乳汁還算美味，這滋味讓她和所有其他的體液和解了；她開始覺得自己美味，覺得自己的身體怡人、自然、美好，一如大自然的一切事物，一如高大的樹木，一如低矮的灌木，一如流水。

不幸的是，她為了自己的身體感到如此幸福，以至於忘了身體的存在；有一天，她發現肚子上是一片皺皺的皮加上泛白的細紋，皮和肉並沒有緊緊相連，而是像一件縫得鬆鬆垮垮的外衣，這時，事情已經太遲了。然而，奇怪的是，她並沒有因此絕望。儘管肚子皺巴巴的，媽媽的身體還是很幸福，因為這具身體是留給兩隻涉世未深的眼睛看的，這對眼睛在這世界上只認得一些模糊的輪廓，這對眼睛也不知道（這不正是一對伊甸園裡的眼睛嗎？）在這個殘酷的世界裡，人們依據身體的美醜來區辨身體的高下。

雖說孩子的眼睛看不出高下之別，丈夫的眼睛可不是這樣，他看得再清楚不過了，雅羅米爾出生後，他想要和媽媽重修舊好，於是他們在這麼久之後又開始做愛了；但是情況跟先前並不一樣——他們會挑一些很平常、很不特別的時刻做愛，他們在黑暗裡做愛，而且很節制。對媽媽來說，這樣當然就沒問題了——她知道她的身體變醜了，她也害怕太劇烈、太激情的愛撫會讓她一下就失去兒子帶給她內心甜蜜怡人的平靜。

不會，不會，她永遠不會忘記她的丈夫曾經帶給她一種充滿不確定的愉悅，而她的兒子帶給她的是一種充滿幸福的平靜；所以她繼續在兒子身上找尋安慰（他已經會爬，會走，會說話了）。兒子生了重病，她幾乎半個月沒闔過眼，一直陪伴著這個滾燙並且痛得抽搐的小身體；這段時間，她也是在某種心醉神迷的狀態下度過的；病情開始好轉的時候，她對自己說，她抱著兒子穿越死亡的國度，而且又帶他走了回來；她也對自己說，他們共同經歷了這場考驗之後，再也沒有任何事可以讓他們分開。

丈夫的身體，包裹在西裝或睡衣之中，這個謹慎而自我封閉的身體離她越來越遠，親密的感覺也日復一日地流失，可是兒子的身體卻是分分秒秒都和她相連；當然，她不再餵他奶了，但是她教他怎麼上廁所，她幫他穿衣脫衣，幫他選髮型挑衣服，她每天都透過滿懷愛意悉心準備的菜餚接觸他的五臟六腑。兒子四歲的時候，食慾不振，她表現出嚴厲的態度；她逼他吃東西，她第一次感覺到自己不只是這具身體的朋友，而且也是這具身體的統治者；這具身體反叛，抵抗，拒絕吞嚥，但還是被限制在那裡；她懷著某種奇異的滿足看著這徒勞的反抗和屈服，那是一條細瘦的脖子，我們可以清楚地看見那口食物被人不甘不願吞下去的軌跡。

啊，兒子的身體，是她的家，是她的天堂，是她的王國……

3

那她兒子的靈魂呢？難道不是她的王國嗎？噢，是的，當然是的！雅羅米爾說的第一個詞，就是媽媽，她簡直樂壞了；她兒子的智能當時只有單一的概念，將來這智能還會增長，會變複雜，會變豐富，但她永遠會是這份智能的根柢。她感到愉快又振奮，她開始把兒子學習使用語言的一切嘗試仔仔細細地記錄下來，而且，她知道記憶很不牢靠，人生又很漫長，於是她買了一本石榴紅封面的記事本，在裡頭記下兒子嘴裡說出的每一個字。

所以，如果我們翻翻她的日記就會發現，在媽媽之後，沒多久就出現了其他的詞，爸爸這個詞直到第七位才出現，排在奶奶、爺爺、狗狗、裙裙、哇哇、尿尿這些詞的後面。在這些簡單的字詞之後（在日記裡，這些字詞旁邊都附帶一段簡短的評註和一個日期），我們可以看到最初的造句嘗試。我們因此得知，在他兩歲生日之前許久，他說出了：媽媽很好。幾個星期之後，他說出：媽媽去碰碰。因為這句話（由於媽媽不讓他在午餐之前喝覆盆子汁，他於是大聲說出這句話），他的屁股挨了一頓打，挨打之後，他哭喊著：我要換一個媽媽！相反的，一個星期之後，他說了一句話讓他母親開心得不得了：我的媽媽是世界上最美麗的媽媽。又有一次他說：媽媽，我要給妳一個棒棒糖的吻，這句話的意涵是伸出舌頭，在母親的臉上舔來舔去。

跳過幾頁，我們看到一段紀錄，其中的節律形式很引人注意。事情是這樣的，雅羅米爾的外祖父答應要給他一塊小小的巧克力麵包，但是後來他忘了這個承諾，自己把小麵包吃下去了；雅羅米爾覺得自己被騙了，很生氣，反覆說了幾次這個句子：爺爺不乖不好，偷吃我的麵包。在某種意義下，這個句子跟前面說的那個句子差不多：媽媽去碰碰。但是這一次，沒有人打他的屁股，因為所有人都笑了，連爺爺也笑了，後來，家族聚會的時候大家常拿這幾個字來開玩笑，這當然逃不過雅羅米爾敏銳的觀察。他或許不明白當時自己逗大家笑的原因，但是，對我們來說，我們很清楚，是那音韻讓他逃過一頓好打，而詩歌就透過這樣的方式，第一次在他面前展現了魔力。

日記隨後幾頁還出現了其他帶有音韻的句子，而母親的評論則清清楚楚地說明了，這對於整個家族來說，都是一個歡樂與滿足的泉源。於是，似乎就為了這個緣故，雅羅米爾為女僕安涅特造了一幅濃縮的肖像：安涅特女僕，像隻小鼬鼠。或者再跳幾行：我們去森林，快樂我的心。媽媽想像雅羅米爾作詩這回事，除了完全屬於他自身的天分，還應該歸功於她讀了那麼多的童詩給他聽，所以他才會自然而然地以為捷克文都是由長短格的詩韻構成的，可是關於這一點，我們得糾正母親的看法：在這裡，比起天分和文學範例更重要的，其實是外祖父扮演的角色，這位滿腦子務實、樸實精神的外祖父是詩歌的死敵，他故意掰出那些蠢到極點的兩行詩，再偷偷教會他的孫子。

雅羅米爾很快就發現家人帶著極大的專注將他說的話記錄下來，於是他開始刻意表現；如果他起初說那些話只是為了讓人知道他在想什麼，那麼，他現在說話則是為了贏得掌聲、稱讚或笑聲。想到他說的話會引起別人的反應，他自己就先樂了，而由於經常得不到預期的反應，他於是試著說一些不得體的話來吸引別人的注意。這一招也不是一定行得通；有一次，他對爸爸、媽媽說：你們都是膽小鬼（這句話是他在鄰居的花園裡，從一個小毛頭的嘴裡聽到的，他還記得其他的孩子都笑個不停），結果爸爸賞了他一記耳光。

從此，他非常留意大人在他所說的話裡欣賞的是什麼，贊同的是什麼，不贊同的又是什麼，有什麼話可以讓他們目瞪口呆；後來，有一天他和母親在花園裡，他說出一句充滿老祖母哀嘆憂傷調的句子：媽媽，生命就像雜草。

很難說他藉由這句話究竟想表達什麼；確定的是，他要說的並不是卑賤的韌命或是堅韌的賤命這種屬於野草的本性，總之，他想表達的大概是一種相當模糊的概念：生命是一個悲傷而徒勞的東西。儘管他心裡想說的是另一回事，但是他說出來的話卻造成極大的效果；媽媽沉默不語，輕撫著他的頭髮，用濕潤的目光望著他的雙眼。這目光讓雅羅米爾陶醉了，這目光吟唱著一首頌歌，雅羅米爾感動得想要一聽再聽。有一次散步的時候，雅羅米爾踢了一顆小石頭，他對母親說：媽媽，我剛才踢了這顆小石頭一腳，現在我為它感到很心疼，我想摸摸它，真的，他就彎下腰去摸了摸這塊石頭。

媽媽很確定，她的兒子不僅有天分（他五歲就會讀書了），而且跟其他小孩很不一樣，他敏感極了。媽媽經常把這想法說給外公、外婆聽，一旁正在乖乖地玩著玩具兵、玩具馬的雅羅米爾則是一臉好奇地看著他們。後來，他開始盯著客人的眼睛，開心地想像，這些眼睛都把他當作一個獨特的孩子，他們或許會覺得他根本不只是一個孩子。

他六歲的生日就快到了，距離他上學的日子也沒剩幾個月了，家人堅持要讓他自己住一間房，一個人睡。媽媽因為時光流逝而不捨，但也只能接受。她和丈夫商量，把樓上的第三間房（最小的那間）給兒子當作生日禮物，再給他買一張床和小孩房間所需的其他家具：一個小書架、一面鏡子（讓他愛乾淨），還有一張小書桌。

爸爸提議用雅羅米爾自己的畫來裝飾這個房間，他立刻動手把幾幅蘋果、花園的塗鴉裝了框。這時媽媽靠過來對爸爸說：「我想跟你要幾樣東西。」爸爸看著媽媽，她的聲音靦腆卻堅定，她接著說：「我想要幾張紙和一些顏料。」然後她走去坐在她房間的桌前，把第一張紙攤平，用鉛筆在上頭一筆一筆細細地畫了幾個字母；最後，她把畫筆蘸了紅色的顏料，開始給前面幾個字母著色，接著是一個大寫的V。大寫的V之後是一個小寫的i，寫到最後是這麼一句話：生命就像雜草。她端詳著自己的作品，覺得很滿意：這些字母都很工整，大小也差不多；但是她又拿起另一張紙，在上頭畫了一次同樣的一句話，然後開始著色，這次她用的是深藍色，因為她覺得這個顏色比較符合兒子的箴言散發的那種無法言喻的悲傷。

後來她想起雅羅米爾說過：爺爺不乖不好，偷吃我的麵包，她的嘴角浮現了幸福的微笑，她開始寫（用鮮豔的紅色）：爺爺很乖很好，他最愛吃麵包。然後，她偷偷笑著，又想起你們都是膽小鬼這句話，但是她忍著不把這句話寫下來，她寫的是（她塗上綠色）：我們去森林，快樂跳舞我的心，接下來是（用紫色）：安涅特姐姐，像隻小蝴蝶（確實，雅羅米爾說的是安涅特女僕，可是母親覺得女僕和鼬鼠這兩個詞都不好聽），接著她想起雅羅米爾彎腰撫摸小石頭的畫面，她想了一下，開始寫（用的是天藍色）：我沒辦法傷害一顆小石頭，最後，她有點不好意思，但是又很高興，她寫了這句話（用的是橘色）：媽媽，我要給妳一個棒棒糖的吻，還有（用金色的字母寫的），我的媽媽是世界上最美麗的媽媽。

生日的前一天晚上，爸爸媽媽把興奮過度的雅羅米爾送到樓下，睡在外祖母的房間，他們倆則在樓上搬家具，裝飾牆壁。第二天早上，他們把孩子叫來這個面目一新的房間裡，媽媽很緊張，雅羅米爾卻沒有做出的任何反應可以消除她的不安；雅羅米爾很驚訝，但他什麼也沒說；他最感興趣的是那張書桌（但他表現的方式是緩緩的，靦腆的）；這張桌子很奇怪，像小學裡的斜面書桌，寫字檯（是斜的，可以活動的，寫字板底下有個地方是用來放書本和簿子的）和座位是連成一體的。

「嗯，你覺得怎麼樣，你不喜歡嗎？」媽媽迫不及待地問了。

「喜歡啊，我喜歡。」孩子答道。

「那你最喜歡的是什麼？」外祖父問道，他和外祖母一直站在房門口，望著眾人期待已久的這一幕。

「書桌。」孩子說。他坐了上去，掀開寫字板然後又蓋上它。

「那你喜不喜歡這些畫？」爸爸指著牆上裝了框的畫說。

孩子抬起頭微笑著說：「我認得它們。」

「那你覺得這些畫怎麼樣？像這樣，掛在牆上？」

孩子一直坐在他的小書桌上，點頭表示他喜歡牆上掛的那些東西。

媽媽的心頭揪著，她真希望自己可以從房間裡消失。但是她就在那裡，沒辦法靜默地略過那些裝了框的文字，因為她會覺得靜默是一種譴責。於是她說話了：「那你看看這幾些句子。」

孩子低下頭，看著小書桌的裡面。

「你知道，我想，」母親心裡一片混亂，她接著說，「我想要你記得你是怎麼長大的，從搖籃一直到學校，因為你是個聰明的小男孩，你是我們每個人歡樂的……」她說這話的樣子彷彿在道歉，而且因為不好意思，還重複了好幾次同樣的話。最後，她不知道還能說些什麼，於是閉上了嘴。

但是她錯了，她以為雅羅米爾不喜歡她送的禮物。雅羅米爾確實想不出該說什麼，可是他並沒有不高興；他一向對自己說過的話很自豪，而且他也不喜歡對著空氣說話。現在，他看到媽媽用顏料把這些話仔仔細細地寫下來，變成一幅幅的畫，他的心底湧上一股成功的感覺，這成功如此巨大、如此突然，讓他不知該如何回應，所以有點不好意思；他知道自己是一個說話總是引人側目的小孩，他也知道，這個孩子在這一刻，應該說些引人側目的話，只是這一刻他的腦子裡沒有半句引人側目的話，於是他低下頭來。但是當他從眼角餘光瞥見牆上那幾句他說過的話，那些話凝固在那裡，定在那裡，比他自己更持久，更偉大，他因而陶醉了；他覺得被自己包圍了，他覺得有數不清的自己，填滿整個房間，填滿整棟房子。

MILAN KUNDERA

4

開始上學以前，雅羅米爾就已經會讀會寫了，媽媽決定讓他直接去讀二年級；媽媽從教育部弄來一個特許命令，於是雅羅米爾通過特別委員會為他舉辦的考試之後，就坐在比他大一歲的學生當中上課了。由於學校裡每個人都讚美他，所以教室對他來說，不過就是家裡的一個倒影罷了。母親節那天，所有學生都要在學校展出他們的作品。雅羅米爾是最後一個上台的，他朗誦了一首感人的短詩，讀畢，整個家長席傳來熱烈的掌聲。

但是他很快就觀察到，在這群為他鼓掌的人後頭，有另一群人對他有敵意，他們在那兒偷偷窺伺他。他在擠滿人的牙科候診室裡遇到一個班上的同學，他們靠窗坐在一起，雅羅米爾看到有個老先生笑容可掬地聽著他們說話。雅羅米爾受到這個感興趣的訊號鼓勵，他問了他的同學（他把聲音拉高了一點，好讓每個人都聽到這個問題），如果他是教育部長，他會怎麼做？由於他的同學不知道該說什麼，他於是開始陳述自己的想法，這種事對他來說一點也不難，因為他只要重述他外祖父說過的話就行了，外祖父總是時不時就拿這些話逗他玩。嗯，如果雅羅米爾是教育部長，那麼上課的時間會變成兩個月，放假的時間是十個月，老師得聽小朋友們的話，還得去糕餅店買點心給小朋友們吃，還會發生很多很厲害的事，雅羅米爾使出渾身解數把種種細節說出來，他的聲音高亢，清晰可聞。

接著，診療室的門開了，一個護士陪著患者從裡面走出來。候診室裡有個太太出聲了，這位太太的膝上有一本書，她把書半合起，一根指頭夾住正在看的地方，轉過頭用近乎哀求的聲音對護士說：「拜託您，跟這個孩子說一下好不好！他以為自己在登台演出，真是嚇人哪！」

聖誕節過後，老師叫所有小朋友到講台上說他們在聖誕樹下找到什麼禮物。雅羅米爾開始一樣樣說出來，積木、雪橇、冰刀、書，但是他很快就發現小朋友們看他的目光不像他自己看他們那麼熱情，有幾個還一臉漠不關心甚至帶著敵意。他於是停了下來，不再細數其他禮物了。

別誤會，別誤會，您別擔心，我們可沒打算要重複那些老掉牙的故事，說是窮人家的孩子們憎恨那個富家小孩；其實在雅羅米爾的班上，有些孩子的家境比他家富裕，可是他們跟其他同學相處得很好，其他同學也不會因為他們家的財富而說他們不好。那麼雅羅米爾的同學們不喜歡他究竟是為了什麼？他到底是哪裡惹人嫌？是什麼東西讓他和別人不一樣？

我幾乎忍不住要說：不是因為家裡有沒有錢，而是因為對媽媽的愛。這種愛在所有事物上頭都留下了痕跡；這種愛刻在襯衫上，刻在頭髮上，刻在雅羅米爾的遣詞用字上，刻在他放作業本的書包上，刻在他在家消磨時間讀的書上。一切都是特別為他挑選，特別為他安排的。他那精打細算的外祖母為他縫製的那些襯衫——天知道為什麼——不像男孩子的襯衫，反倒像女孩子的罩衫。他得留長頭髮，還得用母親的髮夾把頭髮固定在前額，才不會遮住眼睛。下雨的時候，媽媽會帶一把大雨傘在學校門口等他，其他同學則是脫了鞋子，踩著一攤攤的積水一路玩回去。

母親的愛在男孩的額頭刻下印記，推開了同學們的好感。當然，隨著時光流逝，雅羅米爾學會如何巧妙地隱藏這恥辱的印記，但是在他光榮的入學之後，他也經歷了一段艱難的時期（大約一兩年），他的同學們盡情地嘲笑他，還揍了他好幾次，只是為了尋尋開心。可是就算在這段最艱難的時期裡，他也擁有幾個朋友，他對這幾個朋友終身感激；在這裡我們得稍微提一下：

第一號朋友，是他的爸爸。爸爸有時候會拿著足球（他當學生的時候常踢足球），雅羅米爾則守在花園裡的兩棵樹中間；爸爸把球踢向他，雅羅米爾則想像自己是守門員，為捷克斯洛伐克的國家代表隊把關。

第二號朋友，是他的外祖父。外祖父經常帶雅羅米爾去他經營的兩家店舖：一家是很大的藥品雜貨舖，現在已經完全由雅羅米爾的爸爸經營了，另一家則是香水店，售貨員是個年輕的女人，她總是笑容可掬地接待這個小毛頭，讓他去聞所有的香水，所以雅羅米爾沒多久就學會如何辨認各種不同品牌的氣味了；接下來，他閉上眼睛，要外祖父拿不同的瓶子放在他鼻子前面考他。「你是香水天才」，外祖父大大稱讚他，雅羅米爾則夢想著要發明新的香水。

第三號朋友，是阿里克。阿里克是一隻小瘋狗，在雅羅米爾的家裡住了有一段時間；雖然這隻狗的教養很差又不聽話，雅羅米爾還是在牠身上投射了不少美夢，他幻想阿里克是個忠誠的朋友，總是在學校的走廊上，在教室門口等他，一下課就陪他回家，阿里克如此忠誠，結果所有的同學都很羨慕雅羅米爾，都想要跟著他。

為狗發夢成了雅羅米爾孤獨時的最大樂趣，這美夢甚至讓他掉進一種怪異的善惡二元論：對他來說，狗代表的是動物世界裡的善，是一切自然美德的總和；他想像狗與貓之間的一場大戰（這場戰爭裡有將軍，有軍官，有他和玩具兵玩的時候學來的一切戰爭把戲），他總是站在狗的這一邊，因為人總是應該站在正義的一方。

而由於他有很多時間都拿著紙和鉛筆待在父親的辦公室，狗於是也成了他畫畫的重要主題：這些畫裡有無數以狗為主角的史詩畫面，將軍、士兵、足球選手、騎士。由於這些角色很難用四條腿的形態表現，雅羅米爾於是用人的身體來呈現。這真是個偉大的發明！其實當雅羅米爾試圖要畫人的時候，總是遇到一個嚴重的問題：他畫不出人的臉；相反的，他可以把長長的狗臉加上黑黑的鼻頭畫得很出色，結果他的幻想和他的笨拙生出了一個狒狒人的怪異世界，這個世界裡的人物很容易也很快就可以畫好，並且讓人聯想到足球賽、戰爭和一些荒誕的故事。雅羅米爾畫了一連串的冒險故事，也塗黑了大量的紙張。

只有第四號朋友是跟他同年的男孩子：那是他班上的同學，他父親是學校的門房，個子矮矮的，臉色泛黃，經常向校長打學生的小報告；被打了小報告的學生則把帳算在他兒子身上，他兒子於是成了班上的倒楣蟲。當班上的同學一個接一個離開雅羅米爾的時候，只有門房的兒子一個人繼續忠誠地崇拜雅羅米爾，終於有一天，雅羅米爾邀他去他在郊區的家；門房的兒子在那裡吃午餐，在那裡吃晚餐，和雅羅米爾一起玩積木，和雅羅米爾一起做作業。接下來的那個星期天，雅羅米爾的父親帶他們兩個人一起去看足球賽；比賽很精彩，更精彩的是雅羅米爾的爸爸知道所有球員的名字，他以行家的架式評論了整場比賽，門房的兒子著迷到目不轉睛地盯著他，於是雅羅米爾更有理由驕傲了。

這樣的友情看起來有點滑稽：雅羅米爾總是穿得十分講究，門房兒子的衣服則是破得露出手肘；雅羅米爾的作業總是一絲不苟，門房的兒子則是對讀書一竅不通。可是雅羅米爾和這個忠誠的同伴在一起覺得很舒坦，因為門房的兒子強壯極了；有個冬日，班上幾個同學想打他們，沒想到碰上了強敵；雅羅米爾很得意，因為他和他的朋友打贏了人數多過他們的一幫對手，可是抗戰勝利的魅力和攻擊獲勝的魅力是不能相比的：

有一天，他們兩人在郊區的空地上閒逛，遇到一個梳洗得乾乾淨淨，打扮得漂漂亮亮的小男生，一看就覺得他是要去參加兒童舞會。「媽媽的心肝寶貝！」門房的兒子這麼說，然後把他攔了下來。他們問他一些嘲諷的問題，看他害怕他們就開心。最後，小男生鼓起勇氣要把他們推開。「你好大的膽子！你要付出昂貴的代價！」雅羅米爾大叫，因為這放肆的動作傷害了他，直到靈魂的深處；門房的兒子把這句話解釋為某種訊號，他打了那個小男生的臉。

心智與肉體力量的結合有時候可以很出色。英國詩人拜倫不就是狂戀拳擊手傑克森，而傑克森則是盡心盡力地用各種運動來訓練這位難搞的爵士嗎？「別打他，抓住他就行了！」雅羅米爾對他的朋友這麼說，然後他去摘了一株蕁麻；接著他們強迫小男生把衣服脫掉，兩人用蕁麻抽打他，從腳打到頭。「你媽媽看到她的心肝寶貝紅得像條煮熟的蝦，一定會很高興。」雅羅米爾說這話的時候，心裡感受到一股偉大的情感，來自他對同伴熱烈的友情，他的心裡同時也感受到另一股偉大的情感，來自他對世上所有心肝寶貝熱烈的恨意。

5

但是雅羅米爾為什麼一直是獨生子？難道媽媽不想要第二個孩子嗎？事實剛好相反：她非常想再找回剛當媽媽那段日子的幸福，但是她的丈夫總是有一大堆理由把生第二個小孩的日子一再推遲。當然，她想要生第二個孩子的欲望不曾稍減，但她卻不敢再提，因為她怕再次遭到丈夫拒絕，她知道這樣的拒絕會讓她感到羞辱。

但是她越是遏止自己母性的欲望，她就越容易想起；她想著這件事彷彿想著一件地下的、違法的、禁止的事；結果，她丈夫可以讓她生孩子這回事之所以吸引她，不再只是因為孩子，而是在腦海裡變成一種淫蕩而曖昧的聲音：來吧，讓我生個小女孩，她在心裡對丈夫這麼說，這話讓她覺得很興奮。

一天晚上，這對夫妻很晚才從朋友家回來，滿愉快的，雅羅米爾的父親在妻子身邊躺下之後把燈熄了（請注意，打從結婚以後，他總是在黑暗中占有她，不是透過視覺，而是透過觸覺，任由慾望驅使），他丟開被子，和她的身體交纏。由於他們平日的性愛頻率甚低，加上葡萄酒的微醺，她把自己完全獻給了他，感受到長久以來不曾享受到的快感。兩人一同生個孩子的念頭又再一次填滿她的腦子，當她意識到丈夫快要高潮時，她不再壓抑自己，她在出神的狀態下，拋開了平日的羞恥心，開始對丈夫大叫，叫他不要離開她的身體，說她要幫他生一個孩子，要幫他生一個漂亮的小女兒，她抽搐著把丈夫緊緊抱住，她的丈夫為了不讓她達成心願，不得不用蠻力使勁掙開。

接下來，他們並肩躺著，筋疲力竭，媽媽靠到丈夫身旁，在他耳邊輕聲細語，說她還想要一個他的小孩；別誤會，她不想再提這件事，她只是想向他解釋，也可以說是道歉，她要告訴他，為什麼，就在幾分鐘前，她會用這麼激烈、這麼出乎意料的方式展現她想當母親的欲望（她也願意承認，或許這方式很不得體）；她補充說，這次他們一定會有個小女兒，在小女兒臉上的線條裡，他會認出他自己，就像她在雅羅米爾的臉上看見自己。

這時工程師對她說（這是結婚之後他第一次提起這件事），他說，他從來沒有想過要擁有她的孩子；在第一個孩子的這件事上，他不得不讓步，但是現在該輪到她讓步了；如果她希望讓他在第二個孩子的臉上看到自己，他可以向她保證，他會在這個孩子的臉上找到和他自己最相似的形象，但是這個孩子永遠不會出生。

他們並肩躺著，媽媽不再說話，片刻之後，她開始啜泣，她鎮夜哭泣，她的丈夫甚至連碰都沒碰她一下，只是說了幾句試圖緩和她情緒的話，但是這些話根本無法穿透淚海最表面的浪潮；她最後終於覺得一切都明瞭了：活在她身邊的這個男人根本沒愛過她。

她陷入悲傷之中，這是她經歷過最深沉的悲傷。幸好，她丈夫不肯給她的慰藉，別的東西給了她：那就是歷史。就在我們剛剛提到的那一夜過後三個星期，她的丈夫收到動員令，他打包好行李，赴前線去了。戰爭隨時有可能爆發，人們都在買防毒面具，並且把地窖變成防空洞。媽媽抓住祖國的不幸宛如抓住一隻拯救她的手；她悲愴地經歷祖國的不幸，並且經常花上好幾個小時跟兒子說故事，她胡亂地爬梳這些事件，讓它們帶上鮮活的色彩。

後來，列強在慕尼黑達成協議，雅羅米爾的父親也從一個被德軍占領的小堡壘回來了。從此，所有家人都聚在樓下外祖父的房裡度過一個又一個晚上，檢視著歷史的不同進程——才沒多久之前，大家都還以為歷史半睡半醒（但是說不定歷史只是假裝在睡覺，其實卻在那兒窺伺著），沒想到這會兒它竟然從巢穴裡跳了出來，用它高大的身形讓世上其他事物都消失在它的暗影裡。噢，這感覺多好啊，這暗影保護著她！捷克人成群從蘇德台山區逃離邊界，而波希米亞[1]依然留在歐洲的中央，被人解除了所有的防禦，像顆剝了皮的橙子，六個月後，德軍的坦克在清晨入侵布拉格的市街。這段時間，媽媽一直待在一個士兵身旁，人們禁止這個士兵捍衛他的祖國，媽媽則完全忘了，正是這個男人從來不曾愛過她。

然而，儘管歷史在這段期間如此激昂地湧現，日常生活早晚還是會從這片暗影之中浮現，而婚姻之床也會出現在日常生活壯觀的瑣事和駭人的一成不變之中。一天晚上，雅羅米爾的父親剛剛把手重新放上媽媽的乳房，媽媽就意識到，如此撫摸她的男人和那羞辱她的男人是同一個人。她把他的手推開，並且很巧妙地提起他前陣子說的那些粗魯的言語。

她不想傷害人；她只是想以這樣的拒絕說清楚，國家民族偉大的動盪無法讓人忘卻心靈卑微的動盪；她想給丈夫一個機會，讓他在此刻改正自己昨日說過的話，讓他在今日將勇氣歸還給他先前羞辱過的女人。她以為國家民族的悲劇會讓她丈夫變得比較有感情，就算只是輕輕的愛撫，她都會心懷感激地接受，把它當作悔改的訊號，當作他們愛情故事的新篇章。可是，唉！丈夫的手從妻子的乳房上被推開之後，他就翻過身去，沒多久就睡著了。

在布拉格學生大規模示威之後，德國人關閉了捷克所有的大學，媽媽徒勞地等待丈夫再次將手伸進被窩，放在她的胸部。外祖父發現香水店美麗的售貨員十年來都在坑他的錢，他氣得要命，最後中風而死。捷克的大學生被裝進載牲畜的火車送到集中營，媽媽去看的醫生嘆息說她神經的狀況很糟，建議她去休養一陣。他告訴媽媽有個小型的溫泉療養院，旁邊有個包膳宿的地方，那裡河流、水塘環繞，每年夏天都吸引很多喜愛游泳、釣魚、划船的觀光客。時間是初春，媽媽想到河畔的漫步就滿心讚歎。但是接下來她卻害怕起歡樂的舞曲，那被人遺忘的樂音依舊迴盪在餐廳的露台，宛如刺人的夏日回憶；她害怕自己的鄉愁，於是她決定不要獨自一人去溫泉療養院。

啊，沒錯！她一下就想到要和誰一起去了。由於她丈夫帶給她的悲傷，由於她想要生第二個孩子的欲望，她有好一陣子幾乎忘了他。她怎麼會這麼笨，她怎麼會這樣傷害自己還忘了他！她懊悔地倚在他的身上對他說：「雅羅米爾，你是我的第一個孩子，也是我的第二個孩子，」她一邊說一邊把他的臉往自己的乳房上壓，接著又繼續她那沒頭沒腦的句子：「你是我的第一個，第二個，第三個，第四個，第五個，第六個，第十個孩子……」然後她以吻覆滿雅羅米爾的臉。

＊本書註解除特別標示【法文版註】，皆為譯者註。
1. 波希米亞：捷克共和國所在地區的傳統地理名稱。

6

一位滿頭灰髮，身形挺直，個子高大的太太在車站月台上迎接他們；一個強壯的農人把兩只行李箱提到車站入口處，套著一匹馬的黑色馬車已經在那裡等著他們了；農人坐上車夫的座位，雅羅米爾、母親和高大的太太則坐在兩排面對面的軟墊長椅上，馬車載著他們穿越小城的街巷直到一個廣場，廣場的一側是文藝復興風格的迴廊，另一側是一排鐵柵欄，後頭則是一片花園，裡頭矗立著一座古老的城堡，外牆爬滿葡萄藤；接著他們沿著河岸往下走；雅羅米爾看見一整排黃櫨木的小屋，一塊跳板，幾張單腳的白色小圓桌，還有椅子，遠處則是一棵棵白楊木沿著河岸排開，這時，馬車已經朝著零零落落散布在河畔的別墅兀自駛去了。

馬車在其中一棟別墅前面停了下來，農人從他的座位走下來，提著兩個行李箱，雅羅米爾和母親跟著他走過花園、大堂、樓梯，來到一個房間，裡頭並排擺著兩張床，就像夫妻的床那樣並排擺著，房裡有兩扇窗，其中一扇窗像門一樣開著，窗外就是陽台，從窗口可以看到花園，花園的盡頭就是河流。媽媽走近陽台的欄杆，開始深呼吸：「啊！真是太靜了！」她一邊說，一邊繼續深深地吸氣吐氣，她望著河邊，一艘紅色的小船晃來晃去，靠著一道木棧橋泊在岸邊。

同一天晚上，他們在樓下的小廳吃晚餐，她認識了另一間房的一對老夫婦，每天晚上，小廳裡盡是漫長而安靜的對話窸窸窣窣的聲音；大家都喜歡雅羅米爾，媽媽則是開心地聽他閒扯，聽他講他的想法，聽他謹慎地說大話。是的，謹慎：雅羅米爾永遠不會忘記牙科候診室的那位太太，他一直在找一個防護罩，好讓自己逃離她惡意的目光；當然，他始終渴望被人讚賞，但是他已經學會要天真而謙虛地說出簡潔的句子，藉此贏得讚賞。

矗立在寧靜花園裡的別墅；深暗的河流與停泊的小船讓人想到漫長的航行；黑色的馬車不時會停在別墅前，把那位高大的太太接走，她就像那些描寫城堡與宮殿的書裡出現的公主；還有一個廢棄的游泳池，走下馬車的時候，我們可以直接走下去，彷彿從一個世紀到另一個世紀，從一個夢到另一個夢，從一本書到另一本書；文藝復興風格的廣場，一旁是窄窄的迴廊，迴廊的圓柱後頭藏著一個個以劍互搏的騎士；這一切構成一個魔魅的世界，雅羅米爾著迷地走了進去。

帶狗的男人也是這個美麗世界的一部分；他們第一次看到他的時候，他在河邊動也不動地望著水；他穿著一件皮大衣，一隻黑色的狼狗趴在他的身邊；在靜止不動的畫面裡，他們倆像是來自另一個世界的人物。第二次，他們又在同樣的地方遇到他，男人（還是穿著皮大衣）把木棍往前一丟，狗兒就跑去銜回來。第三次相遇（背景還是一樣：白楊木和那條河），男人微微向母親點頭致意，然後，目光敏銳的雅羅米爾發現，他回頭望了他們許久。第二天，散步回來的時候，他們看到黑色的狼狗趴在別墅的入口處。他們走進大堂的時候，聽見裡頭傳來說話的聲音，聽得出這個男聲來自狗的主人；他們的好奇心被撩撥起來，於是他們在大堂裡待了一陣子，一邊閒聊一邊東看西看，直到那位高大的太太（也就是別墅的房東）出現。

媽媽指著狗說：「這隻狗的主人是什麼人？我們散步的時候總是遇見他。」「他是城裡高中的美術老師。」媽媽故意讓房東知道，她很樂意和美術老師談一談，因為雅羅米爾很喜歡畫畫，她想聽聽專家的意見。房東把那個男人介紹給媽媽認識，於是雅羅米爾跑回房把他的圖畫本拿來。

接下來，他們四個人都坐在小廳裡，房東、雅羅米爾、狗的主人（他檢視每一張畫），還有媽媽（她用一則評論陪伴檢視的工作）：她解釋道，雅羅米爾總是說他感興趣的不是去畫那些風景或靜物，而是畫出動作，而且真的，她說，她覺得他的畫擁有驚人的生命力和動力，儘管她無法理解為什麼畫裡的主角總是狗頭人身；如果雅羅米爾畫一些有人臉的真實人物，他這些不怎麼樣的作品或許還有一點什麼價值，但是像這樣，很不幸的，她就沒辦法說這個孩子的作品有沒有意義了。

狗的主人很滿意地檢視了這些畫，然後說這些畫裡吸引他的正是這種狗頭人身的結合。因為這種幻想的結合方式並不是一個偶然的想法——就像許多孩子畫出來的景象所證明的——而是一個揮之不去的形象，是某種東西把根柢潛藏在深不可測的童年深處。雅羅米爾的母親應該避免只以她兒子重現外在世界的技巧來評判他的天分；這種技巧，不論誰都學得會；做為畫家（他暗示說，現在，教人畫畫對他來說是一種必要之惡，因為他得賺錢度日），這孩子的畫吸引他的地方，正是他投射在紙上的這個極具原創性的內在世界。

媽媽開心地聽著畫家的讚美，高大的太太輕輕撫著雅羅米爾的頭髮，還說他的前途一片大好，雅羅米爾則看著桌子底下，把他聽見的一切都錄在記憶裡。畫家說明年他會被調到布拉格的一所高中，他很樂意看到母親再拿她兒子的其他作品來給他看。

內在世界！這是個偉大的字眼哪，雅羅米爾聽得滿足極了。他從來沒忘記在五歲的時候，人們已經認為他是個獨特、與眾不同的孩子；班上同學的行為——嘲笑他的書包或是他的襯衫——正好肯定了他的獨特（這種肯定的方式有時候是很冷酷的）。但是，直到目前為止，這種獨特對他來說都只是一個空泛而不確定的概念；一個無從理解的希望或者說是一個無從理解的拒斥；可是現在，他的獨特剛剛得到一個名字：一個原創的內在世界；而且這個命名立刻找到了十足具體的內容：呈現狗頭人身的幾幅畫。當然，雅羅米爾很清楚，他之所以會發現這些得人讚賞的狒狒人完全是出於偶然，原因無他，只是因為他不會畫人的臉；這讓他產生了一種很混亂的想法：他內在世界的原創性並非勤奮努力的結果，而是透過他腦子裡偶然且自然發生的東西表現出來的；這原創性就像個禮物，從天上掉了下來。

從此，他更加留意要遵從自己的想法，他開始欽佩這些想法。譬如，他想到自己死後，他所生活的世界將不復存在。這個想法一開始只是從他的腦袋裡冒出來，但是這一次，他知道這東西來自他內在的原創性，所以他不會讓它溜走（從前，有多少其他的想法從他眼前溜走啊），他立刻把它制住，從每一個面向來觀察它，檢視它。他沿著河邊走，時而閉上眼睛問自己，當他閉上眼的時候，河流是否依然存在。顯然是的，每次他一睜開眼睛，河流都繼續在流，但是令人驚訝的是，雅羅米爾沒辦法把這看作是河流在他看不見的時候真實存在的證據。他覺得這事極其有趣，他至少花了半天的時間在做這項觀察，然後他把這事告訴了媽媽。

這段假期接近了尾聲，母子倆談天的樂趣有增無減。現在，他們兩人獨自在入夜之後去散步，在河邊古舊的長木椅上，他們手牽著手，望著碩大的月亮在水波上蕩漾。「真美啊，」媽媽讚歎著，孩子望著月光下瀲灩的水紋，夢想著悠悠緩緩的河水；媽媽想到再過幾天就要重回空虛的日子，她說：「我的小寶貝，我的心裡有一種悲傷你永遠也不會明白。」然後她望著兒子的眼睛，心想，在這雙眼睛裡有一種偉大的愛以及想要理解她的渴望。她很害怕；她總不能把女人的心事透露給一個孩子吧！可是就在此時，這雙善解人意的眼睛吸引著她，宛如一種罪惡。他們並肩躺在夫妻的床上，媽媽想起她以前就是這麼睡在雅羅米爾的身邊，直到他六歲，那時她很幸福；她心想：這是在夫妻的床上唯一讓我感到幸福的男人；這想法先是讓她露出微笑，但是當她再次看見兒子溫柔的目光，她心想，這個孩子不僅可以讓她不再想起那些惱人的事（所以給了她遺忘的慰藉），而且還專心聆聽她（所以帶給她理解的鼓舞）。她說：「我想讓你知道，我的人生根本不曾充滿愛」；還有一次，她甚至對他說：「做為媽媽，我很幸福，可是媽媽不只是媽媽，媽媽也是女人。」

是的，這些未完成的告白吸引著她，宛如一宗罪，而她心裡是明白的。有一天，雅羅米爾突然對她說：「媽媽，我沒有那麼小，我懂妳的。」她幾乎嚇壞了。當然，這個孩子並沒有猜到任何確切的事，他只是想讓媽媽知道，他可以為她分擔任何一種悲傷，但是他說出來的話卻負載著沉重的意義，媽媽在這些話裡彷彿看見一道乍現的深淵：那是悖德的親密關係與禁忌的理解方式所形成的深淵。

7

那麼雅羅米爾的內在世界如何繼續綻放？

他在這個時期並不耀眼；他在小學輕輕鬆鬆就表現優異的功課到中學就困難多了，內在世界的榮光也消失在這片黯淡之中。老師總是講起一些悲觀的書，讓人看到人間盡是悲慘破敗，這讓雅羅米爾關於人生與雜草無異的至理名言變得平庸而可恥。雅羅米爾再也不相信他某一天想到或感覺到的東西只屬於他自己，彷彿所有想法自始至終都以某種確定的形式存在人世間，我們只是借用它們，一如去圖書館借書。可是這麼說來，他到底是誰？在現實裡，他的自我內涵有可能是什麼？他對於探索這個自我頗有興趣，可是他在這個自我裡頭什麼也沒發現，只看到他自己的形象正饒有興味地探索著自己……

因此他開始想，他滿懷鄉愁，想著那個在兩年前第一次說起他內在原創性的男人；而由於他美術課差一點不及格（他畫水彩的時候，總是把顏色塗出鉛筆畫的草圖輪廓外頭），媽媽想了想，覺得可以答應兒子要她找出畫家地址的請求，請畫家特別給雅羅米爾上幾堂課，好挽救這個拖垮他成績的科目。

於是，在一個晴好的日子，雅羅米爾走進畫家的公寓。那是一棟出租公寓頂層的閣樓，隔成兩間；前頭那間擺著一個大書櫥；裡頭那間，原本應該有窗戶的地方，是個斜斜的屋頂鑲著大片玻璃，房裡可以看見幾個畫架，上頭放著幾幅未完成的油畫，還有一張長桌，上面攤著幾張畫紙，還有一些裝滿各色顏料的小玻璃瓶，牆上掛著一些奇怪的黑色臉孔，畫家說那是黑人面具的複製品；牆角的沙發床上趴著一條狗（雅羅米爾認得的那條狗）動也不動地望著這位訪客。

畫家讓雅羅米爾在長桌旁坐了下來，開始翻雅羅米爾的畫冊，他說：「這些東西看起來都一樣，」然後又說，「這樣畫根本不行。」

雅羅米爾想要辯解，說那畫冊裡畫的正是讓畫家著迷的那些狗頭人身的怪物，他是為了他也是因為他才畫的，但是他失望痛苦到說不出話來。畫家把一張白紙放在他面前，打開一瓶墨水，拿了一枝畫筆放在他手裡。「現在，你把腦子裡出現的東西畫下來，不要想太多，就是去畫……」可是雅羅米爾太害怕了，怕到完全不知道該畫什麼，可是畫家又堅持要他畫，不知所措的雅羅米爾只好再次祭出狗頭人身的怪物。畫家很不高興，雅羅米爾則是尷尬地說，他想學畫水彩，因為上課的時候，他每次上顏色都會塗出草稿線。

「這個你媽媽跟我說過，」畫家說。「但是，你暫時忘了這個吧，那些狗你也先把牠們忘了。」他拿了一本厚厚的書放在雅羅米爾面前，讓他看了其中幾頁。上頭是些歪歪扭扭的線條，像蛇一樣在花花綠綠的底色上亂爬。雅羅米爾的腦子裡出現的形象是一堆蜈蚣、海星、金龜子、星星、月亮。畫家希望這孩子能依照自己的想像力，畫一點類似的東西。孩子問道：「可是我該畫什麼呢？」畫家說：「畫一條線；畫一條你喜歡的線。你要記得，畫家的工作不是去複製那些東西的輪廓，而是用自己的線條在紙上創造一個世界。」雅羅米爾畫著他一點也不喜歡的線條，塗黑了幾張紙，最後依照媽媽的交代，把一張鈔票交給畫家，然後回家去了。

結果這次拜訪的過程並不符合雅羅米爾的期待，他沒有機會重新發現他失落的內在世界，相反的，這次拜訪剝奪了唯一屬於雅羅米爾自己的東西，讓他失去了那些狗臉的足球選手和士兵。可是，當媽媽問他畫圖課上得怎麼樣的時候，他卻一副興致勃勃的樣子；他是真心的：儘管這次拜訪沒能讓他確認自己的內在世界，可是他卻發現了一個特殊的外在世界，這可不是隨便什麼人都接觸得到的，他突然享有了一些小小的特權：他看到幾幅奇怪的圖畫，這些畫令他困惑，可是這些畫有某種優越性（他立刻意識到那是一種優越性！），這些畫跟他父母家牆上掛的那些靜物、風景畫的路數完全不一樣；他還聽到了一些奇特的想法（他毫不遲疑地把這些想法據為己有）：譬如，他知道布爾喬亞是個侮辱人的字眼；布爾喬亞說的是想讓畫看起來跟生活一樣，模仿自然的那些人；但是我們可以嘲笑那些布爾喬亞，因為（雅羅米爾很喜歡這個想法！）他們死了很久，可是他們自己卻不知道。

所以，他很樂意去畫家那兒，他熱切地希望可以重獲過去那些狒狒人帶給他的成功；可是事與願違：他的塗鴉之作看似米羅（Miró）畫作的變形，太過刻意而缺乏童趣的魅力；畫黑人面具的那些圖也只能說是對於原物笨拙的模仿，畫家所期待的事沒有發生，孩子個人的想像力完全沒有受到激發。雅羅米爾受不了去了畫家那裡那麼多次卻從來沒得到半點讚賞，他於是決定：下次要帶他的素描本給畫家看，本子裡都是他偷偷畫的裸女素描。

他那些素描大部分都是以一些雕像的照片為模特兒，照片則來自外祖父的舊書櫥裡的一些圖文書；所以，素描本的前幾頁，是幾個成熟健壯的女人高傲的姿態，彷彿上個世紀的寓意畫。接下來這一頁畫的東西就有趣多了：是個沒有頭的女人；說得更精確些：圖畫紙在頸子的地方被割開了，看起來好像頭被砍了，而紙上還留著想像中的斧頭痕跡。紙上的切口是雅羅米爾用他的小折刀割的；他很喜歡班上的一個女同學，經常痴心妄想盯著她看，幻想她一絲不掛的模樣。為了實現這妄想，他弄到一張她的照片，把頭剪下來插在紙的切口裡。這就是為什麼從這張素描開始，之後每一個女人的身體都被同樣一個想像的斧頭痕跡斬了首；其中有幾個女人的姿勢非常怪異，譬如排尿的蹲姿；可是也有在柴堆上，像聖女貞德那樣的；這個酷刑的畫面是一大串類似畫面的開場，我們或許可以用歷史課的影響來解釋（或許該說是辯解）：在後頭的幾張紙上，看到的是一個被木樁刺穿的無頭女人，一個被砍了腿的無頭女人，一個被截掉一條手臂的女人，其他的，還是別說比較好。

雅羅米爾不是很確定畫家會不會喜歡這些畫；這些畫跟他在那些厚厚的書本裡或是在畫室的畫架上看到的油畫毫無相似之處；但是他又覺得，他的祕密素描本的圖畫裡有某種東西和他老師畫的東西很接近：這些畫都有一種禁忌的姿態；這些畫有某種獨特性，拿它們跟雅羅米爾家裡掛的那些畫做個比較就知道了；他們兩人的畫要是拿給雅羅米爾的家人和家裡的常客所組成的評審團欣賞，引起的反應大概都是不敢苟同吧。

畫家翻了翻素描本，什麼也沒說，只是拿了一本厚厚的書給雅羅米爾。他坐在一旁，在幾張紙上畫著什麼，雅羅米爾則是在這本厚厚的書上看到一個裸體的男人，他的屁股很長，長到需要一個木頭支架來撐著；他看到一顆蛋孵出一朵花；他看到一張臉上爬滿螞蟻；他看到一個男人的手變成岩石。

「你會發現，」畫家靠過來對他說，「薩爾瓦多・達利（Salvador Dali）的素描技巧其實很棒，」他把一個裸女的小石膏像放在雅羅米爾面前說：「我們忽略了素描這種技藝，這是不對的。我們得從世界的原貌開始認識這個世界，接下來才能徹底改變它。」畫家一口氣把雅羅米爾畫滿女人身體的素描本上所有的比例問題都糾正、修改了一番。

8

一個女人如果沒有充分用她的身體去生活，身體就會變得像是她的敵人。媽媽對於兒子上完畫圖課帶回來的那些怪裡怪氣的塗鴉已經不怎麼滿意了，當她看到畫家修改過的那些裸女素描的時候，一股噁心的感覺湧上心頭。幾天之後，她從窗口看到雅羅米爾在樓下的花園幫女傭瑪格妲扶著樓梯，讓她爬上去摘櫻桃，雅羅米爾在她的裙子底下看得目不轉睛。她覺得光溜溜的女人屁股像一支大軍從四面八方向她湧上來，她知道不能再等下去了。這一天，雅羅米爾照例要去上畫圖課；媽媽匆匆忙忙穿好衣服，搶在他前面來到老師家。

她走進畫室，在一張扶手椅上坐了下來，然後說：「我不是正經古板的人，可是您也知道，雅羅米爾進入了一個危險的年紀。」

她費盡心思預習過她想對畫家說的一切，可是腦子裡卻只剩下這麼少的東西。她在她熟悉的地方準備這所有的句子，那裡的窗口面對花園寧靜的綠地，綠地和她心有靈犀，默默為她拍手叫好。可是這裡沒有綠地，這裡有一些詭異的畫放在畫架上，沙發床上趴著一隻狗，頭擱在兩條前腿中間，兩眼死盯盯地望著她，活像一尊疑神疑鬼的獅身人面像。

畫家幾句話就駁倒了媽媽的異議，他接著說：他得坦承，雅羅米爾的美術課能不能拿到好成績，他一點都不感興趣，因為那些美術課只會扼殺孩子對繪畫的感覺。他之所以對她兒子的畫感興趣，是因為這些畫的想像力是原創的，近乎瘋狂。

「請注意這個奇怪的巧合。您先前拿給我看的那些圖，畫的是一些長著狗頭的人。而雅羅米爾最近拿給我看的圖，畫的則是一些裸體的女人，可是都是些沒有頭的女人。拒絕承認人有一張臉，拒絕承認人有人的天性，您難道不覺得這種頑強拒絕的念頭有某種意涵嗎？」

媽媽還是反駁說她的兒子應該沒有悲觀到要否定人類的天性。

「很顯然，他畫的圖肯定不是什麼悲觀的論證得出來的東西，」畫家說。「藝術是從理性之外的源頭汲取能量的。雅羅米爾想到要畫那些狗頭人或是沒有頭的女人，都是出自本能，他既不知道為什麼會這樣，也不知道要怎麼做才會這樣。是潛意識要他畫出這些形象的，這些東西很奇怪，但是並不可笑。您難道不覺得在雅羅米爾的觀點和那時時刻刻搖撼我們生命的戰爭之間，有某種神祕的連結嗎？戰爭不正是剝奪了人類的臉和人類的頭嗎？我們不就是生活在這樣的世界嗎？在這世界上，沒有頭的男人只會渴望那麼一塊被砍了頭的女人的身體。一個寫實的世界觀不正是最空無的幻象嗎？雅羅米爾幼稚的圖畫難道不是真實得多嗎？」

她原本是要來這裡教訓畫家的，現在卻像個害羞的小女孩，生怕被人罵；她不知道還能說什麼，只好閉嘴。

畫家從扶手椅上起身，走到畫室的一角，那邊的牆上靠著幾幅還沒裝框的油畫。他拿起其中一幅，把它轉過來面向房裡，然後往回走了四步，蹲下來，開始看那幅畫。「來。」畫家對媽媽說，當媽媽（順從地）走過去的時候，畫家一隻手搭在她的腰際，把她拉到身邊，所以他們現在就肩靠肩蹲在那兒了，媽媽望著一堆棕色、紅色的東西莫名其妙拼湊成某種焦枯荒涼的風景，處處都是被悶熄的火焰，也可以看作是血液燃燒冒出來的煙；而這片風景裡有一處被刮刀挖過，變成一個人物，那是個奇怪的人物，看起來像是用白色的線組成的（因為這幅畫的底色就是畫布的顏色），這人與其說在走路不如說是飄在那裡，與其說他在那裡不如說他是透明的。

媽媽還不知道自己該說些什麼，畫家已經自顧自地說起來了，他談到戰爭的幻影，他說戰爭遠遠超過現代繪畫的狂想，他談到由一棵樹表現出來的殘酷形象，樹上的枝葉與片片段段的人體雜纏，那是一棵長著手指的樹，一隻眼睛在樹枝上張望著。然後他說世上除了戰爭與愛情再也沒有其他東西讓他感興趣了；愛情從戰爭的血腥世界後頭出現，一如媽媽在畫布上看到的那個人物。（從他們說話到現在，這是她第一次感覺自己聽懂畫家在說什麼，因為她也在畫布上看到某種戰場般的東西，而那些白色的線條也讓她想到是一個人。）畫家對她提起他們第一次相見繼而數度相遇的那條河濱小路，他對她說，當時她從火與血的霧中突然出現在他面前，宛如愛情羞澀而白皙的身體。

接著，他看著蹲在地上的媽媽，他把她的臉轉過來，吻了她。他在媽媽還來不及想到他會吻她之前就吻了她。而這也正是這次相遇最重要的特質：事情都發生在媽媽意想不到的狀況下，發生在她的想像和她的想法之前；她還來不及思考，吻的事實就已經完成了，而一切追加上來的想法也無法改變正在發生的事了，因為她幾乎來不及告訴自己有些不應該發生的事情發生了；其實，她甚至不十分確定這事究竟該不該發生，所以她把這難題的答案留給以後，把全副的精神集中在當下，事情是怎麼發生的，她就怎麼看它。

她感覺到畫家的舌頭在她的嘴裡，霎時間她意識到自己的舌頭又膽怯又癱軟，畫家應該會覺得那像一塊濕抹布吧；她覺得很可恥，同時，她想到自己的舌頭像抹布的時候幾乎是懷著怒氣的，因為這一點也不奇怪，她的舌頭打從不再接吻就變得像塊抹布了；她趕緊以舌尖回應畫家，畫家把她抱起來，抱到沙發床上（一直盯著他們的那條狗跳了下來，跑去趴在門口），他把她放在床上，開始愛撫她的胸部，她有一種滿足而驕傲的感覺；她覺得畫家的臉貪婪又年輕，她心想，她已經許久不曾感到自己貪婪又年輕了，她怕自己再也沒辦法像這樣了，因此她命令自己做出貪婪的年輕女人的樣子，突然間（這次也一樣，事情在她還來不及思考的時候就發生了），她意識到，這是她有生以來在身體裡感覺到的第三個男人。

她也意識到她根本不知道自己想不想要這個男人，她想到自己始終是個缺乏經驗的傻女孩，只要她在內心幽微處事先想到什麼，想到畫家就要吻她，就要和她做愛，現在發生的事情根本就不可能發生。這想法給了她一個安心的藉口，因為這就是說她並不是因為慾念而是因為天真才發生外遇的；想到自己的天真，她對那個人的怒氣就湧上來了，那個人讓她永遠停留在天真的半成熟狀態，她的怒氣像一片鐵幕把她的思緒都壓住了，過沒多久，她只聽到自己急促的喘息聲，她不再去想自己在做什麼了。

後來，他們的喘息平靜下來，她的思緒醒了，為了逃避這些思緒，她把頭枕在畫家的胸口；她讓畫家撫摸她的頭髮，她聞著那些讓人安心的油畫顏料，心裡想著誰會先打破沉默。

結果既不是她也不是畫家，而是電鈴聲。畫家起身，很快地穿上褲子，他說：「是雅羅米爾。」

她很害怕。

「妳安心留在這裡。」畫家對她說，他摸摸她的頭髮，然後走出畫室。

他幫男孩開門，讓他在外面那間房裡坐了下來。

「我的畫室裡有客人，我們今天就在這裡畫畫。把你要給我看的東西拿出來吧。」雅羅米爾把他的畫冊拿給畫家，畫家仔細看了雅羅米爾在家裡畫的畫，然後把一些顏料放在他面前，給了他幾張紙和一枝筆，指定了一個主題要他畫。

然後，他回到畫室裡，看見媽媽已經穿好衣服準備要走。「您為什麼要叫他留下來？您為什麼不叫他回去？」

「妳這麼急著要離開我嗎？」

「這太瘋狂了。」她說，畫家再次把她摟在懷裡；這一次，她沒有抗拒，她沒有用她的愛撫回應他；她在他的懷裡像一具失去靈魂的肉體；畫家在這具癱軟的身體的耳邊輕聲說：「是的，這很瘋狂。愛情就是瘋狂，不然就不是愛情了。」他讓媽媽坐在沙發床上，開始吻她，愛撫她的乳房。

接著他又回到外面那間房，看看雅羅米爾畫了什麼。這次他給的主題並不是以訓練男孩靈巧的畫功為目的，雅羅米爾得從記憶裡找出最近做的夢，畫出裡頭的一個場景。現在，畫家長篇大論地評析著雅羅米爾的作品：夢裡最美的，他說，就是遇見不可能在平常生活裡遇見的生命和事物；在夢裡，一艘小船可以從窗戶駛進臥房，床上可能躺著一個二十年前就已經過世的女人，可是，這會兒她爬上那艘船，那艘船登時變成一付棺材，漂浮在夾岸繁花盛放的河上。他引用十九世紀法國詩人羅特雷阿蒙（Lautréamont）關於美的詩句，一把傘和一台縫紉機在解剖台上相遇，然後說：「這樣的相遇畢竟不會比一個女人和一個小孩在一個畫家的畫室裡相遇更美。」

雅羅米爾看得出來，他的老師和平常有一點不一樣，他發現老師談到夢、談到詩的時候，聲音裡有某種熱忱。雅羅米爾歡喜的不只是這個，他還很高興這麼一段激昂的演說是因他——雅羅米爾——而起，更重要的是，他把他老師說的最後一句話好好記住了：一個女人和一個小孩在一個畫家的畫室裡相遇。剛才，畫家對他說，他們就待在外面這間房裡畫畫，那時雅羅米爾心裡已經明白，畫室裡應該是有個女人，而且肯定不是什麼不相干的女人，因為畫家不讓他看見她。可是他離成人的世界還太遠，沒辦法解開這個謎；更讓他感興趣的是，畫家在最後的這個句子裡，把他——雅羅米爾——跟這個女人擺在同樣的地位，而這個女人肯定是畫家非常重視的，雅羅米爾的到來顯然讓這個女人的在場變得更美麗甚至更珍貴，雅羅米爾的結論是，畫家很喜歡他，畫家很看重他，理由或許是因為某種深層而神祕的內在相似性。雅羅米爾還是個孩子，他不知該如何確切形容這種相似性，可是畫家是個有智慧的成人，他知道。這想法讓雅羅米爾的腦子充滿一種安詳的熱忱，當畫家給了他第二個主題的時候，他熱切地俯身在紙上畫了起來。

畫家又回到畫室，看見媽媽眼裡噙著淚水。

「我求求您，立刻讓我走！」

「妳走啊，你們可以一起走，雅羅米爾待會兒就畫完了。」

「您是個惡魔。」她說，眼裡依然噙著淚水，畫家摟住她，不停地吻她。然後他又回到外面的房間，稱讚雅羅米爾畫得很好（啊，這一天雅羅米爾真是快樂！），讓他回家去了。接著他又回到畫室，把淚流滿面的媽媽放平在那張沾滿顏料的舊沙發床上，吻她柔軟的唇和濕潤的臉，然後再次和她做愛。

9

媽媽和畫家之間的愛永遠無法擺脫他們初次相會時出現的徵兆：那不是她抱著少女情懷在事前沉思良久，堅持認定的愛情；那是從背後襲來，突如其來的愛情。

這愛情讓她不斷想起自己缺少戀愛的準備；她經驗不足，既不知該做什麼，也不知該說什麼。面對畫家那張獨特又挑剔的臉，她說每一句話、做每一個動作之前就預先感到羞愧了；她的身體也一樣，沒有準備好；就拿第一次來說，她的痛苦悔恨在於生產之後身體保養得這麼差，她看到自己的肚子在鏡裡的模樣就害怕，一片滿是皺紋的皮膚悲傷地垂在那裡。

啊！她總是夢想這樣的愛情：她的身體與靈魂可以手牽手和和諧諧地一起變老（是的，這就是她在事前沉思良久，抱著少女情懷堅持認定的愛情）；可是在這裡，在這次相會的難題之中，她是突然被捲進去的，她的狀況是靈魂年輕得令人痛苦，身體衰老得令人痛苦，她出軌的戀情彷彿一塊過分狹窄的木板，她在上頭戰戰兢兢地向前行，不知道會讓她跌下去的是靈魂的年輕還是身體的衰老。

畫家用一種過度的關切包圍她，試圖帶她走進他的畫和他的思想世界。媽媽很開心；她在其中看到的是某種證明，證明他們第一次相會並不是身體與身體的共謀，身體並沒有利用那個情境。但是當愛情同時占有靈魂與身體的時候，愛情也占用了更多的時間；媽媽得編造一些新的女性朋友，為她經常不在家找個理由（尤其是對外祖母和雅羅米爾）。

畫家畫畫的時候，她就坐在旁邊的椅子上，但是這還不夠；他會為她解釋，繪畫在他的概念裡只是讓我們把生命最神奇的部分萃取出來的一個方法；而這最神奇的部分，就連小孩也可以用他的眼睛去發現，就是隨便一個大人也可以把夢記錄下來，去發現它。畫家給媽媽一張紙和一些顏料；媽媽得把顏料滴在紙上，然後對著紙上吹氣；一條條的顏料開始在紙上往四面八方流去，塗成了一個彩色的網絡；畫家把這些作品擺在書櫥的玻璃後頭展示，他經常向客人們誇耀這些作品畫得有多好。

在最初的幾次約會當中，有一次畫家在分手時拿了好幾本書給她，之後她就得在家裡看這些書了，而且得躲起來看，因為她怕雅羅米爾會問她這些書是哪裡來的，她也怕其他家人會問她同樣的問題，真有人這樣問她的話，她很難編出一套令人滿意的謊話，因為這些書只要隨便瞄一眼，就知道跟他們親戚朋友家的書很不一樣。她只好把書藏在衣櫥裡，藏在胸罩和睡衣底下，獨自一人的時候才拿出來看。這種違犯禁忌的感覺加上怕被人當場逮到在做壞事，顯然害她看得很不專心，看了似乎也不記得什麼，甚至什麼也沒理解，有好多頁她還一連讀了兩三次。

後來她去畫家那裡，心裡很不安，像個怕被老師問問題的小學生，因為畫家開始問她喜不喜歡某一本書，而她知道畫家想聽的答案不只是肯定，她知道這本書對畫家來說是對話的起點，她知道這本書裡有些句子跟畫家希望和她心意相通的主題有關，彷彿他們兩人要一起去捍衛某個真理。這一切媽媽都知道，可是她還是不知道書裡頭到底有什麼，或者該這麼說，她不知道書裡頭到底有什麼東西這麼重要。媽媽變成滑頭的學生，她找到一個藉口：她抱怨說她因為怕被人發現，不得不躲起來看這些書，所以雖然她很想，可是卻沒辦法專心。

畫家接受了她的說詞，但是他也想出了一個妙計：接下來的那堂課，他對雅羅米爾說起現代藝術的門派，還借給他好幾本書，這孩子高高興興地收下了。當媽媽第一次在兒子的書桌上看到這些書的時候，她知道這批走私的文獻是要偷渡給她的，她心裡很害怕。在此之前，她獨自一人背起出軌的重擔，可是現在她的兒子（這個代表純潔的形象）在不知情的狀況下，成了出軌戀情的信差。但是她也不能怎麼樣，書就擺在雅羅米爾的小書桌上，反正母親的關懷大家都能理解，媽媽也只能以此為幌子，把書拿來翻一翻了。

有一次，她鼓起勇氣對畫家說，他借給她讀的那些詩對她來說模糊晦澀透了。話才說完她就後悔了，因為絲毫的歧見都會被畫家視為一種背叛。她當下立刻設法要挽救這個差錯。當畫家怒氣沖沖眉頭深鎖轉身面向畫布的時候，她偷偷脫下了她的罩衫和胸罩。她知道自己的胸部很美；現在，她驕傲地挺著胸部（不過還是有那麼點害羞）走過畫室，然後，在畫架上的畫布半遮半掩下，她傲然出現在畫家的面前了。畫家一臉陰鬱，正拿著畫筆迎向畫布，他目光兇惡地瞪了她好幾次。接下來，她把畫家手中的畫筆抽掉，對他說了一個她從來不曾對任何人說過的字眼，那是個粗俗淫猥的字眼，她又低聲重複了好幾次，直到瞥見畫家的怒氣轉為情慾。

不，她沒有這麼做的習慣，她既焦慮又緊張；但是她從他們發生親密關係伊始就明白了一件事，畫家要求她以一種自由自在又令人驚訝的形式展現愛情，他希望她跟他在一起的時候覺得完全自由，無拘無束，不受任何成規、羞恥心的束縛，沒有任何壓抑；他很喜歡對她說：「我什麼都不要，我只要你給我你的自由，你完完全全的自由！」他想在每一刻都確信這自由的存在。媽媽多少能夠理解，這種無憂無懼的態度或許很美，但她還是越來越害怕自己永遠都做不到。而且她越是努力想知道她的自由是怎麼回事，這自由就越是變成一項艱難的工作，變成一種義務，變成她必須在家裡預作準備的一件事（她得想一下用什麼樣的字眼、什麼樣的慾望、什麼樣的手勢可以讓畫家感到驚訝，可以證明她這麼做是自發的），結果這自由的內在命令像個沉重的負擔壓在她身上。

「最糟的是，問題並不是這個世界不自由，而是人忘卻了自由，」畫家對她這麼說，她覺得這段話好像是刻意說給她聽的，她從頭到腳都屬於畫家強調應該全面摒棄的那個舊世界。「如果我們沒辦法改變世界，那麼我們至少可以改變自己的生活，活得自由自在，」他說。「如果每個人的生活都是獨特的，我們就這麼活吧；讓我們拋棄所有的舊東西吧。」「一定要絕對現代。」他又說了下去，這會兒他引用的是詩人韓波（Rimbaud）的話，媽媽虔誠地聆聽，她對這些話充滿信任，對自己充滿懷疑。

有時她會覺得畫家對她的愛可能來自誤解，這時她會問他究竟為什麼愛她。他回答她說，他愛她就像拳師愛蝴蝶，就像歌手愛寂靜，就像強盜愛上村裡小學的女老師；他對她說，他愛她就像屠夫愛那小牡牛恐懼的眼睛，就像閃電愛那屋頂的田園詩；他對她說，他愛她就像愛一個被寵愛的女人，一個躲避愚蠢家庭的女人。

她聽他說話總是聽得出神，她一有時間就往他家跑。她把自己當成觀光客，眼前一片美麗無比的風景，但她卻因為心神耗盡而無法欣賞；她在愛情裡得不到絲毫喜悅，但是她知道這愛情偉大壯麗，她不應該失去。

那雅羅米爾呢？他因為畫家把書櫥裡的書借給他而感到驕傲（畫家跟他說了好幾次，他的書誰也不借，他是唯一享有這項特權的人），由於他的時間很多，他在這些書頁之間懵懵懂懂地流連。那時候，現代藝術還沒變成那些布爾喬亞的文化財產，它還像個教派，擁有令人陶醉的魅力，一個還對小集團、小圈子懷抱浪漫幻想的孩子很容易就會感受到這種魅力。雅羅米爾深深感受到這種魅力，他讀這些書的方式跟媽媽完全不同，媽媽可是從第一頁讀到最後一頁，像在讀教科書準備接受測驗似的。沒有人會跑來給雅羅米爾考試，他從來不會規規矩矩地讀畫家借他的書；他瀏覽那些書的方式像在閒晃，他把書翻一翻，這頁流連一下，那邊停下來讀一行詩，如果剩下的幾行詩他毫無感覺，他也一點都不擔心。但是這行獨特的詩句，或這段獨特的散文，就夠讓他快樂了，這不僅是因為這些文字很美麗，更因為這些文字等於一張通行證，引領他進入選民的國度，只有這些選民才看得出別人眼中看不到的東西。

媽媽知道她兒子不會只是扮演信差的角色，他還會興致勃勃地讀這些書（雖然借給他看只是表面的理由）；於是媽媽開始跟他討論他們兩人都讀過的東西，媽媽還把她不敢問畫家的問題拿來問他。接下來媽媽發現了一件事很嚇人，她的兒子頑固地捍衛人家借他的這些書，那股勁比起畫家更不留情。

後來媽媽發現在一本艾呂雅（Éluard）的詩集上，兒子用鉛筆在一行詩底下畫了線：睡呀，月亮在一隻眼裡，太陽在另一隻眼。「你覺得這行詩美在哪裡？為什麼我睡覺的時候一隻眼睛裡要有月亮？石頭的腿穿著沙的長襪。襪子怎麼會是用沙子做的？」雅羅米爾心想，媽媽不只是在嘲笑詩，她還以為他年紀太小不懂詩，於是雅羅米爾很粗魯地回答了她。

天哪，她甚至連一個十三歲的孩子都無力反抗！這一天，她去畫家那兒的時候，心裡的感覺像是剛剛套上外國軍服的間諜；她很怕自己被識破。她的行為舉止連最後一點殘留的自發性都不見了，她所說所做的一切都像是業餘表演者的遊戲，因為怯場而四肢僵硬，一邊背台詞一邊還怕聽到噓聲。

就在那段日子裡，畫家發現了攝影機的魅力；他把他最初拍攝的作品拿給媽媽看，那是一些靜物照片，內容是一些搭配得很奇怪的物品，從怪異的視角展示一些被遺棄的東西；接下來，他把媽媽帶到窗邊明亮的地方，開始幫她拍照。起初，她有一種鬆了口氣的感覺，因為她不必說話，只要在那裡站著，坐著，笑著，聽著畫家的指示，還有畫家不時對她的容貌發出的讚美。

後來，畫家的眼睛突然亮了起來；他抓起一支畫筆，蘸滿黑色的顏料，他輕巧地把媽媽的頭轉過來，在她臉上畫了兩條斜線。「我把你劃掉了！我毀掉上帝的創造物了！」他笑著說，還拿起相機開始幫媽媽拍照，把鼻子上交叉的兩條粗線也拍了進去。接下來，他把她帶到浴室裡，幫她洗臉，再用毛巾幫她擦乾。

「剛才，我把你劃掉，為的是現在要重新創造你。」說完，他又拿起畫筆開始在她臉上畫。這一次，他畫的是一些圈圈和線條，看起來像是古老的表意文字；「一張訊息的臉，一張文字的臉。」畫家說著，又把媽媽帶到亮晃晃的窗邊，開始幫她拍照。

接下來，他讓她躺在地上，在她的頭旁邊擺了一個古代雕像的石膏複製品，畫家在石膏塑像上也畫了同樣的東西，然後把活生生的臉和硬邦邦的臉都拍了下來，接著他把媽媽臉上的線條擦掉，畫上新的線條，然後開始脫她的衣服，媽媽怕他該不會是要在她的乳房和腿上畫吧，她甚至冒險用活潑的語氣讓畫家意識到，他不該在她的身體上畫（她冒險用活潑的語氣說話是需要勇氣的，因為她總是害怕自己開的玩笑沒有準頭，反而讓自己顯得可笑），但是畫家已經沒有興致再畫了，他不在她身上畫，而是跟她做愛，他還用兩手抓住那畫滿了圖的頭，彷彿他之所以特別興奮，是因為想到正在跟他做愛的這個女人是他自己的創作，是他自己的幻想，是他自己創造的形象，彷彿他是上帝，正在跟他剛剛為自己創造出來的女人做愛。

確實如此，此刻媽媽什麼也不是，只是一個創造物，只是畫家的一幅畫。她心知肚明，並且全力維持，不要讓人看出她不是（而且根本完全不是）畫家的伴侶，不是他神奇的舞伴，不是值得他愛的女人，而只是一個沒有生命的倒影，一面溫馴的鏡子，一個被動的平面，讓畫家投射自己慾望的形象。結果，她成功地通過考驗，畫家的快感得到滿足，幸福地從她的身體退了出來。但是後來，她一回到家裡，卻覺得自己好像努力地完成了一件大事，夜裡，她在入睡之前哭了。

幾天之後，她又來到畫室，畫圖和拍照的場景又重演了。這一次，畫家剝露出她的乳房，在美麗的弧形上畫了起來。但是當畫家要把她全身衣服都剝光的時候，她第一次違抗了她的情人。

我們實在很難想像她先前在每次性愛遊戲裡，為了不讓畫家看見她的肚子所施展的技巧（甚至可以說是詭計）！有好多次她都沒有脫掉吊襪的腰帶，讓人覺得這近乎全裸的樣子比較引人遐思，有好多次她都要求在昏暗之中而不是在亮晃晃的燈光下做愛，有好多次她巧妙地把畫家正要摸上她肚子的手撥開，再把那雙手放到乳房上；當她一切詭計用盡的時候，她就說她害羞，這個部分畫家是明白的，這也是她個性裡吸引畫家的一點（正因為如此，他經常對她說她是白色的化身，而他第一次想到她的時候，就是用刮刀在畫布上刮出幾道白色的凹線來呈現他的想法）。

可是現在，她得站在畫室中央，像一座被畫家的眼睛和畫筆占有的活雕像。她決定反抗，她說出第一次來畫室時對畫家說的話，她說他要她做的事太瘋狂，畫家的回答也跟第一次一樣，是的，愛情是瘋狂的，然後他剝去她的衣服。

所以，她站在畫室中央，心裡只想著她的肚子；她很怕垂下眼睛會看見肚子，可是肚子就在她的眼前，那令人絕望的模樣一如過去她千百次在鏡子裡看見的；她覺得自己什麼也不是，只是一個肚子，只是一塊皺巴巴的皮，她覺得自己就像一個躺在手術台上的女人，像一個什麼也不該想的女人，她應該自我放棄，只相信這一切都是短暫的，手術和疼痛終將結束，而在等待結束的期間，她唯一能做的一件事就是：忍住。

畫家拿起畫筆，蘸了黑色顏料塗在她的肩上、肚臍、腿上，然後他往後退了幾步，拿起照相機；他帶她走進浴室，讓她躺在浴缸裡，他把蓮蓬頭鐵蛇般的水管橫放在她的身體上，他還對她說，這條鐵蛇噴的不是水，而是致命的毒氣，這條鐵蛇現在躺在她身上，就像戰爭的身體躺在愛情的身體上；然後，他又要她站起來，帶她走到別處，開始幫她拍照，而她溫馴地走了，不再試圖遮掩肚子，但她眼前一直看得到肚子，她看到畫家的眼睛和她自己的肚子，她看到自己的肚子和畫家的眼睛……

後來，畫家讓她平躺在地毯上，身上都是他畫的圖，畫家開始跟她做愛，一旁是那個古代的頭像，美麗而冰冷的頭像，這時，她忍不住在他的懷裡啜泣起來，但是他大概不會明白這啜泣的意義，因為他深信自己野蠻的魔法令人著迷，這魔法化為規律撞擊的運動，除了高潮與幸福的哭泣，沒有其他東西可以回應。

媽媽意識到畫家沒猜到她啜泣的動機，於是強忍住淚水，不再哭泣。但是當她回到家的時候，卻在樓梯上感到一陣暈眩；她跌了一跤，磕破了膝蓋。外祖母嚇壞了，趕緊把她帶進房裡，把手覆在她的額頭上，把溫度計塞到她的腋窩裡。

媽媽發燒了。媽媽崩潰了。

10

幾天之後，從英國飛來的捷克傘兵殺了波希米亞的德國指揮官；占領軍宣布戒嚴，一長串又一長串的槍決名單出現在街角。媽媽臥病在床，醫生每天都來給她的屁股打針。她的丈夫過來坐在床頭，握住她的手，久久注視著她的眼睛；她知道他把她神經騷亂的原因歸咎於歷史的恐怖，她想到自己背叛他，想到他是個好人，想到他想在這艱難的時候當她的朋友，就覺得自己可恥。

至於那個萬能的女僕瑪格妲，她已經在他們家待了好幾年了，外祖母堅守民主傳統，說她不把瑪格妲當下人，而是家裡的一分子。一個晴好的日子裡，瑪格妲哭著回來，因為她的未婚夫被蓋世太保逮捕了。幾天之後，她未婚夫的名字出現了，和其他死者的名字一起用黑色的字母寫在一紙深紅色的告示上，瑪格妲得到幾天的假。

她回來的時候，說她未婚夫的父母親拿不到他們兒子的骨灰罈，所以他們可能永遠不知道兒子的遺骸在哪裡了。再一次，她淚如雨下，自此以後，她幾乎天天以淚洗面。她最常在她的房裡哭，隔著牆板聽到的是微弱的哭聲，但是有時候，她會在午飯的時候突然哭起來；因為自從她發生不幸之後，雅羅米爾的家人就讓她一起同桌吃飯（以前她是自己一個人在廚房吃的），而這份不同於平日的好意，日復一日在中午提醒著她，她在服喪，別人在同情她，她的眼眶紅了，一滴眼淚出現在眼皮底下，滴在馬鈴薯球淋肉汁的餐盤裡；她努力要隱藏自己的淚水和紅眼睛，她低頭，希望不要被看見，可是越是這樣，別人看得越清楚，總是有人會說一句鼓勵的話，而她則以不停的啜泣回應。

雅羅米爾看著這一切像在看一場令人興奮的演出；有一滴眼淚就要出現在這個年輕女人的眼睛裡了，這個年輕女人的羞恥心將會努力抑制她的悲傷，而悲傷最後將戰勝她的羞恥心，任憑眼淚漫流，想到這裡他就覺得興奮。他貪婪地望著這張臉（偷偷摸摸地，因為他有一種違犯禁忌的感覺），他感到心裡湧上一股溫熱的興奮，一種想要以溫柔覆蓋這張臉的慾望，想要撫摸這張臉，安慰這張臉。晚上，他一個人縮在被窩裡，想起瑪格妲褐色大眼睛的臉龐，他想像自己撫摸這張臉，對著這張臉說，別哭，別哭，別哭，因為他不知還可以對這張臉說些什麼。

約莫就在這個時期，媽媽結束了神經方面的療程（她在家裡做了一個星期的睡眠治療），重掌家政，儘管她時時都在抱怨頭痛和心悸，她還是開始出去買東西，整理房間。有一天，她在桌前坐下，開始寫信，才寫完第一句，就覺得畫家會認為她又蠢又多愁善感，她害怕他的評斷；但她立刻又給自己安了心：她心想，這些話是不要人回應的，這是她對他說的最後幾句話，這麼一想，她就有勇氣寫下去了；她放心地（而且帶著一種奇怪的反叛感覺）造著句子，她只想做她自己，做她在認識畫家之前的自己。她寫說她愛他，她永遠忘不了過去和他一同經歷的奇蹟般的時光，但是對他說真話的時候到了：她不是那個樣子，她完全不是畫家想像的那個樣子，在現實生活中，她不過是個過氣的平凡女人，她害怕自己有一天會無法面對兒子天真無邪的眼睛。

她真的下定決心要對他說真話了嗎？啊，根本沒有！她沒有告訴他，所謂愛的幸福，對她來說只是一件痛苦而費力的事，她沒有告訴他，她對自己走樣的肚子感到多麼羞恥，同樣可恥的事還有她曾經一度精神崩潰，磕破了膝蓋，還得在家裡睡上一個星期。這些事她都沒有告訴他，因為這樣的真誠並非她的本性，而她希望她最後可以再當她自己，既然要當自己，只有在不真誠之中才能做到；因為，把一切事情真誠地告訴他，那就像平躺在他面前，赤裸裸的，連肚子上的那些妊娠紋也一起露出來。不，她再也不想對他暴露了，外在的不要，內在的也不要，她想要重新回到羞恥心的保護之中，正因如此，她必須虛偽，只提到她的孩子和她做為母親的神聖職責。信寫到最後，連她自己都相信了，引發她精神動盪的不是她的肚子，也不是那讓人疲憊而費力的事（她總是得順著畫家的想法才能完成），而是她偉大的母性起身反叛她偉大而罪過的愛情。

此刻，她感受到的不僅僅是無盡的悲傷，她還覺得自己高貴，富有悲劇性，而且強大；幾天之前，悲傷帶給她的只有痛苦，現在，她卻用一些偉大的字眼來描繪它，為它取得一份撫慰人心的幸福；這是一種美麗的悲傷，她看到自己被悲傷的憂鬱光芒照亮，她悲傷得多麼美麗啊。

真是奇怪的巧合！就在同一時期，雅羅米爾鎮日窺伺瑪格妲淚汪汪的眼睛，他深諳悲傷之美，整個人耽溺其中。他再次翻閱畫家借給他的書，他沒完沒了地把艾呂雅的詩句讀了又讀，任由幾行詩魅惑自己：在她身體的靜謐中／一顆小雪球／眼睛的顏色；或是：遠方的大海沉浸你的雙眼；還有：日安悲傷／你被寫在我愛的那雙眼睛裡。艾呂雅的詩成了歌頌，歌頌瑪格妲平靜的身體和她沉浸在淚海的雙眼；在雅羅米爾看來，瑪格妲的一生盡在這行詩句的魔法裡：悲傷美麗的臉龐。是的，這就是瑪格妲：悲傷美麗的臉龐。

一天晚上，全家人都去看戲，只留下他一個人和瑪格妲待在家裡；家裡的一切習慣他瞭若指掌，他知道瑪格妲星期六會泡澡。由於他父母和外祖父母一個星期前就計畫要去看戲，因此他有足夠的時間做好一切準備；幾天前，他把浴室門鎖上的鐵片撥轉到上面，讓門鎖露出來，他還把麵包心微微蘸濕，塗在上面，好讓鐵片比較容易黏住，維持在垂直的位置；他把鑰匙從門上拔起來，這樣鎖孔的視野就不會受到任何阻擋。他小心翼翼地把鑰匙藏好；沒有人發現鑰匙不見了，因為他的家人都沒有鎖門的習慣，只有瑪格妲一個人會用鑰匙上鎖。

家裡安靜無聲，空空盪盪，雅羅米爾的心卜卜跳著。他待在樓上自己的房間，把書放在面前，彷彿有人會突然跑進來問他在做什麼，可是他並沒有在看書，他只是在那裡聽著。他終於聽到水管裡的水流聲，然後又聽到水沖到浴缸裡的聲音。他把樓梯上的燈熄掉，慢慢走下去；他的運氣不錯，鎖孔還是開著的，他把眼睛湊上去，看見瑪格妲俯身在浴缸上，她已經脫了衣服，露出乳房，只剩下襯褲。他的心在狂跳，因為他看見從來沒看過的畫面，而且即將看到更多，而且再也沒有人可以阻止他。瑪格妲站了起來，走到鏡子前面（他看著她的側面），瑪格妲照了一下鏡子，然後轉身（他看著她的正面），走向浴缸；她停下來，把襯褲脫掉，扔下襯褲（他一直看著她的正面），然後走進浴缸。

她在浴缸裡的時候，雅羅米爾繼續從鎖孔裡看她，但是因為水一直浸到她的肩膀，她又變成只是一張臉了；相同的臉，熟悉而悲傷，眼睛沉浸在淚海之中，但同時又是一張完全不同的臉：他得在心裡為這張臉（現在、未來、永遠）加上裸露的乳房、肚子、大腿、屁股；那是一張被赤裸的身體照亮的臉；這張臉繼續在他身上激起溫柔的感覺，但這種溫柔不一樣，因為它跟雅羅米爾加速撞擊的心跳互相激盪。

後來，他突然瞥見瑪格妲在看他的眼睛。他很怕被發現。瑪格妲的眼睛盯著鎖孔，露出溫柔的微笑（既尷尬又和善的微笑）。他趕忙從門上退開。她真的看到了他？還是沒看到他？他試過好幾次，確定從浴室裡看不見貼在門這邊窺伺的眼睛。可是瑪格妲的眼神和微笑該如何解釋？或許瑪格妲是碰巧往這個方向看了一下，而她之所以微笑，只是因為想到雅羅米爾可能在看她？不管怎樣，和瑪格妲的眼神交會，把雅羅米爾嚇得心神不寧，不敢再靠近浴室的門。

可是，過了一會兒，等他冷靜下來，他的腦子裡卻出現一個從未有過的念頭：浴室的門沒鎖，瑪格妲也沒跟他說她要去泡澡，所以他可以假裝什麼都不知道，若無其事地走進浴室。再一次，他的心卜卜跳著；他已經想像自己一副驚訝的模樣，站在浴室門口，嘴裡說著我只是要來找我的梳子；他從全裸的瑪格妲身邊走過，瑪格妲在那一刻不知該說什麼；美麗的臉龐露出羞愧的神色，就像她吃午飯的時候突然啜泣那樣；而他——雅羅米爾——他沿著浴缸向前走，走到洗手台，他的梳子就放在上頭，他拿起梳子，然後在浴缸前停住，俯身傾向瑪格妲，傾向他在淡綠水色中看到的赤裸身體，他再次看著這張羞愧的臉，他撫摸著這張羞愧的臉……但是當他想到這裡的時候，一陣混亂的霧氣罩住了他，他在霧裡什麼也看不見，什麼也沒辦法想了。

MILAN KUNDERA

為了讓他走進浴室這件事顯得非常自然，他慢慢走回房裡，然後再走下來，用力踏著每一級台階；他感到自己在顫抖，他怕自己沒有力氣用平靜自然的聲音說出我只是要來找我的梳子；不過他還是走了下來，就在他走近浴室門口的時候，他的心跳已經讓他快要喘不過氣了，這時他聽到：「雅羅米爾，我在泡澡，你不要進來！」他答道：「沒有，我只是要去廚房！」他穿過走廊轉到另一頭，走進廚房，開門然後關門，像是拿了什麼東西，然後又上了樓梯。

但是才回到房裡，他就對自己說，儘管瑪格妲說的話讓人有點狼狽，但是他這麼快就被逼得投降，也真是不應該，他只要說沒關係，瑪格妲，我只是要來找我的梳子，然後走進去就行了，因為瑪格妲一定不會去告狀的，瑪格妲很喜歡他，他在瑪格妲面前也一直都很乖。他又開始想像那個畫面：他在浴室裡，瑪格妲在他面前赤裸裸地躺在浴缸裡，她對雅羅米爾說，你別過來，趕快出去，但是她什麼也不能做，她沒辦法反抗，就像面對未婚夫的死亡一樣無助，因為她躺在水裡，她被困在浴缸裡，雅羅米爾則俯向她的臉，俯向她的大眼睛……

只是啊，機會一去不回頭了，雅羅米爾聽見的聲音只剩下微弱的水流聲，從浴缸流向遙遠的下水道；這輝煌壯麗的機會是不可逆轉的，雅羅米爾的心被撕裂了，他知道，短期內他不會再有機會和瑪格妲單獨在家度過整個晚上了，就算有機會，他也知道，鑰匙得像長久以來那樣插回原處，而瑪格妲也會反鎖兩圈。他躺在床上，心裡很沮喪。但是比起那失去的機會，更讓他難過的是，他感受到他的靦腆、弱點、愚蠢的心跳，讓他失去所有的判斷力，結果把一切都搞砸了。他對自己感到一股強烈的厭惡。

但是厭惡又能怎麼樣呢？厭惡這種事跟悲傷不一樣；厭惡和悲傷甚至是完全對立的兩極；如果有人對雅羅米爾不好，他通常是上樓關在房間裡哭；但那是幸福的淚水，幾乎是情色的，幾乎是情愛的淚水，透過這樣的淚水，雅羅米爾憐憫著、安慰著雅羅米爾，把雙眼沉浸在靈魂裡；然而這種突如其來的厭惡把雅羅米爾自己的可笑展現給他看，把他從他的靈魂推開，把他推離他的靈魂！這種厭惡只有一種意義，而且簡潔得像一種辱罵；像一記耳光；我們只有逃走才躲得開。

可是如果我們突然意識到自己的卑劣，要怎麼逃才躲得開呢？只有往上面逃才能逃離墮落！於是他坐在小書桌前，打開那本小書（這本珍貴的書，畫家說他不曾借給別人），他非常費勁地把注意力集中在他偏愛的那幾首詩上。再一次，一切都在那兒了，遠方的大海沉浸你的雙眼，再一次，他看見瑪格妲在他眼前，是的，一切都在那兒了，雪球在她身體的靜謐裡，水聲流進詩裡彷彿嘈嘈的河水從緊閉的窗戶流進房裡。雅羅米爾覺得有一股有氣無力的慾望湧上心頭，他闔上書本，拿出一張紙和一支鉛筆，開始寫些東西，他用的是艾呂雅、涅茲瓦爾、畢伯或戴思諾[2]的方法，他由上到下寫著一行行的短句，沒有節律也沒有押韻；那是他根據讀過的東西做的變奏，不過在這變奏當中，有他剛剛經歷過的事，有開始融化成水的悲傷，有碧綠的水，那水面升高又升高，一直升到我的雙眼，還有身體，悲傷的身體，這水中的身體，我跟隨，追隨，穿越無垠的水際。

他高聲地把這幾行詩讀了好幾遍，聲音既悠揚又悲愴，他非常著迷。在這首詩的深處，瑪格妲在浴缸裡，而他的臉緊貼在門上；所以他並不是在他的經驗界限之外；他完全在經驗之上；他所感受到對自己的厭惡停留在下面；他在下面因為恐懼而感覺到自己的雙手微濕，呼吸加速；但是在這裡，在上面，在詩歌裡，他完全在他的匱乏之上；鎖孔以及他的懦弱的插曲不過是一塊跳板，他現在站在跳板上準備躍起；剛剛經歷的那些事不再役使他，而是他所寫的東西在役使剛剛經歷的那些事。

第二天，他拿了外祖父的打字機，把那首詩打在一張特別的紙上，他覺得那首詩顯得比他高聲朗誦的時候更美了，因為這首詩不再只是一連串的話語，而是成了一個物；詩的自主性變得更無可爭議了；一般的話語從它們被說出口的那一刻，就注定要消失，它們唯一的目的就是為溝通的那個瞬間服務；它們是為物所役使的，它們只是用來指稱那些物；但是，現在這些話語本身變成了物，不再被任何東西所役使；它們不再為立即的溝通而存在，不再轉瞬即逝，而是注定可以存在一段時間。

確實，雅羅米爾是把昨晚的經歷表現在詩裡，但是在此同時，這經歷也在詩裡緩緩地死去，宛如種子在果實裡死去。我在水中，我的心跳在水面激起漣漪；這個詩句提供的畫面是一個少年在浴室門口顫抖，但是在此同時，在這行詩裡，這個少年的身影漸漸變得模糊；這行詩超過他，超越了他。啊，我水中的愛，這是另一行詩，雅羅米爾知道這個水中的

2. 艾呂雅（Paul Éluard，一八九五—一九五二）、涅茲瓦爾（Vitezslav Nezval，一九〇〇—一九五八）、畢伯（Konstantin Biebl，一八九八—一九五一）、戴思諾（Robert Desnos，一九〇〇—一九四五）：超現實主義詩人，涅茲瓦爾和畢伯為捷克人，餘為法國人。

愛就是瑪格妲，但是他也知道，沒有人會在這幾個字裡認出瑪格妲的，她被埋進詩裡，消失了，不見了；他寫的詩是絕對自主、獨立、無法理解的，一如現實本身也是獨立、無法理解的，因為現實沒有與任何人共謀，現實只是存在而已；詩的這種自主性給雅羅米爾提供了一個美妙的避風港，那是他夢想的第二生命可能的形式；他覺得實在太美好了，明天他就要再寫其他的詩句，他越來越投入寫詩這件事了。

11

就算現在，她起床了，像康復中的病人那樣在家裡走來走去，她還是不開心。她拒絕了畫家的愛，可是另一方面卻沒有找回丈夫的愛。雅羅米爾的父親實在太少回家了！最後大家都習慣他半夜回家，甚至習慣他經常說他會好幾天不在家，因為他經常出差，可是這一次，他什麼也沒說，他晚上沒回家，雅羅米爾的母親也沒有他的消息。

雅羅米爾太少看見父親，所以根本沒發現父親沒回來，他在房裡想著他的詩：要讓一首詩成為詩，必須有另一個人來讀它；唯有如此，我們才能證明詩不同於按日編號的日記，我們才能證明詩可以有自己的生命，獨立於寫詩的人之外。他最先想到的是把他的詩句拿去給畫家看，但是他把這些詩句看得太重，他不敢冒這個險，讓這些詩句接受這麼嚴苛的評斷。他需要一個人，像他一樣對這些詩句這麼著迷，他很快就意識到誰是這個頭號讀者，是他詩歌命定的讀者；他看到這個人在屋裡走來走去，悲傷的眼睛，痛苦的聲音，彷彿走來要與他的詩句相遇；他內心激動不已，於是他把自己小心翼翼打好的好幾首詩交給媽媽，然後跑回去躲在房裡，等媽媽讀完了叫他。

媽媽讀了，哭了。她或許不知道自己為什麼哭，但是這不難猜；媽媽流了四種眼淚：

首先，她被某種相似性打動了，那是雅羅米爾的詩句和畫家借給他的詩集之間的相似性，於是淚水奪眶而出，那是屬於失落的愛的淚水；

接著，她感到一種不確定的悲傷從她兒子的詩句裡散發出來，她想起丈夫已經兩天沒回家了，而且什麼也沒跟她說，她流下屈辱的淚水；

但是過沒多久，她的眼睛流下的卻是欣慰的淚水，因為她兒子帶著這麼多的信任和感情跑來把詩拿給她，這不啻是在她所有的傷口塗上了撫慰的藥膏；

最後，她把這些詩讀了好幾遍以後，流下了讚賞的淚水，因為雅羅米爾的詩句她讀不懂，所以她心想，這裡頭一定有更多東西是她無法理解的，所以她是個神童的母親。

然後她叫了雅羅米爾，但是當雅羅米爾來到她面前，她卻覺得自己像在面對畫家，聽他問自己關於他借給她的那些書；她不知道關於那些詩她該對他說些什麼；她看到他低頭急切地等著，而她能做的只是抱緊他，給他一個吻。雅羅米爾很害怕，他很高興可以把頭埋在母親的肩上，而媽媽，當她在自己的懷裡感覺到雅羅米爾幼小身體的脆弱，她把畫家令人窒息的魅影推得遠遠的，重拾勇氣，開始說話。但是她沒辦法讓自己的聲音擺脫顫抖，她沒辦法讓自己的眼睛不再潮濕，而對雅羅米爾來說，這比媽媽說的話更重要；這顫抖和淚水，給他帶來的是他詩句力量的神聖保證；這是他詩句真實而具體的力量的神聖保證。

夜幕低垂，父親還是沒回來，媽媽心裡想，雅羅米爾的臉有一種溫柔的美是她丈夫和畫家都比不上的；這個不恰當的想法如此執拗，她揮之不去；她開始對雅羅米爾說起她懷孕時看著阿波羅雕像乞求的事。「你看，你真的美得像這個阿波羅，你長得像他。人家說，母親懷孕的時候心裡想的，總會在孩子的身上留下一點什麼，這不盡然是迷信。你的文采就是從他那裡來的。」

接著，她對他說，文學一直是她的最愛，她就是為了讀文學才去上大學的，只是婚姻（她沒有提到懷孕的事）讓她沒辦法全心全意投身這個事業；現在，她發現雅羅米爾是詩人（是的，她是第一個把這偉大頭銜加在他身上的人），顯然這對她來說是個驚喜，可這同時也是她期待已久的事。

這一天，他們聊了很久，最後，母親和兒子，這兩個沮喪的情人都在彼此身上找到了安慰。

第二部 薩維耶

1

他聽到建築物裡傳出下課休息的吵鬧聲，這嬉戲的聲音再過一會兒就要停了；老邁的數學教師正要走進教室，用他寫在黑板上的數字去折磨這些高中生；老師的問題和學生的回答之間是一片無垠之地，一隻迷途的蒼蠅將會在那兒嗡嗡嗡地飛來飛去……可是，這時他已經在老遠的地方了！

戰爭一年前就結束了，時序是春季，天氣晴好；他順著街道往下走，一直走到伏爾塔瓦河（Vltava），然後沿著堤岸閒晃。五小時課的銀河系已經離他很遠了，只有一個栗色的書包（裡頭裝著幾本筆記簿和一本課本）還和那個世界相連繫。

他來到查理士橋，兩側成列的雕像在水上，邀他走到對岸。他沒去上課的時候（他是這麼頻繁、這麼樂於不去上課！）幾乎總是被查理士橋吸引過來，然後走過橋去。這次也一樣，他就要過橋去了，這次也一樣，橋跨過河流，跨過河岸，他將停下腳步，那裡矗立著一幢古老的黃色屋宅；三樓的窗戶幾乎和橋欄一樣高，而且只有幾步之遙；他喜歡望著這幢屋宅（這房子總是大門深鎖），心裡想著這些窗戶後頭住的是什麼樣的人。

這一天，窗戶第一次打開（或許是因為那天的陽光特別好）。牆上掛著一個鳥籠，裡頭有一隻鳥。他停下腳步，細看這個洛可可風格的小鳥籠，白鐵絲絞得很細緻，接著，他瞥見明暗交界處有個身影：他是從背後看見的，但是看得出是個女人，他很希望她轉過身來，讓他看見她的臉。

那個身影動了，但是是往相反的方向移動；身影消失在黑暗中。窗戶開著，他相信這是個邀請，是個無聲的祕密信號，對象正是他。

他無法抵擋。他爬上橋欄。窗戶和橋之間是深深的空隙，底下是堅硬的石板路。他的書包礙手礙腳。他把書包從打開的窗戶扔進那陰暗的房間，然後跳了進去。

2

薩維耶把手臂一伸，剛好摸得到窗戶的內緣，那是他剛剛跳進來的那扇長方形的大窗戶，窗戶的高度差不多跟他一樣。他從最裡面開始檢視這個房間（一如人們總是從最遠的人開始打量），先是看到一扇門，再來是一座大衣櫥靠著左邊的牆壁，右邊是一張木床，床腳的雕工細緻，中間是一張圓桌，鋪著針織的桌巾，上頭擺著一瓶花；最後，他在腳下瞥見他的書包躺在一塊廉價地毯綴著流蘇的邊上。

或許就在他瞥見書包想要跳下去把它撿起來的時候，房裡幽暗處的一扇門打開了，那個女人出現了。她立刻看見他；其實房裡是昏暗的，窗戶的方框是亮的，彷彿房裡是黑夜而外面是白晝；從那女人站著的地方看過來，站在窗框裡的男人就像是站在一片光明背景裡的一個剪影；這是一個介於白晝與黑夜之間的男人。

光線令那女人眼花，她看不清那男人的長相，薩維耶的情況好一點，他的眼睛已經習慣昏暗，至少可以辨認那女人身形的柔軟和她面容的憂鬱，即使在最深沉的黑暗裡，她的面容還是遠遠地散發著蒼白的光芒；她留在門口，打量著他；她既沒有足夠自發的力量高聲表現出她的驚嚇，也沒有足夠自持的力量，可以開口跟他說話。

他們凝望著對方模糊的面容，直到過了漫長的幾秒鐘之後，薩維耶才說道：「我的書包在這裡。」

「您的書包？」她問道，此時，彷彿薩維耶說話的聲響把她從最初的驚愕之中拉了出來，她把門在身後關上。

薩維耶蹲在窗台上，用手指往下頭躺著書包的地方指了指說：「我有很重要的東西放在裡面。我的數學筆記，我的自然科學課本，還有我們的捷克文作業簿。我最後一篇作文，題目是春天來了，就在這個本子裡。這篇作文讓我很痛苦，我已經沒辦法再從腦子裡把它找出來了。」

那女人往房裡走了幾步，薩維耶現在看到她在比較明亮的地方了。他的第一印象是對的：柔軟的身形和憂鬱。他看見迷惑的臉龐上有一對靈活的大眼睛，另一個詞這時也浮現在他的腦海裡：驚嚇；不是被他突如其來的造訪所驚嚇，而是一種長久以來的驚嚇一直留在這個女人的臉上，表現的形式是一雙定住不動的大眼睛，是蒼白，是她看似不斷表示歉意的這些手勢。

是的，這個女人真的在道歉！「請您原諒我，」她說，「可是我不明白為什麼您的書包會跑到我們家。我沒多久前才打掃過，可是我沒看到不屬於我們的東西。」

「可是，」薩維耶蹲在窗台上，用手指指著地毯的方向說：「我非常高興的是，我的書包在這裡。」

「我也是，我很高興您找到書包了。」那女人說完之後笑了。

現在他們面對面了，他們中間只有那張鋪著針織桌巾的圓桌和插滿紙花的玻璃花瓶。

「是的，找不到的話我會很麻煩，」薩維耶說。「捷克文的女老師討厭我，如果我弄丟了作業本，我可能得重修。」

女人的臉上流露出同情；她的眼睛突然變得很大，大得讓薩維耶看不到其他東西，彷彿臉上的其他部分和身體都只是眼睛的附屬品，只是個首飾盒；他甚至不知道這個女人的臉龐有什麼不一樣的線條，她的身體是什麼比例，這一切都留在他的視網膜邊緣；他對這個女人的印象其實只是她那對巨大的眼睛造成的印象，那栗色的光芒淹沒了整個身體。

所以薩維耶繞過圓桌，向這對眼睛前進。「我是個老留級生，」他抓住女人的肩膀說（這肩膀柔軟得宛若乳房！），「相信我，沒有什麼比這種事更讓人悲傷的，在同一間教室裡待了一年，卻還要在同一張板凳上再坐一年……」

然後，他看見那雙褐色的眼睛抬起來望著他，一股幸福的感覺湧上他的心頭；薩維耶知道他現在可以把手往下滑，撫摸乳房和小腹，他想摸哪裡都可以，因為高踞在這女人心裡的驚嚇把她溫馴地帶到他的懷裡。但是他什麼也沒做；他抓住她的肩膀，這美麗的圓形峰頂，他覺得這樣已經夠美，夠令人興奮了；他什麼也不想再多要了。

他們就這樣動也不動，過了一會兒，然後那女人正色說：「您得走了，我丈夫就要回來了！」

最簡單的做法，就是拿起書包，跳上窗台，再從窗台跳到橋上，可是薩維耶什麼也沒做。他覺得有一種甜美的感覺流遍他全身，他感到這個女人有危險，他應該留在她身邊。

「我不能讓您一個人留在這裡！」

「我丈夫要回來了！您快走吧！」那女人焦慮不安地哀求著。

「不，我要留下來陪您！我不是懦夫！」薩維耶說，此刻腳步聲已經清清楚楚地迴盪在樓梯上。

那女人想把薩維耶推到窗邊，但是薩維耶知道自己不可以在這女人有危險的時刻丟下她。我們已經聽到公寓深處傳來開門的聲音，在最後一刻，薩維耶撲到地上，鑽進床底。

3

地板和頂著破床墊的五塊木板之間有一點空間，這空間和一付棺材相去不遠，但是和棺材不一樣的是，這個空間有香氣（他聞到稻草的香氣），聲響很大（地板把每一個腳步的聲音都傳得很清楚），而且還看得到很多東西（就在他上頭，他看見他不能丟下的那個女人的臉，那張臉映在床墊深色的布面上，那張臉被三根穿出床單的稻草穿過）。

他聽到的腳步聲很沉重，他轉過頭去，看到地板上有一雙靴子往房裡走來。他聽到一個女人的聲音，他心底不由自主地產生一種模糊的感覺，可這感覺是心碎，是後悔：這聲音跟片刻之前對薩維耶說話的時候一樣憂鬱、恐懼、迷人。可是薩維耶是有理性的，他忍住這猝然而生、沒來由的嫉妒；他知道這個女人有危險，而她用她所擁有的東西來反抗：她的臉和她的悲傷。

後來他聽到一個男人的聲音，他想，這聲音很像他看到在地板上走來的那雙黑色靴子；後來他聽到女人說不要，不要，不要，他聽到這雙腳的聲音靠近了，搖晃著遮蔽他的東西，接著他棲身之處上方的板子壓得越來越低，幾乎要壓到他的臉了。

再一次，他聽到那個女人說不要，不要，不要，現在不要，求求你，現在不要，他看見她的臉就在他眼前一公分的地方，貼在床墊的大床單上，他想，這張臉正在向他吐露它所受的屈辱。

他想要從他的棺材裡站起來，他想要拯救這個女人，但是他知道自己沒有權利這麼做。那女人的臉和他的臉如此貼近，就俯在他的上頭，向他乞憐，而三根稻草豎在那裡，彷彿三支箭刺穿了那張臉。薩維耶頭上的木板開始打著拍子搖晃起來，而那幾根稻草──刺穿那女人臉龐的那幾支箭──也打著拍子輕輕拂著薩維耶的鼻子，搔得他好癢，打了個噴嚏。

運動硬生生停下來了。床不動了，連呼吸聲都聽不到，薩維耶也沒動，像是僵在那裡。接著，片刻之後，我們聽到：「剛剛是什麼聲音？」「親愛的，我什麼也沒聽到。」女人的聲音答道。接著，又是片刻的寂靜，然後男人的聲音問道：「那這個書包是誰的？」接下來是響亮的腳步聲迴盪在房裡，我們看見那雙靴子在房裡走來走去。

天哪，這傢伙穿靴子上床，薩維耶心裡很氣憤；他知道應該有所行動了。他用手肘把身體撐起來，把頭從床底伸出去，看看房裡的狀況。

「妳帶什麼人回來？妳把誰藏起來了？」薩維耶聽見男人大吼的聲音，他看見靴子再上去是深藍的馬褲和深藍的襯衫，那是警察的制服。那男人用辦案的眼光巡了整個房間，然後向衣櫥衝過去，那衣櫥的深度讓人懷疑裡頭藏著情人。

這時，薩維耶從床底蹦出來，安靜得像隻貓，柔軟得像頭豹。那男人打開滿是衣服的櫥子，開始在裡頭東摸西找。但是薩維耶已經站在那裡了，那男人再次把雙手探入黑暗的衣服堆尋找藏在裡頭的情人，這時，薩維耶抓住他的脖子，猛然一推，把他推進衣櫥裡。他把門關上，鑰匙一轉再拔出來，放進自己的口袋，然後轉身看著那個女人。

4

他在一雙褐色的大眼睛前面，他聽見身後的衣櫥裡傳來敲打的聲音，敲打聲因為隔著衣服而變得微弱，話語在嘈嘈的聲音裡沒人聽得懂。

他坐在那雙大眼睛旁邊，手指緊扣那女人的肩膀，他的手掌碰觸著她的皮膚，發現她只穿著一件薄薄的襯裙，襯裙底下是她赤裸的乳房，柔軟而有彈性，在那兒鼓脹著。

衣櫥裡，鼓聲未歇，薩維耶現在兩手扣著那女人的肩膀，努力要看清那消失在她雙眼浩瀚汪洋中的身形。他對她說不要害怕，他把鑰匙拿給她看，證明衣櫥鎖得緊緊的，他提醒她，囚禁她丈夫的牢房是用橡木做的，犯人打不開也敲不破。接著，他開始吻她（他的手始終放在那雙柔軟的裸肩上，那對肩膀讓人產生無盡的肉慾，他彷彿沒有力氣抵擋那種暈眩，他害怕自己的手繼續滑下去撫摸她的乳房），他心想，他的嘴唇放上這張臉，他就要沉溺在汪洋之中了。

他聽見她的聲音說：「現在我們要怎麼辦？」

他輕撫她的肩膀，回答說，什麼都別管，現在這樣很好，他從來沒有這麼幸福過，衣櫥裡的敲打聲並不令他心煩，那就像電唱機播放的暴雨聲，或是從城裡另一頭的狗屋裡傳來的狗吠聲，而那條狗還綁在狗屋裡。

為了讓她明白情況在他的掌握之中，他站起來在房裡四處巡視。然後他笑出聲來，因

MILAN KUNDERA

為他看見桌上擺著一支黑色警棍。他拿起警棍，走到衣櫥旁邊，在門上敲了好幾下，回應裡頭傳來的敲打聲。

「現在我們要怎麼辦？」那女人又問了一次，薩維耶回答她說：「我們要走了。」

「那他呢？」女人問。

薩維耶答道：「一個人兩、三個禮拜沒吃東西還活得下去。我們明年回來這裡的時候，衣櫥裡會有一具穿著制服和靴子的骷髏。」他又走到吵吵鬧鬧的衣櫥旁邊，給衣櫥一記警棍，他邊笑邊看那女人，希望她也跟著他一起笑。

可是那女人並沒有笑，她問說：「我們要去哪兒？」

薩維耶告訴她要去哪兒。她反駁說，她待在這房裡就是待在家裡，可是薩維耶要帶她去的地方，既沒有她的衣櫥也沒有她的籠子裡的小鳥。薩維耶答說，一個家不是有一個衣櫥或一隻籠子裡的小鳥就好了，而是要有我們愛的人在那裡。接著他告訴她，他沒有自己的家，或者，換個表達方式，他說他的家在他的步履中，在他的腳步裡，在他的旅程之中。他說他的家在那無名的地平線開展之處。他說他要活著，只能從一個夢到另一個夢，從一個旅程到另一個旅程，如果他在同樣的背景裡待太久就會死去，她的丈夫也一樣，如果在衣櫥裡待上半個月，他就會死去。

話才說著，他們倆突然發現衣櫥靜下來了。這靜默如此清晰，把他們倆都喚醒了。這像是暴雨乍歇的片刻；金絲雀在籠子裡沒命地啾鳴，窗外，是落日的金黃光芒。美得像旅行的邀約。美得像上帝的寬恕。美得像死了一個警察。

這一次，換成那女人輕撫薩維耶的臉了，這是她第一次碰他；這也是薩維耶第一次看到她不僅不迷茫，而且還有堅定的表情。她對他說：「沒錯。我們要走了；我們就去你想去的地方。等我一下，我去拿一些旅行要用的東西就走。」

她又摸了他一下，對他微笑，然後往房門口走去。他看著她突然滿溢著寧靜的眼睛；他望著她的腳步，柔軟順暢得像是流水化作身體的步履。

後來，他坐在床上，心裡覺得舒服得不可思議。衣櫥寂靜無聲，彷彿那個男人在裡頭睡著或是上吊了。整間房裡都是寂靜，這寂靜帶著伏爾塔瓦河嘈嘈的水聲和遠方城裡的叫聲，從窗外傳進房裡，這叫聲如此遙遠，聽來彷彿森林的聲音。

薩維耶感覺到，又會有許許多多的旅行了。沒有什麼比旅行前的片刻更美好了，這一刻，明日的地平線來拜訪我們，向我們訴說它的承諾。薩維耶躺在縐縐的被褥上，一切似乎都融為令人讚歎的整體：軟軟的床像個女人，女人跟水一樣，而窗下的水，他想像那像是一個液體的床鋪。

接著，他又看見門開了，那女人走了進來。她穿著一件藍色的連身裙。藍色，像水；藍色，像他明天將要沉浸其中的地平線；藍色，像他陷入的睡眠，緩緩的，卻又無法抵擋。

是的。薩維耶睡著了。

5

薩維耶睡覺不是為了在睡眠裡汲取甦醒的力氣。不是的，一年三百六十五次的「睡──醒」，薩維耶對這種單調的鐘擺運動一無所知。

睡眠對他來說並非生命的相對面；對他來說，睡眠就是生命，而生命就是一個夢。他從一個夢過渡到另一個夢，一如他從一個生命過渡到另一個生命。

天色暗了，天色黑了，但是這時從上面落下的是一圈圈的光。那是幾盞提燈發出的光；這些光環投射在黑暗深處，綿綿密密的雪花在光環裡翩飛。

他衝進一棟低矮建築物的大門，很快地穿越大廳，鑽到月台上，火車正在那兒等著，車窗都亮著，正要離去；有個老頭手裡提著一盞燈，沿著列車往前走，把每一節車廂的門都關上。薩維耶輕巧地跳上火車，那個老頭把燈舉起，月台的另一頭傳來悠緩的喇叭聲，火車開動了。

6

他停在最後一節車廂後頭的平台上，深深吸了一口氣，好讓自己喘吁吁的氣息平靜下來。又一次，他在最後一刻趕上了，而在最後一刻趕上是他的驕傲：所有人都依照事先安排的計畫準時抵達，所以這些人的一生毫無驚喜，彷彿在照抄老師指定的文章。他想像這些人在包廂裡，坐在預訂的位子上，交流著事先知道的話語，談著他們要度過一週假期的山間小屋，談他們的功課表，這是他們在學校就被要求熟記的東西，這樣他們才會盲目地遵循，牢記在心，一點也不會錯。

但是薩維耶沒有準備就來了，在最後一刻，引他過來的是一股突發的衝動，是一個意外的決定。現在，他在車廂後面的平台上問自己，究竟是什麼激發他來參加學校辦的遠足活動，跟一些無聊的高中生和鬍子裡蝨子亂鑽的禿頭老師們攪和在一起。

他穿過車廂：有幾個男孩子站在包廂外頭的走道，把氣吐在結冰的窗玻璃上，再把眼睛貼上那化開的偷窺孔；有的男孩子則是懶洋洋地躺在包廂的長椅上，滑雪板交叉擺在頭上的行李網架；遠一點的地方有人在玩牌，另一個包廂裡有人在唱一首大學生常唱的歌，旋律很簡單，歌詞一再重複，幾百次，幾千次，永遠唱不完：金絲雀死了，金絲雀死了，金絲雀死了……

他停在這個包廂門口，往裡面看：裡頭有三個高年級的男孩子，在他們旁邊，是他班上的一個金髮女孩，女孩看著他，臉紅了起來，可是卻什麼也沒說，彷彿怕自己唱錯被人抓到，她繼續張著嘴巴，一面睜大眼睛盯著薩維耶看，她唱著：金絲雀死了，金絲雀死了，金絲雀死了，金絲雀……

薩維耶從金髮女孩的身邊走遠了，他走到另一個包廂前面，裡頭傳來的是其他不同的學生歌曲還有笑鬧的聲音，然後他看見一個穿查票員制服的男人向他走來，在每一個包廂都停下來檢查車票；制服騙不了薩維耶，他在那頂工作帽的帽簷下認出那是在學校教拉丁文的老先生，他立刻知道自己不該讓他看見，一來是因為他沒有火車票，二來是因為他很久沒去上拉丁文課了（他已經想不起來有多久了）。

他趁著拉丁文老師把頭探進包廂的那一刻，很快地從他身後跑到車廂後頭，那裡有兩扇門，一扇通往盥洗室，一扇通往廁所。他打開盥洗室的門，嚇了一跳，他看見捷克文老師，這個嚴峻的中年女人正溫柔地抱著一個同學，這傢伙平常都坐在第一排的位子，由於他這麼熱中學校的功課，薩維耶對他簡直鄙視到了極點。這對情人看見他的時候，嚇得立刻彈開，低頭看著洗手台，在水龍頭細細滴淌的水流下猛搓著手。

薩維耶不想打擾他們，於是又走到外面的平台上；在那裡，他和班上的金髮女孩面對面了，女孩一雙藍色的大眼睛盯著他；女孩的嘴唇不再動了，不再唱那首薩維耶覺得不會結束的歌了。啊！多麼天真啊，他心想，怎麼會以為有一首歌是不會結束的！彷彿這世上的一切從開始就盡是背叛！

他滿腦子都是這個念頭，他的眼神沉浸在金髮女孩的雙眼之中，他知道他不該耽溺在這場造假的遊戲之中，任這遊戲把瞬間變成永恆，把渺小變成偉大，他不該耽溺在這場叫做愛情的造假的遊戲。他於是轉身走進那間窄小的盥洗室，肥胖的捷克文老師又大剌剌地站在薩維耶的同學面前了，她的雙手放在他的腰下。

「啊，不要，拜託你們，你們不要又開始洗手了，」薩維耶對他們說。「換我洗了。」他小心翼翼避開他們，扭開水龍頭，在水槽上俯著頭，他希望這麼做多少可以讓自己清靜一下，也可以讓那兩個杵著不動看似尷尬的情人得到清靜。他聽到捷克文老師精神飽滿的低語：「我們到隔壁去。」然後是關門的聲音和兩雙腿走進隔壁廁所的腳步聲。剩下他一個人了，他滿足地靠在牆上，沉浸在甜美的思緒裡，想著愛情的微渺，他沉浸在甜美的思緒裡，在這些思緒的後頭，閃耀著兩隻苦苦哀求的藍色大眼睛。

7

後來火車停了，喇叭聲迴盪著，這時傳來一陣年輕的喧嘩聲，關門的金屬撞擊聲，鞋底敲打地面的節奏；薩維耶從他躲藏的地方走出來，加入那些在月台上大聲叫嚷的高中生。接下來，我們看到一座座的山，一輪大大的月亮和閃閃發亮的白雪；他們走在光明如晝的夜裡。這是一列長長的朝聖隊伍，取代十字架的是一雙雙的滑雪板，豎立在那裡彷彿神聖的道具，彷彿象徵著立誓時豎起的兩根指頭。

這是一列長長的朝聖隊伍，薩維耶伴著這個隊伍一起走，兩手插在口袋，只有他一個人沒有帶象徵立誓的滑雪板；他走著，他聽著這些高中生說的話，他們已經夠累了；後來他轉過頭去，看到纖細瘦小的金髮女孩走在後面，她因為滑雪板的重量而陷進雪裡，踉踉蹌蹌的，過了一會兒，他又轉過頭去，看見老邁的數學老師幫女孩拿起滑雪板，跟他自己的一起放在肩上，然後用他空著的那隻手，抓著女孩的手臂，幫著她往前走。這是一幅悲傷的圖畫，這個可憐的老人在同情這可憐的年輕人；他望著這個畫面，感覺很好。

後來，一首舞曲的樂音先是從遠處傳來，接著變得越來越近；他們看到一家餐廳，他們要住的小木屋就在四周。但是薩維耶沒有訂房間，他甚至也不需要放他的滑雪板，也不需要去換衣服。於是他直接走進酒吧，舞池邊是樂隊和幾桌顧客。他立刻注意到一個穿著石榴紅毛衣和滑雪褲的女人；她的附近坐著幾個男人，桌上放著啤酒杯，可是薩維耶知道這個高貴又高傲的女人覺得這些人無聊。他走了過去，邀她跳舞。

酒吧裡跳舞的只有他們兩人，薩維耶看到那女人的脖子憔悴得美麗，她眼睛周圍的皮膚皺得很美，嘴巴旁邊的兩條皺紋也陷得好深好美，他覺得很幸福，因為可以把這麼多年的生命擁在懷裡，他覺得很幸福，因為他這個高中生可以把幾乎完成的一生擁在懷裡。跟她跳舞，薩維耶覺得很自豪，他心想金髮女孩隨時都會進來，她會看到他，看到他比她優越到什麼程度，他舞伴的年齡彷彿是一座高山，而這個年紀輕輕的少女站在山腳下，彷彿一株卑微的小草。

確實，酒吧裡開始走進一些男孩，還有一些已經換下滑雪褲穿上裙子的女孩，他們進來找了空桌坐下，現在，薩維耶和他那穿石榴紅衣服的舞伴身邊圍繞著很多人；他瞥見一張桌子旁邊坐著那個金髮女孩，他很滿意：女孩費心打扮的程度遠勝過其他人；她穿著一襲漂亮的連身裙，跟這家髒兮兮的酒館一點也不搭調，輕飄飄的白色連身裙讓她更顯柔弱，更顯脆弱。薩維耶知道她是為了他才這麼穿的，他下定決心，他不該失去她，這個夜晚他應該為她度過，和她一起度過。

8

他對那穿著石榴紅毛衣的女人說，他不能再跳舞了；那些肥頭大耳紅通通的臉躲在啤酒杯後頭盯著他看，讓他覺得噁心。那女人頷首微笑；儘管這支舞還沒結束，儘管舞池裡只有他們兩人，他們還是停下了舞步（整個酒吧裡的人都看得到他們停下舞步），手牽著手離開舞池，沿著一張張桌子走到外頭的雪地。

他們感受到冰冷的空氣，薩維耶心想，那個柔弱多病的白衣女孩一會兒就要來這冷冰冰的地方跟他們會合了。他抓著石榴紅女人的手臂，拉著她走過亮晃晃的雪地，他心裡想，他是傳說中用笛聲把鎮上的老鼠都帶走的那個人，而她身邊的女人，就是他吹的短笛。

過了一會兒，餐廳的門打開，金髮女孩走了出來。她比剛才更柔弱了，她的白色連身裙和雪地混成一片，她就像一團雪走在雪裡。薩維耶把石榴紅女人抱得更緊些，這女人衣服穿得夠暖，年紀也真是夠老，薩維耶親吻她，把手伸進毛衣裡，他用眼角餘光瞥著一身雪白的女孩，她在那裡望著他們，內心激盪不已。

接著，他把老女人推倒在雪地，撲到她身上，他知道時間已經過了很久，天氣很冷，女孩的連身裙很薄，地上的冰碰到他的小腿和膝蓋，一直到他的大腿，地上的冰撫著他的腿，越撫越高，甚至到了他的性器官和他的小腹。他們站了起來，老女人帶他走進一棟木屋，她在裡頭有個房間。

房間在樓下，窗戶比雪地高一公尺，薩維耶從窗玻璃可以看見金髮女孩距離他幾步之遙，在窗外看著他；他也不想放棄金髮女孩，他滿腦子都是她的影子，於是他把燈打開（老女人用一種淫蕩的笑聲笑他需要燈光），他抓起老女人的手，和她一起靠到窗邊，他在窗前緊緊抱住她，把那件毛茸茸的毛衣掀起來（這是一件很暖的毛衣，是給年老的身體穿的），他想著金髮女孩，他想她應該整個人都凍僵了，凍得不再感覺到身體的存在，凍得只剩下靈魂，一個悲傷而痛苦的靈魂，若有似無地漂浮在如此冰冷的身體裡，而這身體也什麼都感覺不到了，它已經失去觸覺，只是一只死去的皮囊，裝著一個漂浮的靈魂，而薩維耶對這靈魂的愛沒有止境，啊，是的！他對這靈魂的愛沒有止境。

但是誰能承受這麼無盡的愛啊！薩維耶感到自己的手沒勁了，甚至沒有力氣把那件毛茸茸的毛衣掀到足以露出老女人胸部的高度，他覺得全身一陣麻木，他在床上坐了下來。實在很難形容他感覺有多美好，有多滿足，有多幸福。當一個人過度滿足的時候，睡意就會襲上來，像一種獎賞似的。薩維耶露出微笑，陷入沉沉的睡意，陷入一個美麗而溫柔的夜，這一夜，閃耀著兩隻結冰的眼睛，閃耀著兩個凍僵的月亮……

9

薩維耶活的方式並不是單一的生命，從出生延伸到死亡，像一條髒髒的長線；他的生命不是用活的，而是用睡的；在這個睡眠的生命裡，他從一個夢跳到另一個夢；他夢啊夢，夢著夢著又睡著了，然後又做了另一個夢，所以他的睡眠就像一個盒子，裡頭又跑進另一個盒子，而在這個盒子裡頭又有另一個盒子，然後在這個裡頭又是另一個，依此類推。

譬如，此刻他正在睡覺，而且他同時在查理士橋邊的一幢房屋和山裡的一棟木屋裡；這些睡眠彷彿風琴的兩個音符在那兒響了好久；現在在這兩個音符上頭又加上了第三個：

他站著，看著。街上空空盪盪的，好不容易才見到一個影子，卻又立刻消失在街角或是一扇門裡。他也一樣，他也不想讓人看見；他走的是郊區的小街巷，城裡的另一頭傳來一陣槍決的聲響。

他終於走進一幢房屋，開始從樓梯往下走；地下室有好幾道門；他試了好幾次才試出哪一扇門是對的，他敲了敲門；他先是敲了三下，過了一會兒，又敲一下，然後又過了一會兒，他又敲了三下。

10

門打開了，一個穿藍色工作服的年輕男人請他進去。他們穿過好幾個房間，裡頭堆著舊貨，一些衣服掛在衣架上，還有幾支步槍靠在牆角，他們走過一條長長的廊道（他們應該離原先那棟建築物的外圍很遠了），終於走進一間小小的地下室，裡面約莫有二十個男人。

他找了一張沒人坐的椅子坐了下來，端詳著那裡的人；其中有幾個人他認識。三個男人圍著門口的一張桌子坐著；其中一個頭戴鴨舌帽的正在講話；他說到一個即將來臨的神祕日子，一切事情在這一天都會有個了結；依照計畫，為了這一天，一切都應該準備好了：傳單、報紙、電台、郵局、電報、武器。然後他問了每一個人，看他們是否為了這一天的成功，已經執行了他們負責的工作。他也問了薩維耶，他問薩維耶有沒有帶名單。

這是殘酷的一刻。為了確保不被發現，薩維耶早就把名單謄在捷克文作業簿的最後一頁了。這本作業簿放在書包裡，跟其他的作業簿和其他的課本放在一起。但是書包在哪裡？他沒有把書包帶在身上！

戴鴨舌帽的男人重複了一次他的問題。

天哪，書包到底在哪裡？薩維耶想到快要發狂，結果，從記憶深處浮現了一段模糊難辨的往事，一股非常甜美亦充滿幸福的氣息；他想要抓住這漂浮的回憶，但是卻來不及，因為每一張臉都轉向他，等著要他回答。他得承認他沒有名單。

他來跟這些人會合，就像是一個同志來和其他的同志會合，這會兒，那些男人的臉沉了下來，戴鴨舌帽的男人聲音冰冷地對他說，如果敵人得到名單，那他們一切希望所繫的日子就毀了，那個日子就和其他日子沒有兩樣了：一個空無的死亡之日。

但是薩維耶來不及回答。門悄悄打開了，一個男人跑出來，吹了哨音。那是警報的信號；戴鴨舌帽的男人還來不及下達第一道命令，薩維耶已經開口了：「讓我先出去。」他說，因為他知道前面這條路現在充滿危險，第一個出去的人有可能會喪命。

薩維耶知道他忘了帶名單，他知道他得彌補他的過錯，但是把他推向危險的不只是罪惡感，他討厭讓生命不像生命，讓人不像人的那種卑微，他想把他的生命放在天平上，把死亡放在另一邊的秤盤上，他想用至高無上的標準衡量他生命的每一個動作，甚至每一天，每一個小時，每一分，每一秒，而這標準，就是死亡。這就是為什麼他想走在隊伍的前頭，走在懸於深淵上的繩索，頭上頂著槍彈的光環，在所有人的眼裡變大，變成無窮無盡，一如死亡之無窮無盡……

戴鴨舌帽的男人看著他，冷峻的眼神裡帶著一絲理解的微光。「好，你先走！」他對薩維耶說。

11

他穿過一道金屬門，來到一個狹窄的天井。天色暗了，遠處傳來砰砰的槍決聲，他抬眼一看，探照燈的強光在屋頂上飄移著。對面，一道窄窄的金屬梯通往一棟五層樓建築物的屋頂。他踏了上去，迅速往上爬。其他人跟著他衝到天井，貼在牆邊。他們等著薩維耶爬上屋頂，打信號告訴他們這條路可不可以走。

他們一爬上屋頂，就很謹慎地匍匐著前進，但是薩維耶一直在前頭；他冒生命危險保護其他人。他小心翼翼地前進，滿心甜蜜地前進，像貓那樣前進，他的雙眼穿越黑暗。他在一個地方停下來，叫了戴鴨舌帽的男人，告訴他就在下面，就在他們下面，有幾個黑色的人影在跑，手裡拿著短槍，在那片昏暗之中四處察看。「繼續幫我們帶路。」那男人對薩維耶說。

探照燈不停地掃著每一棟房屋，掃著屋頂的邊緣和低陷的街道，薩維耶從一個屋頂跳到另一個屋頂，他攀住金屬短梯，藏在煙囪後面，躲避那些糾纏不休的探照燈。

這是一段美麗的旅程，安靜的人們化作成群的鳥，為了躲避暗處的敵人，他們從天空離去，為了逃過陷阱，他們在屋頂的邊緣上跑過整個城市。這是一段美麗而漫長的旅程，但是這旅程已經漫長得讓薩維耶開始感到疲憊了；這疲憊令他意識不清，腦子裡充滿幻覺；他彷彿聽到一首葬禮進行曲，那是蕭邦著名的葬禮進行曲，軍樂隊會在墓園裡吹奏的那首曲子。

他沒有放慢腳步，他使盡全力讓自己的意識清醒，揮卻那預告死亡的幻覺。徒勞啊；

音樂還是一直來，彷彿要宣告他即將到來的終局，彷彿要把未來的死亡黑紗披在這鬥爭的時刻之上。

但是他為什麼要這麼用力去抵抗這個幻覺？他不渴望藉由死亡的偉大，把他在屋頂上的奔跑變成一段無遠弗屆又令人難忘的漫步前進嗎？那宛如預兆一般在他耳邊響起的葬禮音樂，難道不是他的勇氣的最佳伴奏嗎？他的戰鬥也是他的葬禮，而他的葬禮是一場戰鬥，生命和死亡如此美妙的結合，這不是很崇高、很壯麗嗎？

不，真正讓薩維耶害怕的，不是死神來報訊，而是從此不能再信任自己的意識，不能再察覺敵人陰險的陷阱（同伴們的安全都得靠他啊！），現在，葬禮進行曲流淌的憂傷塞住了他的耳朵。

但是幻覺真的有可能真實到讓人聽見蕭邦的進行曲，還加上所有節奏錯拍的地方，長號吹錯的音符嗎？

12

他睜開眼睛，看見房裡擺著一個帶著刮痕的衣櫥，還有他睡的這張床。他很滿意，他穿著一身衣服睡覺，這樣他就不必換衣服了；他只要把丟在床下的鞋子拿出來穿上就行了。但是這悲傷的軍樂，它的音符聽來如此真實，究竟從何而來？

他走到窗邊。一片積雪幾乎融盡的景象，在他前面幾步遠的地方，一群男女穿著黑衣，背對著他，動也不動地站在那裡。這群人又遺憾又悲傷，一如他們周遭的景象；原本亮晃晃的積雪只剩下一片片、一條條髒兮兮的殘雪留在濕答答的地上。

他打開窗戶，把身體探到窗外。現在，他比較清楚狀況了。那些黑衣人圍著一個坑，坑的旁邊擺著一付棺材。坑的另一頭，有另外幾個穿黑衣的男人，嘴上吹奏著銅管樂器，上頭還支著小小的譜架，樂手們的眼睛緊盯著譜架上的樂譜；他們吹奏的是蕭邦的葬禮進行曲。

窗戶跟地面只有一公尺不到的距離。薩維耶跨過窗台，走到送葬的人群旁邊。這時候，兩個強壯的農民把繩子套過棺材底下，把棺材抬起來慢慢縋下去。這群黑衣人當中有一個老男人和一個老女人忍不住放聲哭了起來，其他人則攙著他們，安慰他們。

接下來，棺材放到坑底了，穿黑衣的人們一個接一個靠過來，在棺蓋上頭撒一把泥土。薩維耶是最後一個傾身在棺材上方的，他手裡抓起一團混著幾塊雪的泥土扔進坑裡。

所有人都對他一無所知，而他卻什麼都知道。只有他知道金髮女孩為什麼會死，還有她是怎麼死的，只有他知道冰雪的魔掌先是襲上了她的小腿，然後沿著她的身體一直爬到她的小腹，爬到她的乳房之間，只有他知道她的死因。只有他知道她為什麼要求葬在這裡，因為就是在這裡，她見到愛情背叛了她，逃離了她，她因而承受極大的痛苦，希望死去。

只有他知道一切；其他人就像一般人那樣不明白，或者像死者一樣不明白。他看著他們，遠方的群山是背景，他心想，他們迷失在這無邊無際的遠方，一如死去的女孩迷失在大地的無邊無際，而他自己（知道一切的那個人）比這潮濕而遙遠的風景更遼闊，以至於這一切——所有活著的人、死去的女孩、帶著圓鍬的掘墓人、原野、群山——都進到他的內裡，消失在他的內裡。

他整個人都被這片風景，被這些活著的人的悲傷，被金髮女孩的死占據了，他感覺自己被他們每一個人的存在填滿了，彷彿他的內裡長出了一棵樹；他覺得自己長大了，覺得現實裡的自己看起來不再像男扮女裝，不再像易容喬裝，不再像戴著謙遜的面具了；他戴著他自己真正角色的面具，往死者的父母那裡走去（死者的父親的臉讓他想起金髮女孩的輪廓），他向他們致哀；他們茫然地把手遞給他，他感到他們的手在他的手心顯得柔弱而沒有分量。

然後，他背靠著木屋的牆壁站了很久，他曾經在這棟木屋裡睡了很長的時間，他看著那些參加葬禮的人們，看著他們漸漸散成一小群一小群，慢慢消失在潮濕而遙遠的風景裡。突然間，他感覺有人在輕輕撫摸他——啊，是的，他覺得有一隻手在摸他的臉。他確定自己明白這撫摸的意義，他滿心感激地接受這輕撫；他知道這是寬宥的手；這是女孩要讓他明白，她一直愛著他，愛情在墳墓的另一頭依然持續。

13

這是穿越他諸多夢境的一次墜落。

最美好的時刻，就是一個夢還沒結束，可是另一個夢已經萌芽了，而薩維耶在這個夢中甦醒。

當他站在群山的背景前面動也不動的時候，這雙手撫摸著他，這雙手的主人是他另一個夢裡的女人，薩維耶即將再次墜入這個夢境，可是他還不知道，所以這雙手暫時還只是獨自存在，做為一雙手而存在；這雙手如同奇蹟，出現在一片空盪之中；這雙手出現在兩段歷險之間，出現在兩個生命之間；這雙手沒有被身體糟蹋過，也沒有被頭糟蹋過。

希望這雙沒有身體的手可以繼續輕撫，越久越好！

14

接著他感覺到的，不只是手的輕撫，還有乳房豐滿而柔軟的觸碰，一對乳房壓在他的胸口，他看到一個女人的臉，她的皮膚是棕色的，他聽到她的聲音在說：「你醒醒啊！天哪，你醒醒啊！」

他的底下是一張皺巴巴的床，周遭是一個灰撲撲的房間，裡頭有一個大衣櫥。薩維耶想起來了，他在查理士橋的那個房間裡。

「我知道你還想睡很久很久，」那女人的語氣彷彿在道歉，「可是我不能不叫醒你。我很害怕。」

「妳在怕什麼？」薩維耶問道。

「天啊，你什麼都不知道，」那女人說。「你聽！」

薩維耶閉上嘴，全神貫注地聽——他聽到遠處傳來槍決的聲響。

他從床上跳下來，跑到窗邊；一群群穿著藍色工作服的人，背著衝鋒槍走上查理士橋。

這就像穿越好幾道牆才找回的記憶；薩維耶很清楚這一群群帶槍的人到橋上去布崗是什麼意思，但是有一些事情他想不起來，這些事可以讓他想清楚他對眼前所見的事情的態度。他知道他在這個場景中扮演了一個角色，而他缺席了，那是在他犯了一個錯之後，他就像演員忘了上台，結果這齣戲沒有他卻兀自演了起來，一齣殘缺的怪戲。突然間，他想起來了。

就在他想起來的那一刻，他在房裡巡了一圈，這才鬆了一口氣——書包一直在那裡，靠在牆角，沒被人拿走。他一個箭步過去，把書包打開。所有的東西都在：數學作業簿、捷克文作業簿、自然科學課本。他拿起捷克文作業簿，從後頭翻開，然後再次鬆了一口氣：戴鴨舌帽的男人向他要的名單仔仔細細地抄在那裡，字體小而清晰，薩維耶很高興自己想得出這種方法，把這個重要檔案藏在作業簿裡，而在這本作業簿的另一頭，可以看到一篇以春天來了當題目的作文。

「可以告訴我，你在裡頭找什麼嗎？」

「沒什麼。」薩維耶說。

「我需要你，我需要你的幫助。你很清楚發生了什麼事。他們闖進每一間屋子，逮捕人，把人抓去槍斃。」

「別害怕，」他笑著說。「他們沒辦法槍斃任何人！」

「你怎麼知道！」那女人反駁。

他怎麼知道！他可是知道得太清楚了：所有該在革命第一天就處決的人民公敵的名單就在他的作業簿裡，確實，這樣根本無法處刑。而且，這個女人的焦慮不安他根本不在乎；他聽到槍決的聲響，他看到那些人在橋上布崗，他心想他滿腔熱血地準備，要和同志們並肩作戰的這一天終於來了，而這段期間，他一直在睡；他在別的地方，在另一個房間裡，在另一個夢裡。

他想要出去，他想要立刻加入這些穿藍色工作服的人，他想要把名單交給他們，因為只有他一個人擁有這份名單，少了它，革命就是盲目的，不知道該逮捕誰，槍決誰。但是接下來他又想，這是不可能的：他並不知道這一天的祕密口令，長久以來他們都把他當作叛徒，沒有人相信他了。他在另一個生命裡，他在另一段歷險之中，他無法從此刻的生命裡拯救他已經不在其中的另一段生命。

「你怎麼了？」那女人不安地問道。

薩維耶心想，如果他拯救不了這個失敗的生命，那他就得讓他此刻活在其中的生命變得偉大。他轉身看著那身形豐滿的美麗女人，他知道他得棄她而去，因為生活在那裡，在外頭，在窗戶的另一邊，那裡，傳來槍決的聲響，宛如夜鶯疾聲啁啾鳴唱。

「你要去哪裡？」那女人大聲喊著。

薩維耶微笑指著窗口。

「你答應要帶我一起走的！」

「那是很久以前的事了。」

「你要背叛我嗎？」

她跪在他面前，抱住他的腿。

他看著她，心想，她很美，實在很難丟下她。但是這世界，在窗戶另一邊的世界，更美。如果他為了這個世界拋棄一個心愛的女人，這個世界會因為他背叛的愛情而更形珍貴。

「妳很美，」薩維耶說，「可是我必須背叛妳。」他掙開她的束縛，向窗口走去。

第三部　詩人自慰

1

雅羅米爾拿他的詩給媽媽看的那天，媽媽等不到她丈夫回家，她第二天也沒等到，接下來的幾天也一樣。

人沒等到，卻接到蓋世太保送來的通知書，說她的丈夫被逮捕了。戰爭快要結束的時候，她又接到另一份通知書，說是她丈夫死在集中營。

她的婚姻生活一點也不快樂，可是她的孀居生活倒是偉大而輝煌。她找到丈夫一張很大的照片，是在他們初識的年代照的，她把照片裝進金色的相框，掛在牆上。

過沒多久，戰爭在布拉格人的歡欣鼓舞之中結束，德國人撤離波希米亞，媽媽也開始以刻苦為美的生活；她過去從父親那兒繼承的錢都花光了，她只得把女傭辭退，阿里克死後，她拒絕再買其他的狗，而且她還得去找工作。

除此之外，還有其他變化：她的姊姊決定把她從前在布拉格中心的公寓房子留給剛剛結婚的兒子，然後跟她的丈夫和小兒子搬回來住在老家的樓下，雅羅米爾的外祖母則住進寡婦那層樓的一個房間。

有一次，媽媽聽到她的姊夫說，伏爾泰是物理學家，是他發明了伏特這種電壓單位，從此，媽媽就很瞧不起他。姊姊家很吵，整天都在做一些沒文化的消遣；歡樂的生活迴盪在樓下的房間，厚厚的邊界之外，悲傷的國度在樓上鋪展開來。

然而，在這個時期，媽媽卻覺得自己比從前站得更挺直了，幾乎可以說她頭上頂著丈夫無形的骨灰罈。（就像某些地方的女人把採葡萄的籃子頂在頭上一樣。）

2

浴室裡，一罐罐香水和乳液都擺在鏡子下方的小木板上，但是媽媽幾乎從來不用這些東西保養皮膚。雖然她常常看著這些東西流連不去，但都是因為這些東西讓她想起死去的父親，想起那家香水店（這家店已經歸在她討厭的姊夫名下很久了），還有她在這幢房子裡這麼多年無憂的生活。

她跟父母親和丈夫一起經歷過的往事散發著鄉愁的落日餘暉。這鄉愁的微光令她心碎；她知道自己懂得珍惜這些年的美好已經太遲了，現在，這些記憶都不再了，她怪自己當年沒做個盡責的妻子。她的丈夫出生入死，時時懷憂，卻為了不讓她擔心而絕口不提這些事，直到現在，她都還不知道丈夫為什麼被逮捕，也不知道他參加的是什麼地下反抗運動，他在裡頭扮演的是什麼角色；她什麼都不知道，她覺得這正是將恥辱加在她身上的一種苦刑，懲罰她這個遲鈍的妻子，只懂得在丈夫的言行裡看到他的冷漠。想到她曾經在丈夫出生入死的時候對他不忠，她實在很看不起自己。

現在，她照著鏡子，驚覺自己的臉依然年輕，甚至，年輕得毫無道理，時光彷彿犯了不公平的錯，把這張臉完好如初地遺忘在她的脖子上。她最近才知道，有人看到她和雅羅米爾走在街上，還以為他們是姊弟；她覺得好笑。但是不管怎樣，這種事總是讓她高興的，從那一天起，她跟兒子一起去看戲或聽音樂會就更開心了。

除此之外，她還剩下什麼？

外祖母記憶衰退，身體也不行，整天足不出戶，在家幫雅羅米爾補襪子，幫女兒燙衣服。她滿腦子都是往事與懊悔，成天憂心忡忡的。她在身邊營造出一種悲傷而深情的氣氛，強化了這裡的女性特質（這裡有兩個寡婦），而雅羅米爾在家裡就被這樣的氣氛圍繞著。

3

雅羅米爾小時候說的話已經不掛在他房間的牆上了（媽媽依依不捨地把它們收進櫃子裡），現在掛的是二十幅立體派和超現實主義畫家的複製品，都是雅羅米爾從雜誌上剪下來貼在紙板上的。這些畫之間，我們可以看到牆上有一只聽筒連著一條斷掉的電話線（前陣子有人來家裡修電話，雅羅米爾發現壞掉的聽筒跟電話拆開之後，就像一個物體脫離它日常的脈絡，會產生一種奇特的感覺，把它歸類為超現實主義物體一點也沒錯）。但是他最常端詳的還是同一面牆上的鏡框裡的東西。沒有什麼會比他自己的臉讓他花更多時間認真研究，沒有什麼會比這更騷動他的心，也沒有其他東西會讓他寄予這麼多的期望（儘管他付出的代價是狂熱的努力）。

這張臉像媽媽的臉，但是因為雅羅米爾是個男人，這細緻的輪廓就顯得太突出了：他有個標致的鼻子和微微凹陷的下巴。這下巴讓他非常苦惱；他在叔本華著名的想法裡讀到，凹陷的下巴是一種特別令人嫌惡的長相，因為人之所以有別於猴子，正因為人的下巴是隆起的。但是他後來又看到一張里爾克[3]的相片，他發現里爾克的下巴也是凹的，這讓他得到極大的安慰。他久久望著鏡子裡的自己，絕望地在猴子與里爾克之間的巨大空間裡掙扎著。

老實說，他的下巴只有一點點凹，而且母親說得沒錯，她兒子的娃娃臉有一種魅力。但是娃娃臉的問題卻讓雅羅米爾更心煩，因為他細緻的輪廓讓他的年紀少了好幾歲，而由於他班上的同學都比他大一歲，他童稚的長相就顯得更突出，更沒什麼好說的了，每天都有人對這張臉有一堆意見，搞得雅羅米爾沒有一分鐘可以忘記他娃娃臉的存在。

啊！扛著這麼一張臉是怎樣的負擔哪！這細緻的輪廓多麼沉重啊！

雅羅米爾有時會做一些可怕的夢：他夢到他得把一個非常輕的東西拿起來，一個茶杯的底盤，一支湯匙，一根羽毛，可是卻做不到，東西越輕，他就越弱，他被這東西的輕給壓垮了；這些夢都是惡夢，醒來的時候他渾身是汗；這些夢似乎都和他柔弱秀氣的臉有關，這臉輕得宛如蕾絲，他一直努力要把它拿起來，把它丟掉，卻是徒然。

3. 里爾克（Reiner Maria Rilke，一八七五—一九二六）：德國詩人。

4

在詩人們誕生的屋子裡，掌權的都是女性：特拉克爾[4]的姊姊，葉賽寧[5]和馬雅可夫斯基[6]的姊妹們，勃洛克[7]的姑姑們，荷爾德林[8]和萊蒙托夫[9]的祖母，普希金[10]的奶媽，尤其，當然不能不提的是那些母親，詩人們的母親，在她們身後黯淡著詩人父親的身影。王爾德[11]夫人和里爾克夫人把她們的兒子打扮成小女孩。孩子不安地照著鏡子，您會覺得驚訝嗎？該是成為男人的時候了，伊力・奧騰[12]在日記裡這麼寫。他一生都在自己臉上尋找男子氣概。

如果他在鏡子裡看很久，他就可以找到他要的東西：堅定的眼神或是嘴唇剛毅的線條；但是為了這個，他顯然得先刻意微笑一下，或者至少把嘴咧一咧，才能讓他的上唇緊緊收縮。他也想找到一個可以讓他改變長相的髮型：他想把頭髮都弄到頭頂，讓人覺得他有一頭厚重的亂髮，跟雜草一樣；可惜的是，這一頭的頭髮媽媽無比珍惜，甚至還剪了一撮放在裝肖像的項鍊墜子裡，他怎麼也沒想到他的頭髮會這麼糟：黃得跟剛剛出生的小雞的絨毛一樣，細得跟蒲公英種子上的冠毛一樣；根本沒辦法把這些頭髮整出一個型；媽媽常常摸他的頭，說那是天使的頭髮。但是雅羅米爾討厭天使喜歡惡魔；他想要把頭髮染成黑色，但是又不敢，因為染過的頭髮比金髮更女孩子氣；於是，他只好讓頭髮留得很長，留得亂蓬蓬的。

他一有機會就會去檢查一下，修正一下自己的外表；他只要經過店家的櫥窗，一定會瞄一眼。但他越是這麼注意外表，他就越意識到外表的存在，而他的外表也越讓他覺得討厭，覺得痛苦。譬如：

他從學校回家，街上空盪盪的，可是老遠他就看到一個陌生的年輕女人向他走來。他們越走越近，不可能不碰上了。雅羅米爾想著自己的臉，因為他看到這個女人很美。他試著要把堅毅的男人歷盡風霜的微笑貼在自己的嘴唇上，但他覺得自己做不出來。他的思緒越來越集中在自己的臉上，這張臉既幼稚又娘娘腔，讓他在女人眼中顯得可笑，他整個人都化作這個可笑的臉蛋，凝住了，僵住了，脹得通紅！（真是不幸啊！）於是他加快腳步，盡可能不要讓那女人有機會瞥見他，因為他如果為了碰到一個漂亮的女人而驚訝，而且還臉紅，這種恥辱他無法承受。

4. 特拉克爾（Georg Trakl，一八八七—一九一四）：奧地利詩人。
5. 葉賽寧（Serguei Essenine，一八九五—一九二五）：俄國詩人。
6. 馬雅可夫斯基（Vladimir Maïakovski，一八九三—一九三〇）：俄國詩人。
7. 勃洛克（Alexandre Blok，一八八〇—一九二一）：俄國詩人。
8. 荷爾德林（Friedrich Hölderlin，一七七〇—一八四三）：德國詩人。
9. 萊蒙托夫（Mikhail Lermontov，一八一四—一八四一）：俄國詩人。
10. 普希金（Alexandre Pouchkine，一七九九—一八三七）：俄國詩人
11. 王爾德（Oscar Wilde，一八五四—一九〇〇）：英國詩人、劇作家。
12. 【法文版註】伊力・奧騰（Jiri Orten，一九一九—一九四一）：捷克詩人，一九四一年過世，得年二十二。

5

鏡子前的漫漫時光總是讓他觸到絕望的深處；幸好還有一面鏡子會帶他飛上星空。這面令人振奮的鏡子，就是他的詩句；他對於還沒寫下的詩句有一股鄉愁，對於已經寫下的詩句，他回憶得津津有味，彷彿想起女人；他不只是這些詩句的作者，他還是這些詩句的理論家、史學家；他為過去寫的詩句撰寫評論，他把他的作品分成幾個不同時期，每個時期都給個名字，這麼一來，他覺得自己在這兩、三年之中的詩歌創作，簡直就像一段值得史官研究的歷史進程。

這想法有一種安慰作用：*在下面*，在他上學、上課，在他和母親、外祖母一起吃飯的日常生活裡，有一片迷濛的空無；但是，*在上面*，在他的詩歌裡，他設立標竿，他用文字插上一根根的路標；在這裡，時間的抑揚頓挫分明；他從詩歌的一個時期過渡到另一個時期，而且可以（他用眼角的餘光看著下面百無聊賴令人害怕的停滯狀態）在激起的狂喜之中宣稱一個新時期的來臨，他的想像力在這個時期裡開展了前所未有的視野。

他也可以無視自己容貌（還有生命）的平凡無奇，卻堅定而沉著地確信自己身上帶著某種特別的財富；換個說法就是：他確信自己是*上帝的選民*。

且讓我們在這個字眼上停留一下：

雅羅米爾繼續去畫家那兒，當然沒那麼頻繁，因為媽媽不喜歡；雖然雅羅米爾已經很久沒畫畫了，但是有一天，他鼓起勇氣拿他寫的詩給畫家看，後來，又陸陸續續把所有的詩都給他看。畫家讀得愛不釋手，有時甚至還留起來拿給朋友看，這簡直讓雅羅米爾樂壞了，因為畫家過去對他畫的東西很有意見，而他在雅羅米爾的心目中是不可動搖的權威；雅羅米爾深信，世界上存在一個可以評估藝術價值的客觀標準（存在那些內行人細緻的意識裡，就像那個存放在國際度量衡局的白金米尺原器一樣），而畫家知道這個標準。

但是這裡頭還是有讓人不痛快的地方，雅羅米爾始終不明白，畫家到底欣賞他詩裡的什麼，否定他詩裡的什麼；有時他會盛讚雅羅米爾匆匆寫就的詩，有時卻又神情陰鬱地對雅羅米爾很喜歡的詩不屑一顧。這種事該如何解釋？如果雅羅米爾自己都沒辦法明白他寫的東西有什麼價值，那麼結論不就是說，這些價值是自己創造出來的，是意料之外的，無從得知，也無從預期，所以根本就沒什麼了不起（就像他從前讓畫家著迷的那個狒狒人的世界，不也是他在完全無意之間發現的）？

「本來就是這樣，」有一天他們談到這個主題，畫家對他說，「難不成你以為你放進詩裡的奇幻意象是理性推演的結果嗎？當然不是：那是從天上掉下來的；是突然掉下來的；你根本不知道它會掉下來；這個意象的作者，不是你，而是存在你內裡的某個人，是某個人在你的內裡寫你的詩，那是全能的潛意識流寫的，它會從我們每個人身上流過啊；如果這條眾生平等的潛意識流選了你當他的小提琴手來演奏音樂，那並不是你的功勞。」

在畫家心裡，這些話其實是一堂關於謙遜的生活倫理課，但是雅羅米爾卻立刻為自己的驕傲找到了一絲火光；沒關係，他的詩的意象不是他創造的；不過，就是有個神祕的東西選了他的手把這些意象記下來；所以他更可以因為某種比功勞更偉大的東西而驕傲；他可以因為他有資格當上帝的選民而驕傲。

而且，他始終沒忘記在那個小小的溫泉療養院裡，那位太太說的話：這孩子的前途一片大好。他相信這句話，還把它當作先知的預言。未來，是遙遠的未知之地，革命的模糊意象（畫家經常提到革命的無可避免）混雜著詩人的意象，一種波希米亞式自由的模糊意象；他知道他會用他的光榮填滿這未來，這讓他的心裡在一片不確定的騷動之中產生了確定的感覺（這種確定是獨立自主而且是自由的）。

6

啊，沒有盡頭的午後荒漠，雅羅米爾關在房裡一直照他的兩面鏡子！這怎麼可能呢？不論在哪裡他都讀到，青春是一生中最完滿的時光啊！可這空虛從何而來？這生命實實在在的失落從何而來？這空無從何而來？

這個字眼跟失敗一樣令他不快。還有其他幾個字，也不可以在他面前說起（至少在家裡，在這空無的國度裡）。譬如，愛情，或是女孩。他多麼討厭住在樓下的那三個人哪！他們經常有客人，到深夜都還待在那裡，樓上聽得到酒醉喧鬧的聲音，裡頭還有刺耳的女聲，撕裂著雅羅米爾蜷縮在被窩裡的靈魂，害他不能成眠。他的表哥只比他大兩歲，可是這兩歲彷彿庇里牛斯山矗立在他們中間，隔開了兩個不同的世紀；表哥是大學生，經常帶漂亮的女孩回家（他的父母會露出心照不宣的微笑），我們隱約感覺得到他瞧不起雅羅米爾；姨父很少在家（他繼承的店裡有很多事要忙），相反的，家裡到處都聽得到姨媽的聲音；每次她遇到雅羅米爾，就會問一個老掉牙的問題：怎麼樣，女孩子搞不搞得定啊？雅羅米爾恨不得往她臉上啐一口口水，因為她有一種故作愉快又紆尊降貴的樣子，而這問題簡直徹底暴露了雅羅米爾悲慘的命運。他倒不是沒有任何機會接觸一些女性，問題在於他接觸的女性太少了，以至於他一次次的約會之間相隔遙遠，就像外太空星星之間的距離。女孩這個字眼對他的耳朵來說，聽起來就跟鄉愁和失敗一樣悲傷。

雖然跟女孩子的約會幾乎耗不到他的時間，等待約會卻占去他所有的時間，這樣的等待並不是單純地凝望未來，而是一種準備和研究。雅羅米爾深信，一個約會要成功，最重要的是不要陷入尷尬的沉默中，要會說話。跟一個年輕的女孩約會，首先就是談話的藝術。於是他找了一本專用筆記本，把一些值得說的故事都記在裡面；他記的不是好笑的故事，因為這種故事一點也顯現不出說故事者的特質。他記的是一些發生在自己身上的冒險故事；而由於冒險故事從來不曾發生在他身上，他只好用想像的；這方面，他的品味很好；他在自己編造的冒險故事裡（或者在他想起曾經在書裡看過或聽人說過的冒險故事裡）是主人翁，但是他並沒有賦予自己英雄色彩，只是很巧妙地——幾乎無法察覺——把自己從停滯的、空無的世界轉換到移動的、冒險的世界。

他也摘錄了各式各樣的詩句（順便說一下，他摘錄的不是他自己欣賞的詩句），詩人在這些句子裡寫的是女性美，他可以隨興取用。譬如，他在筆記本裡抄了這一句：妳的臉可以做成帽徽：眼睛、嘴巴、頭髮……當然，詩的抑揚頓挫得要發揮出來，然後要自然而然地對女孩子說，彷彿是突如其來的念頭，彷彿是詼諧的讚美，是自發的讚美：妳的臉，簡直就是個帽徽！妳的眼，妳的嘴，妳的髮。這是我唯一可以承認的旗幟！

從約會開始到結束，雅羅米爾都在想他事先準備好的句子，同時又擔心他的聲音不夠自然，擔心他說話聽起來像在背書，擔心他的語氣像是沒有才氣的業餘詩人。結果他說不出這些句子，但這些句子又占據了他的全副注意力，害他什麼也沒法說。約會於是在痛苦的寂靜中度過。雅羅米爾在女孩的眼裡瞥見嘲諷的目光，過沒多久，他就帶著挫敗的心情離開了女孩。

回到家裡，他坐在桌前憤恨地振筆疾書：妳的眼神像尿液從妳的眼中流出，我用長槍射那些被妳的蠢念頭驚嚇的麻雀，妳的雙腿之間是沼澤一片，裡頭蹦出一大堆癩蛤蟆……

他繼續寫，繼續寫，然後很滿足地讀出來，接著又讀了好幾次，他覺得這些文字的想像力真像美妙的惡魔。

我是個詩人，我是個偉大的詩人，他心想，接著他把這個想法記在日記裡。我是個偉大的詩人，我擁有惡魔的想像力，我感覺得到其他人感覺不到的東西……

同一時間，媽媽也回來了，走進她的房間……

雅羅米爾走到鏡子前面，對著自己討厭的那張娃娃臉看了好久。他看了那麼久，終於看到靈光閃現，他看到一個不凡的生命，看到一個上帝挑選的生命。

而在隔壁房間裡，媽媽踮起腳來，把她丈夫鑲著金色相框的肖像從牆上取下來。

7

她剛剛得知丈夫早在戰爭爆發前就跟一個年輕的猶太女人有一段情；德國人占領波希米亞以後，規定猶太人上街要把那侮辱人的黃色星星別在大衣上，但是她丈夫並沒有離棄這個猶太女人，他繼續和她交往，並且盡全力幫助她。

後來，這女人被送去特雷辛（Terezin）的集中營，她丈夫竟然做了一件非常荒誕的事：藉著捷克警察的幫忙，他混進這個嚴密監控的城市，去跟情婦相會了幾分鐘。受到這次成功的引誘，他又去了第二次，結果被逮著了；他從此沒再回來，跟他的情婦一樣。

媽媽頂在頭上的那個無形的骨灰罈已經和丈夫的肖像一起收到衣櫥後面去了。她不需要再把頭挺得那麼端正了，她再也沒有任何東西可以讓她把頭挺直了，畢竟這一切崇高的道德性都是別人的。

她還聽得到那個猶太老女人的聲音，那是她丈夫的情婦的親戚，她說：「他是我遇見過最有勇氣的男人。」還說：「現在只剩我一個人在這個世界上。我所有的家人在集中營裡死了。」

猶太老女人坐在她痛苦的榮光之中，就在媽媽對面，而媽媽在此刻感受到的痛苦是沒有榮光的；她覺得這痛苦讓她悲慘到彎下了腰。

8

噢，您是煙霧迷濛的乾草堆
也或許，您吸的是她心靈的菸草

他寫著這些文字，想像一個女孩的身體埋葬在原野。

死亡經常出現在他的詩裡。但是媽媽想錯了（她每次都是雅羅米爾所有詩句的第一個讀者），她還以為這是因為兒子太早熟，被生命的悲劇所迷惑。

雅羅米爾在詩裡談的死亡和真實的死亡沒有什麼共通之處。死亡開始從年齡的裂紋穿入人心的時候，就變得真實了。但是對雅羅米爾來說，死亡是無比遙遠的；死亡是抽象的；對他來說，死亡並不是現實，而是夢。

那他在這夢裡尋找什麼呢？

他在夢裡尋找巨大無邊的感覺。他的生活渺小得令人絕望，他身邊的一切都太平凡也太灰暗。而死亡是絕對的，是不可分割也不會溶解的。

一個年輕女孩的存在是不值一提的（一些愛撫，許多沒有意義的話語），但是她的絕對缺席卻是無比崇高的；想到一個女孩的身體埋葬在原野，他猝然發現了痛苦的高貴與愛情的偉大。

但是他在死亡的夢裡尋找的並不只有絕對，還有幸福。

他夢想著身體在泥土裡緩緩溶解，他覺得身體化成泥土這一幕久久的、淫逸的愛情戲有一種昇華的感覺。

世界時時刻刻在傷害他；他在女人面前臉紅，他害羞，覺得人們到處在嘲笑他。在死亡的夢裡，他找到寧靜，夢裡的生活是緩慢的，無聲的，幸福的。是的，死亡，一如雅羅米爾的想像，是一種真正經歷的死亡：奇怪的是，那很像人不需要進入世界的那個時期，因為那是屬於他自己一個人的世界，在他的上方，媽媽的肚子的內裡是一座橋拱，像穹蒼一樣撐在那裡保護著他。

在這種彷彿幸福無邊的死亡之中，他渴望與心愛的女人結合。在他寫的一首詩裡，戀人們緊緊交纏，直至相互嵌入對方，變成單一的存在，無法移動，慢慢變成一塊礦石，停留在永恆之中，毋須接受時間的考驗。

在其他的詩裡，他想像兩個戀人如此長久地相守，終至被苔蘚覆蓋，最後連自己也變成了苔蘚；後來碰巧有人踩在他們身上（那剛好是苔蘚生長茂盛的時節），他們上升到空中，幸福不可名狀，彷彿只有飛上天空才算幸福。

9

您以為因為過去已經存在過，所以過去是完結的，是無法改變的？啊，事情不是這樣的，過去披著一塊閃色的綢布，我們每次回頭看它，都會看到不同的顏色。不久以前，媽媽才責怪自己為了畫家背叛丈夫，現在，她扯著自己的頭髮，因為她為了丈夫背叛了自己唯一的愛。

她實在太懦弱了！她的工程師丈夫經歷的是一場浪漫的偉大愛情，而她卻在家裡當傭人，而人家留給她的只有日常生活的外殼。她太驚惶太自責，所以只能任由她和畫家的戀情淹沒她，卻沒有時間去感受。她現在看清楚了：生命曾經把唯一的偉大時機送給她的心，可是她卻拒絕了。

她開始瘋狂執迷地想念畫家。比較值得注意的是，她的回憶沒有出現她和畫家白天做愛的布拉格畫室，她的回憶並沒有讓畫家在這個背景裡重生，而是在一幅粉彩風景畫上，一條河，一艘小船，還有一家小型溫泉療養院文藝復興風格的迴廊。她在這幾個星期的寧靜假期裡，找到了心靈的天堂，彼時，愛情尚未開花結果，但是初初萌芽。她很想去找畫家，要他跟她一起回到那裡，重新開始他們的愛情故事，一起在這幅粉彩畫的背景裡，自由、愉悅、無所畏懼地經歷這個愛情故事。

有一天，她走上通往頂樓的樓梯，一直走到畫家住的公寓門口。但是她沒有摁電鈴，因為裡頭傳來一個女人的聲音。

後來，她在房子前面走來走去，直到看見畫家；他一直是那個樣子，穿著皮大衣，一個非常年輕的女孩子挽著他的手臂，他正要送她去電車站。他回來的時候，媽媽走上前去見他。他認出媽媽，一臉驚訝地跟她問好。她也故意露出驚訝的表情，一副沒想到會在這裡見到他的樣子。他請她上樓。她的心開始狂跳；她知道他們只要若有似無地碰觸一下，她就會融化在他的臂彎裡。

他給了她一杯葡萄酒，拿他最近的畫給她看；他對她親切地微笑，一如我們對過去的往事微笑；他一次也沒有碰媽媽，後來就送她去電車站搭車了。

10

有一天，所有學生在下課的時候都衝到黑板前，他想，時候終於到了；沒有人看見他往班上一個女孩的身邊走過去，女孩自己一個人留在座位上；他喜歡她很久了，他們也經常眉目傳情；他在她身邊坐下。過了一會兒，一直在那兒嬉鬧的學生們看到他們了，他們逮到這個機會要捉弄這兩個人：他們邊笑邊鬧跑出教室，然後把門給鎖上了。

同學們都擠在身邊的時候，他覺得很自然也很自在，可是一旦剩下他一個人和女孩一起待在教室裡，他就覺得好像在一個燈火通明的舞台上。他想要說些風趣的話掩飾他的不自在（他終於也學會說些別的，而不是淨說些事先準備好的句子）。他說他們的同學所做的，是世界上最糟糕行為的最佳範例；對於做這事的人來說，這件事並沒有好處（現在，他們得在走廊上等，一肚子好奇卻無法滿足），而對於他們做這件事的對象來說是有好處的（他們兩人終於如願，可以單獨相處了）。女孩點點頭，還說他們要好好珍惜這段時光。吻，就懸在那兒。只要傾身往女孩身上靠過去就行了。但是她的唇彷彿遙不可及；他說呀說的，說個不停，卻沒有吻下去。

鐘聲響了，意思就是老師隨時都會來，到時候他會要那些擠在門口的學生把教室的門打開。這個想法很刺激，雅羅米爾很確定，報復這些同學的最好方法就是讓他們羨慕他跟女孩相吻。他用手指輕輕拂過女孩的唇（他從哪裡生出這麼大的勇氣？），然後說這唇上的口紅這麼豔，一定會在他的臉上留下很明顯的唇印。女孩又點了點頭，說很可惜他們沒有相吻，就在說這話的時候，老師兇巴巴的聲音已經出現在門口了。

雅羅米爾說，老師和同學都沒看到他的臉頰上有唇印，實在很可惜，他又想往女孩身上靠過去，可是再一次，她的唇像聖母峰那般遙不可及。

「沒錯，得讓他們羨慕我們。」女孩說，她把口紅和手帕從袋子裡拿出來，她把口紅塗在手帕上，再沾到雅羅米爾的臉上。

門打開了，老師氣沖沖地衝進教室，後頭跟著一群學生。雅羅米爾和女孩站了起來，就像平常學生看到老師進教室的反應一樣；一排排空盪盪的凳子當中，只有他們兩人，面對一群嘈雜的觀眾，一雙雙眼睛直盯著雅羅米爾覆著紅色印記的臉。他讓每一個人看他的臉，他又驕傲又幸福。

11

辦公室裡，有個同事對她獻殷勤。這男人已經結婚了，他試圖說服媽媽帶他回家。

媽媽一直想知道雅羅米爾對她在情慾方面的自由有什麼看法。她很謹慎，拐彎抹角地說起一些在戰爭中失去丈夫的女人，說她們要開始一段新生活的時候遭遇到的困難。

「新生活，這是什麼意思？」雅羅米爾一副惱火的樣子。「妳的意思是說，跟另一個男人一起生活？」

「當然，這是新生活的一個面向。生活是會繼續往前走的，雅羅米爾，生活有生活的需求……」

對雅羅米爾來說，女人為逝去的英雄守貞，這是不容冒犯的神話；女人的貞節給他一種保證，讓他相信愛情的絕對不只是詩人的發明，而是真實存在的東西，可以讓我們覺得不枉此生。

「跟一個男人經歷過一段偉大愛情的女人，怎麼可以跟另一個男人在床上滾來滾去？」他憤怒地痛罵那些不貞的寡婦。「這些女人的記憶裡還有一個被刑求、被殺死的男人的形象，她們怎麼有辦法去碰另一個男人呢？她們怎麼能再對死者行刑，讓他們再死一次呢？」

過去的往事披著一塊閃色的綢布。媽媽拒絕了她喜歡的同事，她的過去似乎又散發出新的光芒：

因為她不是真的為了丈夫才背叛畫家的。她放棄畫家是為了雅羅米爾，為了這個孩子，她想要維持家裡的平靜！沒錯，直到今天，她想到自己赤身裸體還是會渾身不自在，她的肚子就是因為雅羅米爾才會變難看。也是為了雅羅米爾，她不顧一切，執拗地要生下他，才會失去丈夫的愛！

從一開始，雅羅米爾就奪走了她的一切。

12

還有一次（現在他已經有不少真正的接吻經驗了），他和一個在舞蹈課上認識的年輕女孩一起散步，走在布拉格最大的斯特洛摩夫卡公園（parc Stromovka）空無一人的林蔭道上。他們的對話已經停了一陣子了，他們的腳步聲迴盪在寂靜之中，他們共同的腳步突然讓他們明白了他們還不敢直接說出口的那件事，那就是他們一起散步，而他們一起散步，或許表示他們喜歡對方；迴盪在寂靜中的腳步聲揭發了他們，他們的步伐越來越慢，慢到後來，女孩把頭靠在雅羅米爾的肩上。

這光景實在美極了，可是在開始享受這樣的美之前，雅羅米爾感覺到他興奮了，而且是讓人一看就知道的那種興奮。他很擔心。他只想著一件事，就是希望那一看就知道的興奮證據趕快消失，但他越是這麼想，他的願望就越難實現。他很怕女孩會低頭，看到這丟臉的生理反應。他努力讓女孩的目光迎向天空，他對她說起樹梢和雲端的鳥兒。

這是一次幸福洋溢的散步（這是第一次有女人把頭靠在他的肩上，他把這動作看成終身相許的信號），但是這次散步同時也充滿了羞恥。他怕他的身體下次又會發生這種不湊巧又不得體的事。思索良久之後，他去媽媽的衣櫥裡找了一條又長又寬的絲帶，下一次出門約會前，他把絲帶綁在褲子裡，這樣，就算他又激動了，那證據也會好好綁在腿上。

13

我們在幾十種可能當中，挑了這個情節當作雅羅米爾至今體驗過的最大幸福，那就是感覺到有個年輕女孩的頭靠在他的肩上。

對他來說，年輕女孩的一顆頭不只是年輕女孩的身體。在身體這方面，雅羅米爾幾乎一無所知，（漂亮的腿到底是什麼模樣？漂亮的屁股應該長得像什麼？）但是他知道臉，在他的眼裡，光看臉就可以決定一個女人美不美。

這倒也不是說他對女人的身體沒有感覺，因為他一想到赤裸的女體就會暈眩。但是我們要好好記住這個微妙的差別。

他並不渴望年輕女孩赤裸裸的身體；他渴望的是年輕女孩被裸體的光芒照亮的臉。

他並不渴望占有一個年輕女孩的身體；他渴望的是占有一個年輕女孩的臉，而這張臉把身體獻給他，做為愛情的證明。

這身體在他經驗的極限之外，而恰恰為了這個原因，他寫了無數的詩獻給它。當時他寫的詩，哪一首沒有談到女人的性器官？不過，詩的魔法（屬於無經驗者的魔法）有它神奇的效果，雅羅米爾把這生殖與交配用的器官變成一個魔幻之物，變成他夢想的遊戲主題。

譬如說，在某一首詩裡，他提到在女人身體中央發出滴答滴答聲的一只小手錶。

此外，他也提到年輕女孩的性器官像無形的造物者的家。

還有，他想那個洞的形象想得出神，他想像自己是一顆彈珠，從這個洞裡掉下去好久好久，到最後只剩下墜落的感覺，在女人身體裡永無止境的墜落。

在另一首詩裡，年輕女孩的腿變成兩條交匯的河流；他想像匯流之處是一座神祕的山，他還給這座山編造了一個看似出自聖經的名字：瑟因山。

還有，他提到單車的長途浪遊（他覺得單車這個詞跟黃昏一樣美），疲憊地在一片風景裡行進；這片風景就是年輕女孩的身體，而他想倒臥其上的兩朵乾草，就是女孩的乳房。

真是太美了，在一個女人的身體上浪遊，在一個陌生、從沒看過的身體上浪遊，在一個沒有氣味、沒有斑點、沒有瑕疵、沒有疾病的身體上浪遊，在一個想像的身體上浪遊，在他夢幻遊樂場的身體上浪遊！

用童話故事的語調講女人的乳房和下腹，實在太迷人了；是的，雅羅米爾活在溫柔的國度，那是人造童年的國度。之所以說這國度是人造的，是因為真實的童年一點也不像天堂，而且也沒有這麼溫柔。

溫柔誕生於這樣的時刻：這一刻，我們被拋擲在成年的門檻前；這一刻，我們焦慮不安地領悟到童年的好處，而這些好處，我們做孩子的時候並不知道。

溫柔，是成年在我們心裡喚起的憂懼。

溫柔，是試圖創造一個人造的空間，讓另一個人在這裡被當成小孩。

溫柔，也是對於愛情的生理後果的憂懼；溫柔，是試圖讓愛情逃離成人的世界（在成人的世界裡，愛情是充滿算計的，是強制的，是因為肉體和責任而沉甸甸的），是試圖把女人當成孩子。

溫柔地搏動，她的舌頭的心，他在一首詩裡這麼寫著。他心想，她的舌頭，她的小指，她的乳房，她的肚臍，這些器官都是獨立自主的存在，用我們聽不見的聲音彼此交談；他心想，女孩的身體是由成千上萬個這樣的生物構成的，愛這個身體，就是去聆聽這些生物，聆聽那兩個乳房用祕密的語言交談。

14

過去的往事總讓她心煩。但是有一天，她回首良久，卻發現一大片天堂樂土，那是她和剛出生的雅羅米爾一同經歷的時光，於是她得修正先前的論斷了：她錯了，她說雅羅米爾奪走她的一切並不是真的；事情恰好相反，雅羅米爾給她的比任何人都多。他給了她一整塊沒有被謊言玷污的生活。沒有任何一個從集中營倖存的猶太女人可以讓她相信，隱藏在這般幸福後頭的盡是虛偽，盡是空無。這一大片天堂樂土，是她唯一相信的真理。

而她眼裡的過去（這就像在轉一支萬花筒），再次出現了不同的光芒：雅羅米爾從來沒有從她那兒奪走任何珍貴的東西，他只是摘下了某個東西的金色假面，假面的後頭盡是錯誤和謊言。他還沒生下來就幫媽媽發現了她的丈夫不愛她，十三年後，他把媽媽從一段瘋狂的外遇之中拯救出來，這外遇只給媽媽帶來新的煩憂，除此之外什麼也沒有。

媽媽心想，她和雅羅米爾一起度過的童年，對他們來說是一個承諾，是一個神聖的盟約。但是她意識到，她越來越常意識到，兒子在背叛這個盟約。她跟他說話的時候，她知道他沒在聽，他滿腦子想法卻一點也不想告訴她。她發現他在她面前會不好意思，他開始小心翼翼地藏起自己的小祕密，生理、心理方面的祕密都有，他給自己罩上一層層薄紗，讓媽媽看不透他。

媽媽覺得很難過，也覺得很氣惱。雅羅米爾小時候和她一起訂立的這份盟約，不是寫著他永遠信任媽媽，在媽媽面前永遠不會不好意思嗎？

媽媽希望他們一同經歷的真理永遠存在。就像雅羅米爾小時候，媽媽每天早上都告訴他該穿什麼，而她就藉由她挑選的內衣，整天出現在雅羅米爾的衣服裡。當她感覺到雅羅米爾開始不喜歡這樣的時候，她故意開始責罵他，說他內衣上有小小的污漬。她故意待在雅羅米爾換衣服的地方不走，懲罰他那傲慢的羞恥心。

「雅羅米爾，出來見人哪，」有一天媽媽有客人，她叫著他。「老天，你這是什麼德行！」她看到雅羅米爾刻意弄得亂蓬蓬的頭髮簡直氣壞了。她跑去拿了一把梳子，嘴裡跟客人說的話沒停，一手抓住雅羅米爾的頭，一手就梳了起來。而這位跟里爾克一樣擁有惡魔想像力的大詩人，氣得滿臉通紅，卻還是乖乖坐在那兒任人梳理；他唯一能做的，就是露出冷酷的微笑（這笑容他練了不知多少年），擺出硬邦邦的表情。

媽媽往後退了幾步，欣賞她梳好的那顆頭，然後轉過去對客人們說：「老天，誰能告訴我，這孩子為什麼臉這麼臭！」

雅羅米爾則暗自發誓，他要永遠和那些想要徹底改變世界的人站在一起。

15

他到的時候，討論已經到了最高潮；他們談的是進步的意義，以及進步是否存在。他四下看了看，發現他同學邀他來參加的這個馬克思主義者的小圈子，組成分子跟平常在布拉格任何一所高中看到的年輕人沒有兩樣。氣氛或許比捷克文老師在課堂上要大家討論的時候嚴肅一點，但是這裡也一樣會有搗蛋的傢伙；其中一個拿著一朵百合花聞個不停，這動作讓人忍俊不住，到後來提供聚會場地的那個褐髮男人不得不把花給沒收了。

後來雅羅米爾就豎起耳朵專心聽了，因為有人堅稱，在藝術方面，我們沒有進步；這個人解釋說，因為我們沒辦法說莎士比亞不如那些當代劇作家。雅羅米爾極想加入討論，但是又有些遲疑，不知該不該在這些陌生人的面前發言；他怕大家看到他臉紅，看到他的手緊張得發抖。但是，他又強烈渴望和這個小團體有所連結，他知道，不發言是不可能被接納的。

為了讓自己多些勇氣，他想著畫家和他的權威，他對畫家的信心從來不曾動搖，想到畫家跟他亦師亦友，他就覺得有信心了。這念頭給了他足夠的力量加入辯論，而且他還搬出他去畫室的時候聽到的那套想法。他借用別人的想法還沒什麼，更值得注意的是，他開口解釋的聲音不是他自己的。他發現從他嘴巴發出的聲音很像是畫家的，他自己也有點驚訝，他還發現，這聲音也牽動著他的手，開始在空中做出畫家的手勢。

他說在藝術的領域裡，進步是不容置疑的：現代藝術的潮流正是千年發展進程裡的一次全面動盪；這樣的潮流終於把藝術從宣傳政治理念、宣傳哲學理念、模仿現實的義務之中解放出來，我們甚至可以說，真正的藝術史就是從現代藝術開始的。

這時候，有好幾個人都想發言，但是雅羅米爾不讓他們插話。他剛開始聽到畫家透過他的嘴巴、用他演說的節奏在說他的話，本來還覺得不舒服，但是後來，他在這種仿效之中找到了信心和安全感；他躲在這個面具後頭有如躲在盾牌之後；他不再害羞，不再覺得尷尬；他覺得很滿意，因為他說的話在這個場子裡顯得很動聽，於是他繼續說了下去：

他援引馬克思的話，說人類到現在為止經歷的都是史前時期，真正的歷史只有通過無產階級革命才會開始，從需要的領域過渡到自由的領域。在藝術史上和這個決定性的階段相對應的，就是安德烈・布赫東（André Breton）和其他超現實主義者發現自動書寫的時刻，他們同時發現的還有人類潛意識這個神奇的寶藏。這個發現和俄羅斯的社會主義革命幾乎是同時發生的，這個事實具有高度的意義，因為想像力的解放和廢除經濟剝削一樣，都意謂著人類在自由國度裡的躍進。

這時，褐髮男人加入討論了；他贊同雅羅米爾為進步的原則辯護，但是他不同意把超現實主義和無產階級革命相提並論。他提出相反的看法：現代藝術是一種頹廢墮落的藝術，在藝術上，和無產階級革命相呼應的時期是社會主義的寫實主義。我們該拿來當作楷模的，不是安德烈・布赫東，而是捷克社會主義詩歌的開創者伊力・渥爾克[13]。雅羅米爾不是第一次遇上這種論點，畫家早就跟他提過這些概念，而且嗤之以鼻。雅羅米爾也試著用諷刺的語氣說社會主義的寫實主義沒有給藝術帶來任何新意，而且跟資產階級那種老套的媚俗簡直像得讓人分不清。褐髮男人要反駁的就是這一點，他說，只有對於建立新世界的戰鬥有幫助的藝術才是現代的，而超現實主義並非如此，因為人民大眾看不懂。

褐髮男人發展著他的論點，很有魅力，也沒有拉大嗓門，所以即使雅羅米爾還陶醉在眾人的注目之中，說了一些酸溜溜的話，討論也始終沒有變成爭吵；而且，也沒有人做出最後的結論，接著又有其他人加入辯論了，雅羅米爾捍衛的想法沒多久就被新的討論主題給淹沒了。

可是進步存不存在，超現實主義屬於資產階級還是屬於革命分子，這些事有那麼重要嗎？究竟是雅羅米爾說得對，還是其他人說得對，有那麼重要嗎？重要的是，雅羅米爾和他們連結在一起了。他跟他們爭論，但是他對他們有強烈的好感。他甚至不再聽他們在說什麼，他的心裡只想著一件事，那就是他很幸福：他找到一群人，跟這些人在一起的時候，他不再只是媽媽的兒子或班上的一個學生，而是他自己。他心想，一個人只有從他完全與其他人同在的那一刻開始，才能完全成為他自己。

後來，褐髮男人站了起來，大家也都明白，該是起身往門口走的時候了，因為這個主人有工作要做，他故意說得不清不楚，但是又讓人覺得那是很重要的事，讓人為這工作肅然起敬。大家都走到前廳的時候，有個戴眼鏡的女孩靠到雅羅米爾的旁邊。我們一看就知道，在整個聚會期間，雅羅米爾根本沒注意到她；而她也沒有什麼引人注意的地方，就是個普通的女孩子；長得不醜，只是沒什麼打扮；沒有化妝，直順的頭髮紮在頭上，完全看不出曾經

13.【法文版註】伊力・渥爾克（Jiri Wolker，一九〇〇—一九二四）：捷克詩人，一九二四年過世，得年二十四。

讓髮型師整過的樣子，而她穿衣服的目的，好像也只是為了不能光著身體出門。

「你說的東西我很有興趣，」她對雅羅米爾說。「是不是可以跟你再談一下……」

16

離褐髮男人家不遠處，有個小公園；他們走進去，聊了很久；雅羅米爾知道這個年輕女孩是大學生，比他大兩歲（他為此感到非常自豪）；他們沿著公園彎彎曲曲的小徑走著，女孩一直說著些有學問的話，雅羅米爾也說著些有學問的話，他們兩人都急著要讓對方知道自己相信的、思考的一切，也要讓對方知道自己是什麼樣人（年輕的女孩是讀科學的，雅羅米爾則是讀文學的）；他們列出一份又一份他們崇拜的大人物的名單，女孩又說了一次，說她對雅羅米爾那些獨特的見解很感興趣；她沉默了一下，然後，她說他是古希臘的埃菲比斯[14]；是的，他剛走進那個聚會地點的時候，她就覺得看到了一個優雅的埃菲比斯……

雅羅米爾不太確定這個字眼到底是什麼意思，但他覺得被人用某個字眼指稱就是一件很美的事，不管是什麼字都好，再說，這畢竟是希臘文；而且，他也猜到埃菲比斯通常是用在年輕人身上的，而這個字眼指稱的青春並不是像他至今所經歷的那種笨拙、可恥的青春，而是精力充沛、令人崇拜的那種青春。女學生說埃菲比斯的時候，她看到的是雅羅米爾的不成熟，但是說出埃菲比斯的同時，她把雅羅米爾從他的笨拙之中解救出來，把他的笨拙變成優越。這種事實在太振奮人心了，所以雅羅米爾在他們繞著小公園走到第六圈的時候，終於做

14. 埃菲比斯（ephebus）：古希臘十八至二十歲的青年男子。

出他從一開始就在心裡想，卻因為勇氣不足而下不了決心的動作——他執起女學生的手臂。

說他執起女大學生的手臂其實並不確切；應該說他把手緩緩插進這個女學生的手臂底下；他非常謹慎地把手緩緩插進去，好像希望女學生最好不要發現似的；事實上，女學生對這動作毫無反應，雅羅米爾的手靦腆地放在她身上，像個不相干的物品，像是人家塞過去的一只袋子或是一個包裹，而物主忘記這東西的存在，以至於每一刻都有可能讓它掉下去。但是過沒多久，那隻手就感覺到那條手臂注意到它的存在了。雅羅米爾的腳步也感覺到，女學生的兩條腿微微放慢了動作。他知道腳步放慢是什麼意思，他也知道空氣裡醞釀著什麼無可避免的事。通常，一件無可避免的事情就要發生的時候，我們會更加快事件的速度（或許是為了證明我們對事件的進展多少還有最低限度的決定權）。正因為如此，雅羅米爾原本動也不動的手突然動了起來，壓上了女學生的手臂。女學生停下腳步，抬起她戴著眼鏡的臉，迎向雅羅米爾的臉，任由她的手提書包掉在地上。

雅羅米爾看得呆住了；一開始，他因為沉浸在讚歎之中，根本沒發現女學生還帶了一個書包；現在，這書包因為掉在地上才出現在舞台，彷彿天上傳來的訊息。他想到女學生是直接從學校來參加馬克思主義者的聚會，她的書包裡應該都是大學的課堂講義和一些厚厚的科學著作，想到這裡，他就更陶醉了：女學生讓整個大學掉落在地上，就為了可以空出兩條手臂來抱住他。

書包的掉落確實非常動人，他們感動得開始擁吻，沉醉在輝煌的魔魅之中。他們吻了很久，終於吻完之後，他們不知道接下來該做什麼了，女學生再次抬起她戴著眼鏡的臉，對雅羅米爾說：「你大概會覺得我跟其他女孩沒什麼兩樣，」她的聲音隱隱帶著不安。「可是我不希望你以為我跟其他女孩沒什麼兩樣。」

這些話或許比書包的掉落更動人，雅羅米爾呆住了，他意識到眼前的這個女人愛他，從見到他的那一剎那就愛上他了，這像是奇蹟，他也不知道為何會如此。他也順便記下了（記在他意識的邊緣，日後好回頭專心地、細細地重讀），女學生提到其他女人的時候，彷彿把他看成一個已經擁有豐富經驗的男人，愛上他的女人注定要憂心。

他對女學生說，他一點也不覺得她像其他女人；女學生撿起她的書包（現在雅羅米爾可以看仔細一點了：這書包確實又大又重，裡頭裝滿了書），他們開始繞著公園走第七圈；當他們再次停下腳步相吻的時候，突然出現了一束強光。兩個警察出現在他們面前，要他們出示身分證。

這對戀人不安地找著他們的證件；他們用顫抖的手把證件遞給警察，其實這兩個警察或許是在掃蕩娼妓，也或許只是想在漫長的值勤時間裡找找樂子。總之，他們給這兩個年輕人帶來一次難忘的經驗：在那天晚上剩下的時間裡（雅羅米爾送女學生到家門口），他們談的都是被這世界的偏見、道德、警察、舊世代、愚蠢的法律以及腐敗所迫害的愛情，這樣的世界應該要徹底清除。

17

那一天的白天很美，夜晚也很美，但是當雅羅米爾回到家的時候，已經快要午夜了，媽媽在屋裡焦躁地走來走去。

「我為你擔心得發抖啊！你去哪兒了？你一點也不為我想！」

雅羅米爾還沉浸在這個偉大的日子裡，他開始用他在馬克思主義者聚會上說話的語氣回答；他模仿畫家自信滿滿的聲音。

媽媽立刻認出了這個聲音；她看到她失去的情人的聲音從兒子的臉上發出來；她看到一張不屬於她的臉；她聽到一個不屬於她的聲音；兒子在她面前彷彿一個雙重否定的影像，她簡直無法忍受。

「你在謀殺我！你在謀殺我！」她歇斯底里地大叫起來，然後衝進隔壁的房間。

雅羅米爾杵在原地，嚇壞了，他有一種犯下大錯的感覺。

（啊，小朋友，你永遠擺脫不了這種感覺的。你有罪，你有罪！每次你走出家門，你就會感覺到後頭有個責備的眼神，對你喊著要你回來！你不管走到哪裡都像一隻狗，身上繫著一條長長的狗鍊！就算你走得很遠，你還是會感覺有個頸圈一直碰著你的脖子！就算你把時間花在女人的身上，就算你跟她們在她們的床上，還是會有一條長長的狗鍊繫住你的脖子，你媽媽會在遠處拉著狗鍊的另一頭，你正陶醉，你媽媽卻從狗鍊上感覺到你突突跳跳的猥褻動作！）

「媽媽，求求妳，不要生氣，媽媽，求求妳，原諒我！」他怕得跪在床邊，輕撫著媽媽淚濕的臉。

（波特萊爾[15]，你快要四十歲了，可是你還在怕你的母親！）

媽媽遲遲不肯原諒他，她要感覺他的手指停留在她的臉上，越久越好。

15. **波特萊爾**（Charles Baudelaire，一八二一—一八六七）：法國詩人，得年三十六歲。

18

（這種事永遠不會發生在薩維耶的身上，因為薩維耶沒有母親，也沒有父親，沒有父母親是自由的首要條件。

但是請別誤會，這裡說的不是失去父母。傑哈·德·涅赫瓦[16]的母親在他出生之後沒多久就過世了，可是他的一生都活在母親迷人眼睛的催眠目光下。

自由並非始於父母親被拋棄或被埋葬的地方，而是始於他們不在的地方：

在那裡，人來到世界，卻不知自己來自何人。

在那裡，人來到世界，來自一顆被丟棄在森林裡的蛋。

在那裡，人像唾沫一樣從天上被吐到地上，人的腳踏在這世上，卻一點也沒有感激的感覺。）

19

有人在雅羅米爾和女學生相戀的第一個星期來到這個世界，這個人就是雅羅米爾自己；直到此刻他才知道，他是埃菲比斯，他長得好看，他聰明，他有想像力；他知道戴眼鏡的年輕女孩愛他，他知道女孩害怕他離她而去的那一刻（她說，就是那天晚上，他們在她家門口說再見，就在他們道別的那一刻，女孩望著雅羅米爾踏著輕快的腳步離去，女孩覺得自己看到雅羅米爾真正的樣貌：一個男人在遠去，逃離，消失……）。雅羅米爾終於找到他在那兩面鏡子裡尋覓已久的形象。

第一個星期，他們每天都見面：他們有四次穿越城區的散步，他們去了一次劇院（他們坐的是包廂，從頭吻到尾，根本沒在看戲），還去了兩次電影院。第七天，他們又去散步了：天氣很冷，冷到都結冰了，雅羅米爾只穿了一件薄外套，他的襯衫和外套之間沒有背心（因為他覺得媽媽逼他穿的那件灰色毛線背心比較適合鄉下的退休老人），他沒戴呢帽也沒戴毛線軟帽（因為戴眼鏡的女學生從第二天開始就讚美雅羅米爾從前很討厭的一頭亂髮，她說這頭亂髮跟雅羅米爾的人一樣桀驁不馴），而由於他的襪子鬆緊帶繃斷了，所以老是有一截會從腿肚上溜進鞋子裡，於是，他的腳上看到的只是一雙低筒鞋和灰色的短襪（他沒留意

16. 傑哈・德・涅赫瓦（Gérard de Nerval，一八〇八—一八五五）：法國詩人、小說家。

到襪子和長褲的顏色不搭調，因為他一點也沒想要表現出細緻優雅）。

他們在七點鐘響的時候碰了面，開始橫越郊區的長途散步，他們在大片空地上走走停停吻吻，積雪在他們腳下發出吡吡嚓嚓的聲音。讓雅羅米爾著迷的，是年輕女孩身體的溫馴。在此之前，雅羅米爾親近女性身體的過程就像一段漫長的旅程，依序進入不同的階段：他得先花上一點時間，女孩子才會讓他親吻，然後得再花一點時間，才能把手放上胸部，等摸到屁股的時候，他已經覺得走很遠了——他可從來沒有走得更遠過。可是這一次，從開始的那一刻，就有一些出乎意料的事：女學生在他的懷裡，百依百順，毫不抵抗，怎麼樣都行，他想摸哪裡都可以。他把這看作是愛情的偉大證明，但同時又覺得尷尬，因為這突如其來的自由讓他不知所措。

這一天（也就是第七天），年輕女孩向他透露，她的父母經常不在家，她很樂意邀請雅羅米爾來家裡。緊接在這幾句爆炸性的話語之後，是一陣長長的沉默；他們兩人都知道在空無一人的公寓裡相會意謂著什麼（請別忘記這位戴眼鏡的年輕女孩在雅羅米爾懷裡的時候，從來沒有拒絕過任何事）；他們默默無言，久久之後，年輕女孩悠悠說道：「我相信在愛情裡，沒有中間地帶。如果我們相愛，就得把一切都交給對方。」

雅羅米爾的全副靈魂都贊同這個宣言，因為愛情對他來說，也意謂著一切；但是他不知道該說些什麼；他沒有回答，只是停下腳步，用他悲愴的眼睛凝望年輕女孩（他沒想到天色已經黑了，人家根本感覺不到那悲愴的眼神），他開始狂熱地吻她，緊緊摟著她。

一刻鐘的靜默之後，年輕女孩又重起了話頭，她告訴雅羅米爾，他是她第一個邀回家的男人；她說，她有很多男同學，可是她都只把他們當同學；他們最後都習慣她這樣了，還開玩笑叫她石女。

雅羅米爾滿心歡喜，他知道自己即將成為女學生的初夜情人了，可是同時他也很緊張：他經常聽人說起性愛這回事，也知道一般都認為初夜是件難事。所以他的腦子接不上女學生滔滔不絕的話語，因為他的思緒不在那裡；他的腦子正在經歷這個大日子的一切快感與一切折磨，從這一天起（馬克思關於人類史前時期與人類歷史的著名思想一直對他有所啟發），他生命真正的歷史就要開始了。

他們不再說那麼多話，但他們還是漫步走過許多街道，走了好久好久；夜色越來越深，天氣越來越冷，雅羅米爾的衣服穿得不夠，身體開始覺得冰冷。他提議找個地方坐一下，可是他們離市中心太遠，方圓幾公里內沒有半家咖啡館。結果，他回到家的時候已經凍到骨頭發冷了（他們散步到最後，雅羅米爾必須用力才不會讓女學生聽到他牙齒打顫的聲音），第二天早上起床，他的喉嚨很痛。媽媽幫他量了體溫，發現他發燒了。

20

雅羅米爾生病的身體躺在床上，可是靈魂已經在經歷這期待已久的日子了。他對這個日子的想法有兩種成分，一種是抽象的快樂，另一種是具體的擔憂。因為雅羅米爾根本不知道跟女人上床這檔事的種種細節究竟意謂著什麼；他只知道這種事要準備一下，要有點技巧，要有點知識；他知道在性愛的背後，懷孕的惡靈在那兒猙獰著一張臉，他也知道（激起同學們無數對話的主題就在這裡）這種危險可以預防。在這野蠻的時刻，男人們（一如騎士們穿上盔甲去作戰）在他們愛情的腳上套上一只透明的襪子。在理論上，雅羅米爾是知道很多了。但是要怎麼弄到這襪子呢？雅羅米爾永遠無法克服他的靦腆，走進藥房去買一個！而且，他又該在什麼時候穿上它，才不會被女孩看到呢？他覺得這襪子很可笑，他想到被那年輕女孩知道這玩意的存在就覺得無法忍受！可不可以事先在家裡就先套上它呢？還是得等他赤裸裸地出現在年輕女孩的面前才可以套上？

這些問題雅羅米爾都找不到答案。他沒有可以試穿的襪子（可以拿來訓練用的襪子），但是他決定無論如何都要弄到這種襪子，試試看怎麼穿。他想，速度與敏捷在這裡扮演決定性的角色，不練習的話是不可能辦到的。

但是讓他心煩的事還不只這一樁：性愛到底是怎麼回事？這種時刻，我們會有什麼感覺？身體會有什麼反應？性愛的歡愉真的那麼強烈，會讓人喊叫，會讓人控制不住自己？我們這麼喊叫的時候會不會顯得很可笑？這檔事到底該持續多久的時間？啊，天哪，這種事怎麼可能沒有準備就直接去做啊？

直到此刻，雅羅米爾都還沒有自慰的經驗。他認為這種行為是可恥的，一個真正的男子漢不該做這種事；他覺得他命中注定的是偉大的愛情，而不是手淫。問題是，沒有一定的準備，如何達到偉大的愛情？雅羅米爾知道自慰這個準備動作是免不了了，他於是不再感覺到那種近乎原則的敵意：自慰不再是真實性愛的一種悲慘的替代動作，而是要到達性愛之前的一個必要階段；自慰不再是承認某種匱乏，而是為了達到富足所必須攀登的一級台階。

於是他帶著三十八度二的高燒，執行了第一次模擬的性愛，他很驚訝，這事未免太短促，而且也沒讓他發出任何快活的叫聲。所以他既失望又放心：接下來的幾天，他又重做了好幾次同樣的實驗，沒有任何新發現；但是他確定這麼做應該可以讓他越來越習慣這件事，到時就可以面對他心愛的年輕女孩，不會害怕了。

他躺在床上已經第三天了，喉頭還敷著藥。這一天清早，外祖母匆匆忙忙地跑進他的房間，對他說：「雅羅米爾！底下亂成一團了！」「發生了什麼事？」雅羅米爾問道。祖母解釋說，樓下阿姨家正在聽收音機，說是鬧革命了。雅羅米爾跳起來，跑到隔壁房間打開收音機，聽見柯勒蒙・戈特瓦（Klement Gottwald）的聲音。

他很快就明白發生了什麼事，因為最近幾天他也聽說了（雖然他對這問題並不感興趣，因為就像我們剛剛解釋過的，他還有更擔心的事），非共產黨籍的部長們以集體辭職威脅共產黨籍的總統戈特瓦。這一刻，他聽到戈特瓦的聲音正在對那些聚集在舊城廣場的群眾揭發叛徒的罪狀，他說這些人想把共產黨逐出政府，他們意圖阻止人民走向社會主義；戈特瓦呼籲人民接受並且要求這些部長辭職，在共產黨的指揮下，在全國各地建立新的革命政權機構。

老舊的收音機傳來戈特瓦說的話，還雜著群眾的喧囂，這些聲音讓雅羅米爾熱血沸騰。他穿著睡衣，脖子上圍著一條毛巾，在外祖母的房間裡大喊：「終於！這事早該發生的！終於！」

外祖母不是十分確定雅羅米爾的熱血沸騰得對不對。「你真的相信這是好事嗎？」外祖母憂心地問道。「是啊，外婆，這不只是好事，這簡直是太棒了！」他抱了抱外祖母；然後，他開始在房裡焦躁地走來走去；他心想這群人聚集在布拉格古老的廣場上，這群人剛剛把這個日子拋向天際，讓這一天像一顆明亮的星星，閃耀在未來漫長的幾個世紀裡；然後他又想，他度過這偉大日子的方式，是和外祖母一起待在家裡，而不是和群眾一起待在街頭，真是令人氣結。但是他還來不及想清楚這事，門就打開了，走進來的是他的姨父，他氣得臉都脹紅了，他大聲嚷著：「你們聽到了嗎？這些混蛋！這些混蛋！這是一場政變哪！」

雅羅米爾看著他向來討厭的姨父，還有姨媽和他們那個自命不凡的兒子，他心想，時候終於到了，他終於可以把他們打敗了。他和姨父面對面：姨父的後面是門，雅羅米爾的後面是收音機，所以他覺得自己和十萬人的群眾站在一起，而他現在跟姨父講話就像十萬人在對一個人說話：「這不是政變，這是革命。」雅羅米爾說。

「去你的狗屁革命，」姨父說：「一個人後頭有軍隊，有警察，還有一個比市場力量更大的強權，要搞革命還不簡單？」

雅羅米爾聽到姨父的聲音充滿自信，像在對一個愚蠢的小毛頭說話，他的恨意湧上腦門，他說：「這支軍隊跟這些警察想阻止的是一小撮流氓，不讓他們像從前那樣鎮壓人民。」

「小白痴，」姨父說：「共產黨已經掌握大部分的權力了，他們搞政變，只是要全面掌權。我早就知道你是個沒長腦的小笨蛋。」

「我，我早就知道你是個剝削者，工人階級總有一天會扭斷你的脖子。」

雅羅米爾是在盛怒之下說出這句話的，總之，他沒有多想；但是這句話倒是值得我們玩味一下：他剛剛說的，都是共產黨的刊物上看得到的，或是會從共產黨演說家的嘴裡說出來的話，但是在此之前，他對這些東西的感覺應該都是厭惡，因為他討厭一切刻板的句子。他總認為自己首先是個詩人，因此，儘管他掌握了一些革命分子的用語，但他還是不願放棄自己的語言。可是現在他卻說：工人階級會扭斷你的脖子。

是的，這種事很奇怪：在某個狂熱的時刻（也就是說，在一個人做出自發性行為的時刻，或者一個人的自我展現出真實樣貌的時刻），雅羅米爾放棄了自己的語言，他寧可選擇別的可能性，成了另一個人的靈媒。而且他不只是這麼做，他這麼做的時候還有一種強烈的滿足感；他覺得自己加入了一個千百顆人頭湧動的團體，他是這條千頭龍裡面的一顆頭，這是整個民族在行進，這光景讓他覺得偉大而壯麗。他突然有一種強壯的感覺，他突然覺得自己可以公開嘲笑這個人了，而昨天，他在這個人的面前還會靦腆臉紅呢。如果他說出來的話（工人階級會扭斷你的脖子）有一種硬生生的單純，而這種單純又是他愉悅的來源，這正是因為這句話讓他和那些單純的人們站在一起，這些人嘲笑事物的細微差別，他們的單純美妙極了，他們的智慧在於他們只對本質感興趣，而本質的東西總是有一種傲慢的單純。

雅羅米爾（穿著睡衣，脖子上圍著一條毛巾）站在那裡，兩腿打開。在他身後，收音機剛剛發出了漫天鋪地的掌聲，他覺得背後傳來的這陣怒吼透入他的身體，讓他變偉大了，他矗立在姨父面前，彷彿一棵無法撼動的大樹，彷彿一塊岩石在那裡笑著。

而他的姨父（以為伏爾泰發明了伏特的那個姨父）走到他身邊，甩了他一個耳光。

雅羅米爾感到臉頰上又疼又辣。他知道自己被羞辱了，而由於他感到自己變得偉大又強壯，像一棵樹或一塊岩石那樣（成千上萬的人聲依然在他的身後迴盪，在收音機裡），他想要撲向姨父，把這記耳光還給他。但是他做出決定還是耗了一點時間，等他下定決心，姨父已經轉身走出去了。

雅羅米爾大吼：「我會還給你的！混蛋！我會還給你的！」他衝向門口。但是外祖母拉住他睡衣的袖子，求他冷靜一點，結果雅羅米爾只能重複著混蛋，混蛋，混蛋，然後回房躺在床上，不過就在一小時前，他在這裡遺棄了他想像的情人。他沒辦法再想她了。他眼裡看到的都是他的姨父，他依然感覺得到那記耳光，他不斷責怪自己沒有像個男子漢那樣立刻反擊；他如此辛酸地責怪著自己，他終於開始哭泣，憤怒的淚水濕了他的枕頭。

傍晚，媽媽回到家裡，害怕地說起她辦公室的主任（他很得人尊敬）已經被辭退的事，而且所有不是共產黨員的人都擔心自己會被逮捕。

雅羅米爾在床上用手肘把身體支起來，興致勃勃地加入了討論。他向媽媽解釋，現在發生的一切是一場革命，而革命是在一段很短的時間裡，人們必須藉助暴力加速一個新社會的降臨，在這個新社會，暴力將永遠被逐出門外。媽媽只能說她懂了。

媽媽也是全心全意地在和雅羅米爾討論，可是雅羅米爾最後還是駁斥了她的反對意見。他說有錢人支配這個社會是愚蠢的，所以這個被企業家和商人支配的社會也完全是愚蠢的，他還很有技巧地提醒媽媽，她在她自己的家族裡，也因為這些人而受害；他提醒媽媽，她的姊姊多麼傲慢，她姊夫的教育水平多麼差。

她動搖了，雅羅米爾則為了自己成功的論述而感到得意；他覺得自己報復了幾小時之前挨的那記耳光；但是一想到那件事，他的氣就上來了，他說：「而且，媽媽，妳知道嗎，我也是，我也想要加入共產黨。」

他在母親的眼睛裡讀到不贊同的目光，但是他堅持說下去；他說，他對於自己沒有早一點入黨感到可恥，就是因為他從小長大的環境這麼惹人厭，他才會和他長久以來氣味相投的那些人距離這麼遠。

「你的意思是，你不希望自己生在這裡，不希望我是你母親囉？」

媽媽的語氣聽起來像是生氣了，雅羅米爾只得趕緊說是媽媽誤會了；在他心裡，媽媽真正的樣子，跟她的姊姊、姊夫和有錢人的世界根本沒有任何相同之處。

但是媽媽對他說：「如果你愛我，就不要這麼做！你知道你姨父是怎麼對我的，我們的日子已經夠難過了，如果你入了黨，我們的日子絕對是過不下去的。你理智一點，我求求你。」

雅羅米爾的喉頭哽著一股悲傷，他不但沒辦法回敬姨父賞給他的那記耳光，而且他剛剛又被甩了第二記。他把頭撇過去，任媽媽走出房間。然後他哭了起來。

21

時間是六點，女學生穿著白圍裙迎接他，帶他走進一個乾乾淨淨的廚房。晚餐一點也不特別，臘腸炒蛋，但這是第一次有女人（除了母親和外祖母之外）為雅羅米爾做晚餐，他得意地吃著這一餐，覺得自己像個有情婦照料的男人。

接下來他們去了客廳。一張桃花心木的圓桌，桌上鋪著一塊手工鉤織的桌布，上面擺著一只厚重的水晶花瓶，像個秤坨似的；牆上掛著幾幅很醜的畫，牆角有一張沙發床，上頭堆著數不清的靠枕。一切都是預先為這個夜晚精心策畫的，他們唯一該做的，就是去沉浸在這片柔軟的枕頭波浪裡；但是，奇怪的是，女學生坐在桌前一張硬邦邦的椅子上，而雅羅米爾坐在她的對面；接著，他們聊了好久，好久，什麼都聊，就這麼坐在兩張硬邦邦的椅子上，雅羅米爾開始覺得喉嚨緊緊的。

他知道其實他得在十一點以前回家；他顯然問過媽媽可不可以在外頭過夜（他聲稱班上的同學辦了一個晚會），但是他碰了個大釘子，媽媽的反應很激烈，他也不敢再問下去，只希望晚上六點到十一點之間的這五個小時夠長，夠讓他完成他的初夜。

只是，女學生一直說，一直說，說個不停，五個小時的時間過得很快；她說起她的家人，說到她的哥哥從前曾經為一段不幸的愛情自殺過：「這對我影響很大。我沒辦法像其他女孩一樣，把愛情看得那麼輕。」她說。雅羅米爾覺得這些話應該要加在女孩允諾給他的性愛上，做為認真的印記。於是他起身靠在女孩的身邊，用很嚴肅的聲音對她說：「我懂妳，是的，我懂妳。」之後，他把女孩從椅子上拉起來，帶她走到沙發床，讓她坐下。

接著，他們互相擁吻，互相撫摸，到處亂摸。這樣持續了好一會兒，雅羅米爾心想，該是給年輕女孩脫衣服的時候了，但是他從來就沒做過任何類似的事，他不知該從何開始。他先是不知道該不該把燈關掉，根據他聽過關於這類情境的所有報告，他認為他得把燈關了。而且他外套的口袋裡還放了一個小封套，裡頭裝著那種透明的襪子，他想要在決定性的時刻默默地、偷偷地戴上它，所以他絕對需要黑暗。但是他下不了決心在愛撫到一半的時候走去摁電燈開關，這種事他覺得不太得體（別忘了雅羅米爾的教養很好），因為他是客人，所以關燈這件事應該是女主人的工作。最後，他終於還是靦腆地說了：「我們要不要把燈關掉？」

但是年輕女孩反對：「不要，不要，請不要把燈關掉。」雅羅米爾心想，這麼說意謂著年輕女孩不想要黑暗，也就是說她不想要做愛，還是說，年輕女孩想做愛，但是不想在黑暗中做。他當然可以直接問她，但是要他大聲把心裡想的事說出來，他會不好意思。

後來，他想起他得在十一點以前回家，於是他努力克服了自己的靦腆；他解開這輩子第一顆女性用的釦子。那是一件白色上衣的鈕釦，他一邊解這顆釦子，一邊擔心年輕女孩的反應。女孩什麼也沒說。於是他繼續幫她解開其他釦子，他把上衣的下襬從裙子裡拉出來，然後把上衣整個脫掉。

女孩現在躺在那些靠枕上，穿著裙子和胸罩，令人納悶的是，一秒鐘以前她還貪婪地吻著雅羅米爾，可是自從雅羅米爾脫了她的上衣以後，她彷彿嚇得愣在那裡；她動也不動；她微微挺起上身，像死刑犯把胸膛挺向行刑隊的槍管。

雅羅米爾也只有一件事可以做了，那就是繼續脫她的衣服：他發現裙子側邊的拉鍊，隨即把它拉開；這個沒經驗的傢伙沒想到裙子在腰身部位有個扣鉤，這樣裙子才不會從腰上滑落，他不明就裡，只是頑固地要把裙子往下扯，結果徒勞無功；而女孩挺著上身面對那看不見的行刑隊，她甚至沒發現雅羅米爾遭遇了什麼困難。

啊，讓我們靜靜度過雅羅米爾這約莫一刻鐘的苦刑吧！他終於把女學生的衣服脫光了。當他看見女學生躺在靠枕上等著那期待已久的時刻，他知道他該做的只剩下把自己的衣服也脫了。但是吊燈燈火輝煌，雅羅米爾不好意思脫衣服。這時他突然想到一個救命的點子：他剛才瞥見客廳旁邊有一間臥房（那是個老氣的房間，裡頭有兩張並排的單人床）；臥房裡沒開燈；在那裡，他可以在黑暗中脫衣服，甚至還可以躲進被窩裡。

「不如我們去臥房吧？」雅羅米爾靦腆地問道。

「臥房？去那裡幹什麼？你為什麼需要臥房？」年輕女孩笑著說。

要說她為什麼笑，實在很難。那是一種沒來由的笑，尷尬的笑，未經思索的笑。但是雅羅米爾卻受傷了；他怕自己說了什麼傻話，他怕自己提議去臥房是不是讓人看穿了自己沒經驗的可笑模樣。他有點狼狽；一盞吊燈在他頭上散放著不識趣的光，他卻不能關掉它，他和一個奇怪的女人待在一個奇怪的公寓裡，那個女人還在嘲笑他。

他立刻知道了一件事，那就是這天晚上他不會做愛了；他生氣了，他一言不發地坐在沙發床上；他覺得很可惜，同時又覺得鬆了一口氣；他不必再問自己到底要不要關燈，也不必去想到底要怎麼脫衣服了；他很高興這並不是他的錯；誰叫這個女孩要笑得這麼蠢！

「你到底怎麼了？」女孩問道。

「沒什麼，」雅羅米爾說。他知道如果他向女孩解釋他生氣的理由，會顯得更可笑。於是他努力克制住自己，他把女孩從沙發床上拉起來，開始大剌剌地檢視著她（他想要控制局面，他認為檢視者可以控制被檢視者）；然後他說：「妳很美。」

年輕女孩原本動也不動地躺在那兒默默等待，她從沙發床上起身之後，突然變得像是重獲自由似的：她又變得多話，變得對自己自信滿滿。被一個男孩檢視，她一點也不覺得尷尬（或許她認為被檢視者可以控制檢視者），她問雅羅米爾說：「我什麼時候比較美？沒穿衣服還是穿衣服？」

女人的問題有一些是很經典的，所有男人在一生中或早或晚都會碰到，這些問題，學校應該為年輕人做點準備。可是雅羅米爾跟我們所有人一樣，他上的學校不好，所以不知該如何回答；他努力猜想年輕女孩想聽的答案，可是心裡還是很忐忑；他們在一起的大部分時間，年輕女孩都穿著衣服，所以說她穿衣服比較美或許她會覺得高興；只是，裸體畢竟是身體的真實面，雅羅米爾說她一絲不掛的時候比較美，或許她才會覺得高興。

「妳沒穿衣服跟穿衣服的時候都很美。」他說，但是女學生對這答案一點也不滿意。她蹦蹦跳跳地跑來跑去，要讓這個年輕人看個清楚，然後逼他回答，不准他拐彎抹角。「我想知道你比較喜歡我穿衣服還是不穿衣服。」

這麼精確的問題，回答起來就容易多了。由於別人都只看過她穿衣服的樣子，他原本覺得說她裸體比穿衣服的時候美，似乎有點失了分寸；但是既然她問的是他個人的看法，他就可以放肆地答說，就他個人而言，他比較喜歡她不穿衣服的樣子，這種說法可以比較清楚地表現出，他就是愛她原來的樣貌，他愛的就是她本身，他不在乎那些只是外加在她身上的東西。

很顯然的，他的判斷沒有錯，因為女學生聽到自己不穿衣服比較美的時候，她的反應很正面，直到雅羅米爾離開之前，她都沒有把衣服穿回去，她吻了他好多次，在雅羅米爾離去的時候（時間是十一點差一刻，媽媽會很滿意的），女學生在門口對著他的耳朵輕聲說：「今天，你證明了你是愛我的。你真好，你是真心愛我的。嗯，這樣比較好。我們可以把這一刻留到以後。」

22

約莫在這個時期，他開始寫一首長詩。這是一首敘事詩，講的是一個男人突然意識到自己老了；他所在之處，命運不再為他建造車站；他被遺棄、被遺忘了；在他身邊

人們搬來新家具，用石灰刷白牆壁
人們改變一切，在他的房裡

於是他匆匆走出家門，回到他經歷過一生中最激烈時刻的地方：

房屋後棟三樓深處左邊角落的那扇門
名片上的名字在黑暗中模糊難辨
「二十年前流逝的片刻請讓我進來！」

一個老婦人為他開了門，婦人剛從冷漠無神之中回過神來，那冷漠無神顯然是長年沉浸在孤獨裡的結果。快點，快點，她緊咬蒼白的嘴好讓嘴唇多一絲血色；快點，她做出一個從前常做的手勢，想要稍微梳理一下稀疏的頭髮，梳理她那一綹綹沒洗的頭髮；她尷尬地做

了許多動作，不想讓這個男人看到牆上掛著她那些老情人的照片。但是接下來，她又覺得這個房間也沒什麼不好，表面的東西根本不算什麼；她說：

「二十年，你還是回來了
彷彿這是我生命中最後一件重要的事
如果我想越過你的肩膀遙望未來
我沒有一絲機會看見任何事物。」

是的，這個房間沒什麼不好；再也沒有任何東西算得上數，皺紋不算什麼，邋遢的衣服也不算什麼，發黃的牙齒、稀疏的髮絲、蒼白的嘴唇、下垂的小腹都不算什麼。

確定確定，我不再動了我準備好了
確定了，對你來說，美不算什麼，對你來說，青春也不算什麼

他拖著疲憊的腳步走過這個房間（他用手套抹去那些陌生人留在桌上的痕跡），他知道她有過其他的情人，成群的情人，他們

揮霍她皮膚所有的光芒

MILAN KUNDERA

即使在黑暗中她也不再美麗
一枚被手指磨壞，沒有價值的錢幣

他的靈魂裡迴盪著一首老歌，一首被人遺忘的歌，天哪，這首歌是怎麼唱的？

你離我遠去，你在沙之床上離我遠去
你的樣貌緩緩磨滅
你離我遠去，你離我遠去，而你留下的
除了你的中心，還是你的中心

她知道，在他眼裡，她已無一處年輕。但是：

在軟弱滿溢我的此刻
我的疲憊我的衰敗這過程如此強烈如此純粹
只屬於你

他們覆滿皺紋的身體激動地互相碰觸，他對她說：「小女孩。」她則對他說：「小男孩。」然後他們開始哭泣。

他們之間沒有任何中介
沒有隻字片語沒有任何動作沒有隱藏任何東西
沒有任何東西遮掩他們兩人的悲慘

因為他們滿嘴吸吮的，他們貪婪地從對方口中飲用的，正是他們彼此的悲慘。他們愛撫著對方悲慘的身體，他們已經聽見，死亡的機器在對方的肌膚底下緩緩發出轟隆隆的聲音。他們知道，他們終於完全屬於對方；這是他們最終的愛情，也是他們最偉大的愛情，因為最終的愛情是最偉大的。男人心想：

這愛情沒有出口這愛情宛若一道牆

而女人心想：

這就是死亡，或許在時間上很遙遠，可是透過死亡的相似物卻又如此靠近
如此靠近如是相同，如我倆深陷於我們的扶手椅中
這就是抵達的目標，雙腿如此幸福，甚至不想再走一步
剩下的只有等待，等待我們口中的津液化為露珠

媽媽讀到這首怪異的詩，她照例感到驚訝，兒子竟然這麼早熟，可以理解和他的年齡相距如此遙遠的年紀；她沒有理解的是，這首詩裡的人物和真實的老年心理毫無關係。

確實毫無關係，這首詩裡講的根本不是一個老男人和一個老女人；如果有人問雅羅米爾這首詩裡的人物年紀多大，他大概會說他們的年紀在四十歲到八十歲之間；他對老年一無所知，對他來說這是一個遙遠而抽象的概念；他所知的老年就是生命中的一個時期，在這個時期，成年已成過去；命運已成定局；人對於這個叫作未來的恐怖陌生人也不再害怕了；在這個時期遇到的愛情，是終極的，是確定的。

因為雅羅米爾滿心焦慮不安；他向年輕女孩赤裸的身體前進的時候，彷彿腳底踩著針刺；他渴望這具身體，他也害怕這具身體；這就是為什麼在這些關於溫柔的詩裡，他逃離身體的物質性，他在童稚的想像世界裡尋求庇護；他把身體從現實中抽離，他想像女性的性器官就像個發條玩具；這一次，他在相反的一邊尋求庇護：那是老年的那一邊；在那一邊，身體不再危險，不再自豪；在那一邊，他變得悲慘，變得可憐；衰老身體的悲慘讓他或多或少和年輕身體的驕傲得到和解，因為年輕的身體有一天也會變老。

雅羅米爾的詩充滿自然主義的醜陋，他沒有忘記那些黃牙，也沒有忘記眼角的分泌物和下垂的小腹；但是在這些細節的粗魯形象背後，還有一股動人的欲望，要把愛情限制在永恆之地，永不隳壞之地，限制在可以取代母親懷抱的東西上，限制在不屈從於時間的東西上，限制在除了中心還是中心的東西上，限制在可以戰勝身體力量的東西上——身體的凶險世界在他面前延伸開來，彷彿一片屬於獅子的陌生領土。

他寫詩，寫著屬於溫柔的人造童年，他寫詩，寫著真實的死亡，他寫詩，寫著真實的老年。他在這三面藍色的旗幟下，滿心恐懼地向著成年女人巨大無比的真實身體前進。

MILAN KUNDERA

23

她來他家的時候（媽媽和外祖母離開布拉格兩天），夜色已經緩緩降臨，但是他刻意不開燈。他們吃完晚餐，待在雅羅米爾的房裡。將近十點的時候（通常就是在這時候，媽媽會叫他上床睡覺），他說了那句話（為了若無其事地說出那句話，他事前在心裡重複了很多次）：「我們要不要睡覺了？」

她點點頭，雅羅米爾把被子拉開。是的，一切都照他預想的程序在進行，沒有問題。年輕女孩在房間的角落脫衣服，雅羅米爾則在另一個角落脫衣服（他的動作匆忙得多）；他立刻穿上睡衣（在睡衣的口袋裡，他早已小心翼翼地放了一個封套，裡頭裝著透明的襪子），他凝望著年輕女孩，她一絲不掛地迎向他（啊！在黑暗裡，雅羅米爾覺得她看起來比上次更美了），在他身邊躺下。

她緊緊抱著雅羅米爾，開始狂熱地吻他；過了一下，雅羅米爾心想，打開小封套的偉大時刻到了。於是他把手伸進口袋裡，想要偷偷把它拿出來。「你口袋裡有什麼？」年輕女孩問道。「沒有。」雅羅米爾回答，他趕緊把原本就要拿到小封套的那隻手放到女學生的乳房上。接著，他心想，他待會兒只好失陪一下，去浴室裡偷偷做準備了。但是就在他這麼想的時候（年輕女孩還是不停地吻他），他發現剛開始明顯無比的生理衝動消失了。這個發現讓他陷入了另一個窘境，因為他知道，在這種情況下打開小封套也派不上用場。所以，他試著激情地愛撫年輕女孩，焦慮地等著那消失的衝動再回來。可是，沒有用。身體在他專心的注視下，彷彿被嚇壞了；不僅沒有變大，還縮得比原來更小。

愛撫和親吻並沒有帶來愉悅或滿足；這些動作只是一扇屏風，男孩焦躁不安地躲在後頭，絕望地呼喚著身體，要它聽話。這是愛撫和擁抱，這是沒有止境的苦刑，在絕對靜默中的一種苦刑，因為雅羅米爾不知道該說什麼，他覺得不管說什麼都會洩漏他的恥辱；年輕女孩也不說話，因為她大概也開始在揣想這個恥辱了，雖然她不知道這究竟是雅羅米爾還是她的恥辱；總之，就是發生了不知什麼事，她對這事沒有心理準備，也害怕說出口。

但是接下來，當這齣愛撫與親吻的可怕默劇的強度減低，無以為繼的時候，他們兩人都各自把頭靠在枕頭上，努力讓自己睡去。實在很難說他們到底睡了沒有，是什麼時候睡著的，但是就算他們沒睡著，他們也假裝在睡，這樣他們才能把自己藏起來，躲開對方。

第二天早上起床的時候，雅羅米爾很怕看到女學生的身體；這身體美麗得令他痛苦，這身體越是不屬於他，就顯得越美麗。他們走去廚房做早餐，還試著若無其事地說話。

但是接下來，女學生就說了：「你不愛我。」

雅羅米爾想向她保證，事情不是這樣，但是她不讓他說話：「不，你不必解釋了。你沒辦法說服我的，昨天晚上我們看得很清楚，你不夠愛我。昨天晚上你自己也看到了，你不夠愛我。」

起先，雅羅米爾想對年輕女孩解釋，昨晚發生的事跟他的愛有多少根本完全無關，但他什麼也沒說。年輕女孩說的話，剛好給了他一個意想不到的機會掩飾恥辱。接受不愛年輕女孩的指責，比起承認身體有毛病容易一千倍。所以他什麼話也沒說，只是低下頭。當年輕女孩又重複了相同的指控，雅羅米爾才刻意用一種心不在焉又很不確定的語氣說：「沒有啊，我愛妳呀。」

「你說謊，」年輕女孩說。「你一定還有別人，她才是你愛的人。」

這可好，這說法更好了。雅羅米爾低下頭，悲傷地聳起肩膀，彷彿承認這段指責的話有一部分是真的。

「如果這不是真正的愛，那根本就沒有任何意義，」女學生的語氣很憂傷。「我跟你說過，我沒辦法把這種事看得那麼輕。對你來說，我只是另一個人的替代品，想到這裡我就沒辦法忍受。」

雅羅米爾剛剛經歷的夜晚是殘酷的，他只有一條出路，就是讓這一夜重新開始，並且把他的失敗抹去。於是他只得回答說：「不是這樣的，妳這麼說不公平。我愛妳。我非常非常愛妳。但是我有件事沒跟妳說。我的生命裡確實有另一個女人。這個女人愛過我，我卻對她造成很多傷害。現在，有一個影子壓在我身上，讓我無力抵抗。求求妳，請妳理解我。如果妳因此不再見我，這是不公平的，因為我愛的只有妳，只有妳啊。」

「我沒有說我不想再見到你，我只是說，想到另一個女人我就沒辦法忍受，就算是個影子也一樣。我也請你理解我，對我來說，愛情是絕對的東西。在愛情裡，我沒有中間地帶。」

雅羅米爾望著戴眼鏡的年輕女孩的臉，想到他有可能失去她，他的心揪了一下；他覺得年輕女孩似乎跟他很親近，她或許可以理解他。可是就算這樣，他還是不想，他沒辦法對她坦白，他得讓自己看起來像個男人，這男人的身上拖著一個致命的影子，所以他心碎，所以他值得同情。他反駁說：

「在愛情裡，所謂的絕對，難道不是首先意謂著我們要能夠理解對方，並且也愛他裡裡外外的一切，包括他帶在身上的陰影嗎？」

這話說得好，女學生看起來像在思索這個句子。雅羅米爾心想，或許，他還沒有全盤皆輸。

24

他從來還沒有拿他的詩給她讀過；畫家答應過他，要把這些詩刊登在一本前衛雜誌上，他原本打算用這些印刷字的魅力去眩惑女孩，可是現在，他需要這些詩句來救命。他相信，只要女學生讀到這些詩（他期待最深的就是關於老人的詩），她就會明白，就會感動。他錯了；女學生認為她應該給她年輕的男友一點批評的意見，她簡潔的評論讓雅羅米爾整個人都冷了。

他那熱切自戀的輝煌鏡子怎麼了？沒多久以前，他不是才在裡頭第一次發現自己的人格特質嗎？現在，每一面鏡子都給他的不成熟提供了齜牙咧嘴的醜樣，這種事實在令人難以忍受。這時，他想起一位大名鼎鼎的詩人，他的頭上戴著歐洲前衛藝術以及布拉格醜聞的光環，雖然他從來就不認識這個詩人，也沒見過他，但是卻對他有一種莫名的信任，就像單純的信徒面對崇高的神職人員的時候，心裡產生的感覺。他寫了一封謙卑得近乎低聲下氣的信，把他的詩一起寄給他。之後，他夢想著他的回應是既友善又讚賞不已，而這個夢彷彿某種藥膏，撫慰著他和女學生越來越少的約會（她說大學的考試近了，她沒什麼時間），越來越悲傷的約會。

所以他又回到了那個年代（而且那年代也還沒多遠），隨便跟一個女人隨便說一點什麼，對他來說都是問題，他得事先在家裡準備；再一次，他的每一次約會都在好幾天之前就先經歷過了，他花好幾個晚上和女學生說著自己虛構的對話。在這些沒說出口的獨白裡，女學生那天在雅羅米爾的房間吃早餐時，誤以為她存在的那個女人出現了，而且越來越清楚（可是又很神祕）；這女人給雅羅米爾戴上了屬於往事的光環，她喚醒了某種嫉妒的興味，也給雅羅米爾身體的失敗找到藉口。

不幸的是，這女人只出現在他沒說出口的獨白裡，因為她偷偷地、快速地從雅羅米爾和女學生的真實對話裡消失了；就像女學生當初開始懷疑有另一個女人存在的時候一樣出人意料，女學生對這個女人突然不再感興趣了。實在太令人失望了！雅羅米爾所有的小暗示，所有精心設計的口誤，還有他突然的沉默，這一切都是為了要讓人以為他在思念另一個女人，現在卻引不起絲毫注意了。

相反的，女學生花很長的時間（而且還興高采烈的，唉！）跟他說大學的事，還向他描述了好幾個同學的樣子，她描述的方式活靈活現，雅羅米爾甚至覺得，這些同學比他還真實。他們又變回他們相識之前的那兩個人了：一個靦腆的小男生和一個石女，進行著博學的對話。只有那麼幾次（雅羅米爾對這僅有的幾個片刻無比珍惜，他絕對不會錯過），女孩突然不說話了，或者突如其來地說了一個悲傷又滿懷鄉愁的句子，雅羅米爾試圖在後頭加上自己的話，卻總是徒勞無功，因為年輕女孩的悲傷轉向她的內裡，無意搭理雅羅米爾的悲傷。

這悲傷所為何來？誰知道？或許她為了愛情的消逝而難過；或許她想著她渴望的另一個人；誰知道呢？有一天，這悲傷的時刻如此強烈（他們走出電影院，走在一條陰暗寂靜的街上），她走著走著，就把頭靠在雅羅米爾的肩上。

天哪！這種經驗他經歷過！他跟那個在舞蹈課上認識的年輕女孩去斯特洛摩夫卡公園散步的那個晚上，就經歷過了！那天晚上，這個頭部的動作讓他興奮起來，這會兒又在他身上產生了同樣的效果：他又興奮了！但是這一次，他沒有覺得不好意思。相反，相反，事情剛好相反，這一次他非常希望年輕女孩瞥見他興奮的反應！

但是年輕女孩的頭悲傷地靠在他的肩上，天知道她透過眼鏡看的是哪個方向。

而雅羅米爾的興奮反應得意洋洋地，自豪地，久久地，明顯地持續著，他渴望這興奮的反應有人注意，有人讚賞！他想要抓住年輕女孩的手，把它擱在他的身體上，但是這念頭對他來說實在太不正常，他做不出來。他心想，他們可以停下腳步，擁吻，這樣年輕女孩的身體就會感覺到他的興奮了。

但是女學生意識到他的腳步越來越慢，她知道雅羅米爾就要停下來吻她了，她說：「不要，不要，我只想要這樣……」她說這話的時候是那麼悲傷，雅羅米爾只好乖乖地照做。而另外那個，在他兩腿之間的那個傢伙，卻故意和他唱反調，一副滑稽的模樣像個小丑似的，在那兒跳著、舞著、嘲笑著他。他往前走，肩上靠著一顆悲傷而陌生的頭，兩腿之間夾著一個愛捉弄人的陌生小丑。

25

他想像，或許悲傷與渴望安慰（大名鼎鼎的詩人始終沒有回他的信）可以讓任何異常的行動變成合理，因為，他突然來到了畫家的住處。他才走到玄關，嘈嘈的人聲就告訴他，裡頭有不少人，他立刻想要說聲抱歉就走；但是畫家真心誠意要他進來畫室坐坐，他把雅羅米爾介紹給他的客人，三個男人和兩個女人。

五個陌生人望著他，雅羅米爾感到自己的臉頰脹紅了，但同時他又覺得很得意；畫家介紹他的時候說他寫的詩很傑出，他說起他的時候彷彿這些客人都已經聽說過他了。這種感覺讓人很舒服。他在一張扶手椅上坐了下來，四下看了看，他很高興他看到的兩個女人都比他那個女學生漂亮。她們兩腿交叉的姿態，她們把菸灰抖落在菸灰缸裡，她們在奇怪的句子裡加上那些博學的詞彙和淫蕩的字眼，多麼自然優雅啊！雅羅米爾覺得有一台電梯載他升向美麗的頂峰，在那裡，戴眼鏡的年輕女孩折磨人的聲音傳不到他的耳朵。

其中一個女人轉向他這邊，很友善地問他，他寫的是哪一類的詩。「就是詩囉，」他說，他尷尬地聳了聳肩。「就是一些很棒的詩，」畫家插了話，雅羅米爾則低下頭；另一個女人看著他，用女低音的聲音說：「這裡，我們這些人，讓我想起封當－拉圖爾[17]那幅畫裡的韓波和魏崙，還有他們的那群朋友。一個孩子在一群男人裡。人家都說韓波十八歲看起來像十三歲。而您呢，」她轉頭對雅羅米爾說，「您看起來也十足像個孩子。」

（我忍不住要請您留意一下，這個女人對雅羅米爾的關切、和韓波的老師伊松巴爾〔Izambard〕的姊妹們對韓波的關切，是同一種殘酷的溫柔，伊松巴爾老師的姊妹們，也就是那些大名鼎鼎的找蝨子的女人，每當韓波長征歸來，回到她們家，她們都會幫他洗澡，幫他刷洗，幫他抓蝨子。）

「我們的小朋友很幸運，」畫家說，「但是他擁有這幸福的時間也不會太久，那是一種不再是孩子，但又還不是男人的狀態。」

「青春期是最詩意的年紀。」第一個女人說。

「你會嚇壞，」畫家帶著微笑說，「如果你看到這個不成熟、不完美的小處男寫出來的詩句多成熟，多完美，多麼讓人驚訝！」

「確實。」其中一個男人點點頭，從他說的話就知道，他讀過雅羅米爾的詩句，也同意畫家對雅羅米爾的讚美。

「您不打算公開發表這些詩嗎？」聲音像女低音的女人問雅羅米爾。

「我懷疑這個屬於積極正面的英雄與史達林銅像的時代，對詩會有多少好感。」畫家說。

畫家提到積極正面的英雄，又把對話引回了雅羅米爾到訪前的那條路上。雅羅米爾對這些問題很熟悉，很輕鬆地就可以加入討論，但是他再也聽不到別人說的話了。他的腦袋裡迴盪著永不休止的回音，不停地說，他看起來像十三歲，他是個孩子，他是處男。當然，他

17. 封當—拉圖爾（Fantin-Latour，一八三六—一九〇四）：法國畫家。此處所指的畫作應為其一八七二年所作之「餐桌一隅」（Coin de table），少年詩人韓波（Arthur Rimbaud，一八五四—一八九一）以左手支著下頦，坐在他的好友詩人魏崙（Paul Verlaine，一八四四—一八九六）及其他朋友之間。

知道這裡沒有人想傷害他，他也知道，畫家是真心喜歡他的詩句，但是這只會讓事情變得更糟：這一刻他的詩句對他來說沒什麼重要了，他心裡有千萬個願意要放棄這些詩句的成熟，拿來換取他自己的成熟。他寧可拿他所有的詩句換取一次性交。

一場熱烈的討論開始了，而雅羅米爾想離開了。但是他覺得非常鬱悶，悶得讓他說不出向大家告辭的那句話。他害怕聽到自己的聲音；他害怕這聲音會開始發顫、發抖，再一次讓他的乳臭未乾暴露無遺。他想要變成隱形人，踮著腳偷偷走到很遠的地方，然後消失，入睡，久久地沉睡，等到十年後，他的臉變老了，覆滿男性的皺紋，這時他才醒來。

聲音像女低音的女人又轉過頭來對他說：「孩子，為什麼您這麼沉默寡言？」

他嘟囔著說，他比較喜歡聽別人說，自己沒那麼喜歡說（其實他根本什麼也沒在聽）。他心想，他是不可能逃脫女學生給他判的罪了，這個判決把他送回他的童貞之中——這童貞他一直帶在身上，像個烙印。（天哪，只要看他一眼，任誰都看得出來，他還沒有過女人！）判決再次確定了。

他知道所有人都在看他，他極其痛苦地意識到他的臉，並且近乎驚恐地感覺到，這張臉上的微笑是他母親的微笑！這細緻、苦澀的微笑他絕不會認錯，他感覺到這微笑鑲貼在唇上，他根本無法擺脫。他感覺到媽媽貼在他的臉上，媽媽包覆著他，像蟲蛹包裹著幼蟲，而這只蟲蛹不願承認幼蟲有權決定自己的外表。

而他就在那裡，戴著媽媽的面具和幾個成人在一起，媽媽把他摟在懷裡，把他往身邊拉，讓他遠離這個世界，可是雅羅米爾想要屬於這個對他很親切的世界，雖然這世界只是把他當成一個還沒擁有自己位子的那種人而親切待他。這情境實在令人無法忍受，雅羅米爾使盡全力，想要抖掉、想要擺脫母親的面具；他努力去聽他們討論的事。

他們討論的是當時所有藝術家都在熱情辯論的一個問題。在波希米亞，現代藝術從前打的是共產革命的旗幟；但是革命一旦成局，卻擺出一副無條件贊同人民寫實主義的模樣，因為所有人都可以明白這種藝術，革命拒斥了現代藝術，視之為一種猙獰的展示，展示著資產階級的墮落。「我們的困局就在這裡，」畫家的一個客人這麼說。「我們要背叛和我們一起成長的現代藝術，還是要背叛我們主張的革命？」

「這問題的提問方式錯了，」畫家說。「一場革命如果可以讓學院藝術從墳墓裡復活，而且還可以造出成千上萬個國家領導人的銅像，那麼這場革命背叛的不只是現代藝術，它首先就背叛了它自己。這場革命並不想改造世界，事情剛好相反：它想保留歷史上最反動的精神，盲目崇拜、規範、教條、法律、成規。我們沒有什麼困局，如果我們是真正的革命分子，我們就不能接受這種對於革命的背叛。」

雅羅米爾如果要繼續發展畫家的思維一點也不難，因為他很清楚這樣的邏輯，但是他很討厭讓自己的角色因此變成一個可憐兮兮的學生，變成一個得人讚賞的乖巧小男孩。他的心裡湧現一股反抗的欲望，他轉頭對畫家說：

「您總是引用韓波的詩：一定要絕對現代。我完全同意。但是，絕對現代的並不是我們在五十年內可以預見的事物，剛好相反，絕對現代的是那些衝擊我們，讓我們感到驚訝的那些事物。絕對現代的不是已經存在四分之一世紀的超現實主義，而是此刻在我們眼前發生的這場革命。您不理解革命的理由很簡單，這恰好證明了革命是新的東西。」

他們打斷了他的話：「現代藝術這個運動對抗的正是資產階級和這個階級的世界。」

「沒錯，」雅羅米爾說，「但是如果現代藝術對於當代世界的否定真的是邏輯的，那麼它就應該考慮到它自身的消失。現代藝術應該知道（它甚至應該希望）革命將創造一種全新的藝術，一種符合革命形象的藝術。」

「所以你贊成，」聲音像女低音的女人說，「我們把波特萊爾的詩都搗爛，我們要禁止一切現代文學，我們要趕緊把國家美術館裡頭那些立體派的畫都放到地窖裡去囉？」

「革命是一種暴力的行為，」雅羅米爾說，「這是大家都知道的事，而超現實主義，很明確地，它清清楚楚地知道，那些老頭會被粗暴地逐出舞台，只是它沒想到，他自己也在被驅逐之列。」

雅羅米爾是因為感覺自己受到羞辱，才會用這麼明確、這麼凶惡的方式（一如他自己也意識到的），來表達他的想法。只是有一件事，從他說出第一句話的時候就讓他感到困惑：他在自己的聲音裡，聽到畫家獨特的權威語氣，他忍不住會用右手在空中做出畫家慣常的手勢。事實上，這是一場奇怪的討論，由畫家和畫家進行討論，由男人畫家和小男孩畫家進行討論，由畫家和他造反的影子進行討論。雅羅米爾意識到這個畫面，受辱的感覺更嚴重了；於是他用越來越強硬的句子，報復畫家把他囚禁在他的手勢和聲音之中。

畫家回應了雅羅米爾兩次，都是長篇大論的解釋，但是這一次他不出聲了。他只是看著雅羅米爾，眼神堅定而嚴厲，雅羅米爾知道，他以後再也不能走進這個畫室了。所有人都不出聲，後來是那個聲音像女低音的女人開了口（但是這一次，她對他說話的樣子不像伊松巴爾老師的姊妹們幫韓波抓頭蝨那麼溫柔了，相反的，她像是驚訝而悲傷地和雅羅米爾疏遠了）：「我沒讀過您的詩句，可是從我剛剛聽到的話看來，我相信在您剛才這麼激烈捍衛的政權統治下，這些詩句很難出現。」

雅羅米爾想起他最後寫的一首詩，關於兩個老人和他們最後的愛；他這才意識到，他無限喜愛的這首詩，在這個樂觀口號與政治宣傳詩當道的年代，永遠也無法發表，而他現在否定這首詩，也就是否定他最珍貴的東西，就是否定他獨特的財富，少了這個東西，他會變得徹底的孤獨。

但是還有一個東西比他的詩更珍貴；這是他尚未擁有的一個東西，雖然遙遠，但是他很嚮往——那就是男子氣概；他知道只有透過行動，透過勇氣，才能得到這東西；而如果這勇氣的意義就是要承受被人拋棄，被所有人拋棄，被心愛的女人拋棄，被畫家甚至被他自己寫的詩拋棄，那麼，就這樣吧：他想要擁有這勇氣。這就是為什麼他說：

「是的，我知道革命不需要我寫的這些詩。我很遺憾，因為我愛這些詩。但是很不幸，我的遺憾並不能為這些詩的無用提供辯護。」

又是一陣靜默，接著，其中一個男人說：「真嚇人。」而他真的抖了一下，彷彿背後有一陣冷風吹過。雅羅米爾感覺到他說的話讓在場的每一個人都覺得恐怖，他們望著雅羅米爾，他們看到自己所愛的一切，作為他們存在理由的一切，就這麼活生生地消逝了。

這場面很悲傷，但是也很美：雅羅米爾在一瞬之間，失去了當孩子的感覺。

26

媽媽讀著雅羅米爾悄悄放在她桌上的詩，她想從字裡行間讀出兒子生活裡的點點滴滴。唉，要是這些詩句的語言清楚一點就好了！這些詩句的真誠都是騙人的；這些詩句充滿了謎團和影射；媽媽知道她的兒子滿腦子都是女人，但是她一點也不知道，兒子跟這些女人在幹什麼。

於是媽媽打開雅羅米爾書桌的抽屜，搜出他的日記。她跪在地上，翻得很激動；裡頭的文字很簡潔，但她還是得出了兒子在戀愛的結論；兒子只用一個大寫的字母指稱這個女人，她沒辦法猜出這女人到底是誰；相反的，日記裡倒是不厭其煩地記錄了一些讓她感到厭惡的細節，譬如他們的初吻是哪一天，他第一次摸她的乳房是什麼時候，他第一次摸她的屁股又是什麼時候。

接下來，她來到一個用紅筆記錄還加上許多驚嘆號的日期；在這個日期旁邊可以讀到：明天！明天！啊，我蒼老的雅羅米爾，腦袋光禿禿的老頭，當你在多年以後讀到這一段，你要記得，你生命真正的歷史就是從這一天開始的！

她很快地在腦海裡搜尋，想起來那就是她跟外祖母離開布拉格的那一天；她還想起來，回來的時候，她發現浴室裡她最珍貴的一瓶香水打開了；那時候她問雅羅米爾拿她的香水去做了什麼，雅羅米爾尷尬地答道：「我只是拿來玩了一下……」噢，她實在太愚蠢了！

她想起雅羅米爾小時候想要發明新的香水，這段往事觸動了她。所以她只是對他說：「你現在還玩這個遊戲，年紀有點太大了吧！」但是現在，一切都清楚了：雅羅米爾帶了一個女人來浴室，跟他在家裡度過那一夜的就是這個女人，讓雅羅米爾失去童貞的就是她。

媽媽想像雅羅米爾赤裸的身體：她想像這具身體旁邊有一個女人赤裸的身體，她想像這個女人灑了她的香水，這女人的香味跟她的一樣；她覺得噁心。她又看了一次日記，發現在這個標了很多驚嘆號的日期之後記事就結束了。這就是了，對一個男人來說，所有事情到了他跟一個女人第一次上床的那一天，都會結束，媽媽想到這裡心裡有點苦澀，她覺得兒子很無恥。

一連幾天，她都避著雅羅米爾。後來，她發現他變瘦了，變得蒼白了；原因是他縱慾過度，她覺得事情就是這樣。

幾天之後，她發現在她兒子的虛弱裡，不只有疲憊，還有悲傷。她對兒子的厭惡因此稍減，她又看到了希望：她心想，情人帶來傷心，母親帶來安慰；她心想，情人無可計數，可是母親只有一個。我得為他戰鬥，為他戰鬥，她在心裡重複著；從這一刻開始，她開始在雅羅米爾的身邊轉來轉去，像一頭充滿戒心卻又滿懷憐憫的母老虎。

27

他通過高中畢業會考的時候，事情已經是這樣了。他非常悲傷地告別同窗八年的同學們，這種正式確認的成熟就像一片沙漠在他面前鋪展開來。後來，在一個晴好的日子裡，他得知（碰巧：他遇到一個男孩子，這個男孩子是他在那個褐髮男人家裡認識的）戴眼鏡的女大學生愛上了她的大學同學。

他跟她還有一次約會；她告訴他，過幾天她要去度假了；他記下她的地址；他沒提他已經知道的事；他怕提起這件事會加快他們的分手；他很高興，雖然她有了別人，但是她還沒有完全放棄他；他很高興，她有時還是會讓他吻她，至少她還當他是朋友；他對她太迷戀了，他願意放棄一切驕傲；她是他眼前這片沙漠裡唯一的生物；他希望他們奄奄一息的愛情還可以起死回生，他緊緊抓住這個希望不放。

女學生離開了，留下一個灼人的夏天，宛如漫長的隧道，令人窒息。一封信（哭哭啼啼又苦苦哀求的一封信）掉進這條隧道裡，沒在裡頭喚起任何回音。雅羅米爾想起他掛在房間牆上的電話聽筒；唉，這聽筒突然有了一個意義：一支斷線的聽筒，一封沒有回應的信，一段沒人聆聽的對話……

街上的女人穿著輕飄飄的連身裙輕盈地走過，流行歌曲從打開的窗戶逸出來，電車上擠滿了人，大家的袋子裡都帶著毛巾和泳衣，遊河船在伏爾塔瓦河順流而下，航向南邊，航向森林……

雅羅米爾被遺棄了，只有母親的眼睛望著他，對他忠誠如昔；但是他無法忍受這雙眼睛看穿他被人遺棄了，他原本希望這事藏得好好的，沒人看得見。他無法忍受母親的目光，也無法忍受她的問題。他逃出家裡，他總是晚歸，一回家就上床睡覺。

我們說過他生下來不是為了自慰，而是為了偉大的愛情。可是在這幾個星期裡，他絕望地、狂熱地自慰，彷彿想透過如此卑賤又可恥的活動來懲罰自己。接下來，他整天都頭痛，但是他感受到的幾乎是幸福，因為這痛苦遮蓋了那些女人穿著輕飄飄的連身裙所散發的美麗，這痛苦阻擋了那些流行歌曲不知羞的淫蕩旋律；於是，在輕微的麻木狀態下，他比較容易度過這沒完沒了的白天。

可是他依然沒收到女大學生的信。如果他至少還收到一封信就好了，隨便誰寫的都可以！如果有人願意走進他的空虛就好了！如果那個大名鼎鼎的詩人終於決定回信給雅羅米爾寫幾句話，那就好了！噢，如果他給雅羅米爾寫幾個熱情的字就好了！（是的，我們說過，雅羅米爾寧可放棄他所有的詩句，只要能被人當成男子漢，但是我們得補充一下：如果人們沒把他當成男子漢，那麼只有一件事可以給他帶來小小的安慰：那就是至少把他當成詩人。）

他還是想再引起那位大名鼎鼎的詩人的注意。但不是透過一封信，而是透過一個充滿詩意的動作。一天，他帶了一把鋒利的刀子出門，在電話亭外頭繞了很久，確定附近沒人以後，他走進去把電話線割斷，把聽筒拿走了。他每天都割下一個聽筒，二十天後（他始終沒有收到信，女孩沒回信給他，詩人也沒有），他有了二十個斷線的電話聽筒。他把這些聽筒放進一只箱子，用紙和細繩包紮成一個包裹，然後寫下那個大名鼎鼎的畫家的姓名和地址，還有寄件人的名字。他激動不已，帶著包裹去了郵局。

正要離開郵局櫃台的時候，有人拍了他的肩膀一下，他回頭一看，認出是從前的小學同學，也就是門房的兒子。他很高興見到他（在這個什麼事都沒發生的空無之中，不管什麼事他都很歡迎！）；他滿心感激地打開話匣，當他知道老同學就住在郵局附近，他幾乎是不由分說就要他邀他去家裡坐坐。

門房的兒子已經不跟他的父母一起住在學校了，他有他自己的單間公寓。「我老婆不在家。」他跟雅羅米爾一起走進門的時候這麼說。雅羅米爾沒想到他的老同學竟然已經結婚了。「是的，已經一年了。」門房的兒子說，他說這話的時候自信又自在，雅羅米爾不由得羨慕起來。

接著，他們坐在單間公寓裡，雅羅米爾瞥見牆邊有一張小床，上頭睡著一個初生的嬰兒；他心想，老同學都已經成家當爸爸了，而他還在手淫。

門房的兒子從櫃子裡拿出一瓶烈酒，倒了兩杯，雅羅米爾心想，他是不可能在房間裡有一瓶酒的，因為媽媽會因此問他千百個問題。

「那你現在在做什麼？」雅羅米爾問道。

「我在當警察。」門房的兒子說，雅羅米爾想起那一天，他的脖子裹著藥布，在收音機前聽著群眾節奏分明的喧囂聲。警察是共產黨最堅強的支持者，他的老同學在這幾天當

MILAN KUNDERA

中，肯定是和那些發出怒吼的群眾站在一起，而雅羅米爾卻和他的老祖母待在家裡。

是的，門房的兒子確實在街上度過了那幾天，他自豪地談起那時候的事，但是又帶著謹慎，雅羅米爾認為有必要讓老同學知道，他們兩人之間有相同的信仰作連結；他對他談起褐髮男人家的那些聚會。「那個猶太佬？」門房的兒子一副不感興趣的樣子。「你當心一點！他是個奇怪的傢伙！」

門房的兒子總是讓雅羅米爾追不上，他總是高他一截，而雅羅米爾一直想提升到他的高度；雅羅米爾用一種悲傷的聲音說：「我不知道你有沒有聽說我父親在集中營的事。從那時候開始，我就知道一定得徹底改變這個世界，我也知道我自己的位子在哪裡。」

門房的兒子終於理解，點了點頭；接下來，他們談了很久，談到他們的未來，雅羅米爾突然語氣堅定地說：「我想要搞政治。」他也很驚訝自己會說出這種話；他的話彷彿比思想先行；彷彿他說的話為了他並且代替他決定了未來。「你知道，」他接著說，「我母親希望我讀藝術史或法文，或是這一類的東西，可是我呢，我對這些都沒興趣。這些東西，都不是我的生活。真實的生活，是你，是你做的這些事。」

他從門房兒子的家走出來，心裡想著，他剛剛得到一個決定性的啟示。幾個小時前，他在郵局寄出一個裝了二十支電話聽筒的包裹，心裡確信那是對偉大詩人發出的神奇呼喚，希望他回應。他確信透過這樣的行動，他把自己空等詩人話語的情境，把自己對詩人聲音的渴望，當成禮物寄給了他。

但是在此之後，他和老同學隨即發生的對話（他相信這並非偶然！）卻賦予他詩意的行動一個相反的意義：那不再是禮物也不再是低聲下氣的呼喚；完全不是；他驕傲地把他的空等都還給詩人；斷線的電話聽筒是從他的虔誠砍下來的腦袋，雅羅米爾以嘲諷的方式把這些聽筒寄給詩人，就像從前的土耳其君王把十字軍的腦袋砍下來，送回去給基督教大軍的領袖。

現在他什麼都明白了：過去，他的一生只是在廢棄的電話亭裡對著電話聽筒的漫長等待，而這支電話，根本哪裡也打不出去。現在，眼前只有一條出路，那就是走出這個廢棄的電話亭，趕快走出去！

28

「雅羅米爾，你怎麼了？」這個充滿憐憫的問題所散發的熱量讓雅羅米爾的眼淚湧上眼眶；他無法躲避，媽媽又繼續說了下去：「不管怎樣，你畢竟是我的孩子，我對你清楚得很哪，就算你什麼都不告訴我，我也知道你所有的事。」

雅羅米爾把眼睛轉開，他覺得不好意思。媽媽則是一直說下去：「你不要把我當成你的母親，你把我當成一個年長的女性朋友吧。如果你把事情告訴我，說不定會覺得舒服一點。我知道你的心裡不平靜。」她悠悠地加上一句：「我也知道，是為了一個女人。」

「是的，媽媽，我很難過，」雅羅米爾承認了，因為這股彼此理解的氣氛熱呼呼地包圍著他，他逃不出去。「但是我很難跟妳說是怎麼回事……」

「我明白。而且，我也沒要你現在就告訴我是怎麼回事，我只是想讓你知道，你想說的時候，什麼都可以跟我說。我跟你說，現在天氣好得不得了，我決定跟一些朋友坐船去遊河。我帶你去，你得去散散心才行。」

雅羅米爾對這個點子絲毫不感興趣，可是他一時也找不到推辭的藉口；而且，他既疲憊又悲傷，已經沒有足夠的力氣反抗了，他不知如何是好，於是，突然地，他和四位太太一起出現在遊河船的甲板上了。

這幾位太太都和他母親的年紀相仿，雅羅米爾剛好成了她們理想的話題；她們得知雅羅米爾已經考過高中畢業會考，都覺得驚訝極了；她們都發現雅羅米爾很像他的母親；雅羅米爾決定去高等政治學院註冊，她們很吃驚（她們認為這種學科不適合心思如此細膩的年輕人）；而且很自然的，她們用一種輕浮的語氣問他有沒有女朋友了；雅羅米爾打從心底厭惡這幾位太太，但他看到媽媽的心情很好，為了媽媽，他還是露出了溫馴的微笑。

後來遊河船靠了岸，這幾位太太和她們的年輕小夥子登上到處是半裸身體的河岸，他們也找了個地方坐下來做日光浴；只有兩位太太帶了游泳衣，第三位太太直接露出她肥大的白色身體，只穿著胸罩和襯褲（她一點也不因為內衣的私密性而覺得不好意思，或許她覺得自己知羞地躲在自己的醜樣後面），媽媽則宣稱她只要讓臉曬曬太陽就好了，於是她轉頭瞇起眼睛望著太陽。接著，這四位太太一致認為，她們的年輕小夥子應該把衣服脫掉，做做日光浴，游游泳；而且媽媽早有準備，她幫雅羅米爾帶了游泳衣。

附近的一家咖啡館播放著流行歌曲，聲音一直傳到岸邊，這些歌曲讓雅羅米爾的心裡充滿頹喪而不滿足的慾望；從他們附近走過的年輕男女都只穿著一件泳衣，皮膚曬成了古銅色，雅羅米爾覺得自己是他們目光的焦點；他被他們的目光包圍，宛如置身火焰之中；他絕望地掙扎，希望沒有人發現他是跟四位年長的太太一起來的；但是這些太太在他身邊吵吵鬧鬧的，像一個奇特的母親長了四顆聒噪的頭；她們堅持要雅羅米爾去游泳。

他抗議說：「我連換衣服的地方都沒有。」

「傻瓜，沒有人會看你，你拿一條毛巾在前面遮一遮就好了。」那個穿胸罩和粉紅色襯褲的胖太太這麼提議。

「他會害羞。」媽媽笑著說，其他幾位太太也跟著笑了。

「我們得尊重他的害羞，」媽媽說。「來，你躲在毛巾後頭換，這樣沒有人會看到。」她兩手展開一條白色的大毛巾，形成一個屏風，隔開了河岸上眾人的目光。

雅羅米爾往後退，媽媽則拿著毛巾跟著他。他在媽媽的面前往後退，媽媽一直逼近他，看起來就像一隻長了白色翅膀的大鳥，追著一個正在逃逸的獵物。

雅羅米爾一直退，一直退，後來他掉過頭去，拔腿跑了。

太太們驚訝地望著他，媽媽始終展開手臂拿著那條白色的大毛巾，雅羅米爾鑽到那些半裸的年輕身體之間，最後消失在她們的視線之外。

第四部 詩人在跑

1

詩人掙脫母親的懷抱並且逃跑的時候應該到了。

不過就在最近，他還乖乖地跟人一起排隊兩兩走著：走在前頭的是他的兩個妹妹，伊莎貝兒和薇妲莉，他和哥哥弗列德利克在她們後面，而母親走在後頭，像是隊長，他們每個星期都這麼橫越沙勒維爾[18]。

他十六歲的時候，第一次掙脫母親的懷抱。在巴黎，他被警察逮捕，他的老師伊松巴爾和他的姊妹們（是的，就是靠在他身上幫他在頭髮裡抓蝨子的那幾個女人）給他提供遮風避雨的地方，幾個星期之後，母親冰冷的懷抱再次以兩記耳光將他包圍起來。

但是韓波又逃了，而且一次又一次；他在跑，脖子上還箍著一個頸圈，他的詩就是這樣一邊跑，一邊創造出來的。

2

那時候是一八七〇年，在沙勒維爾可以聽到遠方傳來普法戰爭的砲聲。這是一個特別有利於逃跑的情境，因為戰爭的喧囂對詩人有一種充滿鄉愁的吸引力。

他矮胖結實的身體加上一雙畸形的腿，在輕騎兵的軍服底下淌著血。十八歲的萊蒙托夫為了逃離祖母和他巨大笨重的母愛而成為軍人。他用筆（那是詩人的靈魂之鑰）去換手槍（那是世界之門的鑰匙）。因為當我們把子彈打進一個人的胸膛，就像我們自己也進入了這個胸膛；而別人的胸膛，就是世界。

自從掙脫母親的懷抱之後，雅羅米爾就不再跑了，他的腳步聲中也摻雜著某種像是隆隆砲聲的東西。那不是手榴彈爆炸的聲音，而是一場政治動盪的喧囂聲。在那個年頭，軍人只是一種裝飾性的東西，政治人物取代了軍人。雅羅米爾不再寫詩，卻在高等政治學院勤奮地讀書。

18. 沙勒維爾：位於今法國亞丁省（Ardennes）的省會沙勒維爾-梅基耶荷（Charleville-Mézière），詩人韓波的故鄉。

3

革命和青春是一對伴侶。革命可以給成人帶來什麼？對某些人來說是屈辱，對某些人來說是好處。但是這些好處沒有多大價值，因為它們只和生活裡最悲慘的那一半有關，而隨著好處一起來的還有不確定，還有一場讓人耗盡一切的活動，同時也撼動了原來的習慣。

青春的運氣比較好：青春不會被自己犯的錯誤壓垮，而且革命會全盤接受青春，讓青春躲在它的保護之下。革命年代的不確定對青春來說是一項優點。因為在不確定之中匆忙恓惶的是父親的世界。噢！在成人世界的堡壘崩塌之際走入成年，多麼美啊！

一九四八年革命之後的前幾年，捷克高等教育體系裡的教授只有少數是共產黨員。為了讓共產黨的影響力深入大學，革命必須將權力下放給學生。雅羅米爾加入大學的青年團，參與考試委員的審查會議。之後，他得寫一份報告給學校的政治委員會，列出每一個教授在審查過程中的表現，包括他們提出的問題以及他們的主張。結果，參加考試的不是該去考試的學生，而是那些考試委員。

4

但是雅羅米爾把報告提交給政治委員會的時候，就換成是他在參加考試了。他得回答一些嚴厲的年輕人提的問題，他也希望他們會喜歡他回答的方式：凡是跟年輕人的教育有關的事，妥協就是一種罪。我們不能把那些思想過時的老師留在教育體系裡：未來要嘛就是新的，要嘛那就不是未來。我們更不能信任那些想法隨時在變的老師：未來要嘛就是純潔的，要嘛就是已經被玷污的。

現在雅羅米爾成了一個嚴格的黨員，他寫的報告會影響成人的命運，那麼，我們還能說他在逃嗎？他看起來不是已經達到目標了嗎？

事情完全不是這樣。

他六歲的時候，母親讓他上了七歲的班級；他總是比別人小一歲。他的報告寫到某個教授有資產階級傾向的時候，他心裡想的不是這個教授，他是在那兒焦慮不安地看著那些年輕人，在他們的眼裡觀察這個教授的形象；同樣的，他在家裡照鏡子檢查自己的髮型和笑容，這會兒，他則是在這些年輕人的眼裡檢查自己有沒有威嚴，有沒有男子氣概，講話夠不夠強硬。

他總是被一面覆滿鏡子的牆擋住，看不見牆外的東西。

因為成熟是看不見的；成熟要嘛就是全面的，要嘛就不是成熟。只要他在別處是個孩子，他去審查考試委員以及寫那些教授的報告，就只是他在逃跑的一個變形。

5

因為他每一刻都想逃離她，可是卻又逃不掉；他只好跟她一起吃早餐，跟她一起吃晚餐，跟她說晚安，跟她說早安。早上，他從她手上接過一個購物的網袋；媽媽派他出去買東西，她並不覺得這個象徵家事的袋子不適合這位負責審查教授意識形態的管理員。

在前一部的開頭，我們看到雅羅米爾走在街上。請看：現在他走在同一條街上，看見一個女人迎面走來，因此臉紅了。時間都過了好幾年，他還是會臉紅。媽媽要他去買東西的店裡，有個穿白色工作袍的年輕女孩，他不敢正視她的眼睛。

這個女孩，每天都被關在櫃臺狹窄的牢籠裡八個小時，雅羅米爾對她簡直是迷瘋了。她柔美的輪廓，緩慢的動作，她被囚禁在櫃臺裡，這一切都讓他有一種神祕的感覺，覺得自己跟她很親近，覺得這一切都是命中注定。而且他知道為什麼會這樣：因為這女孩像他們家的女傭，也就是未婚夫被槍決的那個女傭：悲傷美麗的臉龐。女孩坐的櫃臺牢籠則像浴缸，他看見女傭在裡頭泡著澡。

6

他埋首在小書桌上，想到考試他就會發抖；大學的考試和高中的考試一樣讓他害怕，因為他已經習慣讓他的母親看到全部都是A的成績單了，他永遠不想讓母親難過。

但是悶在布拉格的這個小房間裡多麼讓人無法忍受，空氣裡迴盪的是革命歌曲，窗外飄進來的是手拿鐵鎚的壯漢的身影！

時間是一九二二年，俄羅斯大革命之後還不到五年，而他卻得埋首在課本裡，為了一場考試而怕得發抖！他到底被判了什麼罪啊！

他終於擺脫了課本（夜已經深了），他想著正在寫的那首詩：關於一個叫做「揚」的工人，他夢想著生命的美，他想要藉由實現夢想來殺死這個夢想；他拿著一把鐵鎚，他讓情人靠在他的胳膊上，就這樣和一群同志一起行進，他要去參加革命。

而那個法律系的學生在桌上看到了血（啊，是的，當然啦，那是伊力・渥爾克）；很多的血，因為

當我們殺死偉大的夢
總會流下很多的血

但是他並不害怕血，因為他知道，如果他想成為男人，他就不該害怕血。

7

那家店六點鐘打烊，他要在對面的街角守候，在那裡偷窺，等年輕女孩離開櫃臺，走出店門口。他知道，她總是在六點過後沒多久就走出來，他還知道，她總是和那家商店的另一個年輕女店員一起走。

另外這個女店員就差多了，他覺得她幾乎可以用醜來形容；她幾乎和他偷窺的那個女孩完全相反：櫃臺的女孩是褐髮，另一個女店員是紅髮；櫃臺的女孩很安靜，另一個女店員很聒噪；櫃臺的女孩有一種神祕的親切感，另一個女店員令人反感。

他經常來他的監視哨，希望有一天兩個女孩會各自走出商店，那麼他就可以過去和褐髮女孩搭訕。但是他從來沒有機會。有一天，他跟著兩個女孩走；走過幾條街之後，她們走進一棟出租公寓；他在門口待了將近一個小時，但是兩個女孩都沒有再走出來。

8

她從外省來布拉格看他，他讀他寫的詩給她聽。她的心裡很平靜；她知道她的兒子永遠屬於她；女人、世界都沒有把他從她那兒奪走；相反的，女人和世界走進了詩歌的神奇圈子，而這個圈子是她自己在兒子身邊畫出來的，在這個圈子裡，是她在偷偷主導一切。

他正在說他寫的一首紀念外祖母（也就是她的母親）的詩：

因為我要出征
祖母
為了這世界的美

渥爾克夫人的心裡很平靜。她的兒子可以在詩裡出征，可以在詩裡手執鐵鎚，可以讓情人挽著胳膊；她不以為意；因為他在詩裡保留了母親和外祖母，還有家裡的餐具櫃，以及母親對他諄諄教誨的一切美德。就讓這個世界看他手執鐵鎚在遊行吧！不，她不想失去他，但是她心裡很清楚，她沒什麼好擔心的：在世界面前炫耀自己和走入世界，這完全是兩碼子事。

但是詩人也知道這個差別。而且也只有詩人才知道，關在詩歌的屋子裡有多麼悲傷！

9

只有真正的詩人才能說，不想當詩人的那種巨大無邊的渴望是怎麼回事；這棟房屋裡到處是鏡子，屋裡的寧靜震耳欲聾，只有真正的詩人才能說，想離開這棟屋子的渴望是怎麼回事。

我被逐出夢的國度
在人群裡尋找棲身之地
我想把我的詩歌
變成辱罵

但是弗蘭提謝克・哈拉斯[19]寫下這些詩句的時候並不是在公共場所的人群裡；他伏案寫詩的房間非常寧靜。

他說自己被逐出夢的國度，也沒有半點是真的。他在詩裡提到的人群正是他夢想的國度。而他也沒有把他的詩歌變成辱罵，相反的，他的辱罵總是變成了詩歌。

也罷！難道我們真的逃不出這個到處是鏡子的房屋？

10

但是我
自己
馴服了自己
我踐踏著
我自己的歌
的喉

馬雅可夫斯基這麼寫著，雅羅米爾明白他的意思。對他來說，詩化的語言產生的效果就像蕾絲之於他母親的衣服。他已經好幾個月沒寫詩了，而他也並不想寫。他在逃。當然，他會去幫媽媽買東西，但是他把書桌的抽屜鎖上。他把牆上所有現代主義畫作的複製品都拿下來了。

那他新掛上了什麼？會不會是一張馬克思的相片。

事情完全不是這樣。他在空盪盪的牆上掛了一幀父親的照片。那是一九三八年拍的照

19.【法文版註】弗蘭提謝克・哈拉斯（Frantisek Halas，一九〇五—一九五二）：捷克詩人。

片，那正是令人悲傷的動員時期，在這張照片上，父親穿著軍官制服。

雅羅米爾很喜歡這張照片，這張照片讓他看到他知之甚少的一個男人，這男人的形象在他的記憶裡開始變得模糊了。他對這個男人只有越來越多的鄉愁，這個男人曾經是踢足球的人，曾經是軍人，曾經是被送去集中營。他非常思念這個男人。

11

大學的階梯講堂裡擠滿了人，講臺上坐著幾個詩人。有個年輕人穿著藍襯衫（就像那時候青年團成員的穿著），一頭蓬亂濃密的長髮，他站在講臺前緣說話：

詩所扮演的角色從來不曾像在革命時期這麼偉大；詩把它的聲音給了革命，而做為交換，革命把詩從孤獨之中解放出來；今天詩人知道他被聽見了，尤其是被年輕人聽見了，因為：「青春、詩歌、革命，它們是同樣的東西！」

第一個詩人站起來朗誦了一首詩，寫的是一個年輕的女孩離開她的男朋友，因為這個在她隔壁銑床工作的男孩子是個懶散的傢伙，沒有達成生產計畫的目標；但是這男孩不想失去這女孩，於是他也開始勤奮工作，直到工人突擊隊的榮譽紅旗出現在他的銑床上。之後，其他詩人也輪番起身朗讀，他們的詩寫的是和平，列寧和史達林，殉道的反法西斯戰士，超越生產配額的工人。

12

年輕人不會想到，他們是因為年輕才被賦予巨大的權力，但是剛剛起身讀詩的這位詩人（他約莫有六十歲了），他知道。

與世界的青春同在的人是年輕的，老詩人語氣平緩地述說著，而世界的青春，就是社會主義。投入未來而且不往後看的人是年輕的。

換句話說：根據這個老詩人的概念，青春並不意謂生命裡的一個特定年紀，而是樹立在年齡之上，與年齡無涉的一種價值。這個想法，透過優雅的詩韻，至少有雙重的動機；首先，它討好了年輕人，其次，它展現了魔法，把老詩人從皺紋的年紀裡解放出來，給他在年輕的男孩和年輕的女孩身邊留了一個位子（因為毫無疑問，他是站在社會主義這一邊的，他不會回頭看過去）。

雅羅米爾也和這群聽眾一起待在講堂裡，他專心地觀察每一個詩人，但是他彷彿站在詩人的另一邊，他彷彿不再屬於詩人的圈子了。他聽他們的詩句就像在別處聽那些教授說話一樣冷，聽完就做個報告交給委員會。他最感興趣的是那位大名鼎鼎的詩人，他剛從椅子上起身（人們為老詩人喝采的掌聲停了），走向講臺的中央。（是的，是同一個人，就是他，沒多久以前他才收到裝著二十支斷線電話聽筒的包裹。）

MILAN KUNDERA

13

親愛的大師，我們在愛情的月份裡；我十七歲。就像人們說的，這是希望與幻想的年紀……之所以給您寄上這幾行詩，是因為我愛所有的詩人，所有優秀的高蹈派詩人[20]……讀這幾行詩的時候請不要不屑一顧……親愛的大師，如果您願意在這唯一信仰[21]的房間裡，讓我在高蹈派詩人的國度裡有塊小小的容身之地，我會因為歡喜、因為希望而發狂……我名不見經傳；這又如何？所有的詩人都是手足兄弟。這些詩句有信仰；這些詩句有愛，有希望：這就是了。親愛的詩人，請靠近我：請將我抬高一些：我很年輕；請把手伸向我……

總之他說了謊；他只有十五歲又七個月；他還沒逃離沙勒維爾，還沒逃離他的母親。但是這封信將久久縈繞在他的腦中，像一篇可恥的連禱文，像在證明他的軟弱與奴性。而他將報復，報復這位親愛的大師，這個老白痴，這個叫做泰歐鐸爾・德・邦維爾[22]的禿頭！一年之後，他無情地嘲笑他所有的創作，嘲笑這些充斥在他詩裡垂頭喪氣的風信子與百合花，他還把他的冷嘲熱諷寫在信裡寄給他，彷彿用掛號信給他寄上了一記耳光。

但是一時之間，這位親愛的大師還沒想到仇恨正在對他虎視眈眈，他還在一個被法西

20. 高蹈派（Parnassien）：十九世紀下半葉的法國詩人流派，強調藝術創作的道德在於作品的美本身。
21. 原文為拉丁文：Credo in unam。
22. 泰歐鐸爾・德・邦維爾（Théodore de Banville，一八二三—一八九一）：法國詩人，作品對高蹈派影響極大。

斯分子摧毀又在廢墟上重生的俄羅斯城市裡朗讀他的詩，他用超現實主義詩集的神奇花環裝扮了這個城市；年輕蘇聯女孩的乳房在街上浮動，宛如可愛的七彩氣球；一盞煤油燈掛在天空下，照亮這座白色的城市，一架架直升機宛如天使，停落在城市的屋頂。

14

聽眾們陶醉在詩人的個人魅力之中，紛紛鼓掌。然而，在大多數暈頭轉向的聽眾之外，還有少數幾顆腦袋是有思考能力的，這些人知道革命的群眾不應該像卑微的乞憐者，坐等來自講臺的恩賜；相反的，如果今天有誰應該卑微地乞憐，那應該是詩歌；詩歌乞求人們讓它進入社會主義的天堂；但是在這個天堂門口守衛的年輕革命分子應該要表現得很嚴厲，因為：未來要嘛就是新的，要嘛那就不是未來；未來要嘛就是純潔的，要嘛就是已經被玷污的。

「他竟然要我們相信這些蠢話！」雅羅米爾大叫起來，其他人也附和著。「他想把社會主義和超現實主義配成一對！他想把貓和馬配成一對！他想把未來和過去配成一對！」

詩人清楚地聽見講堂裡發生了什麼事，但是他很自傲，沒打算讓步。他從年輕的時候就很習慣挑釁資產階級的狹隘心靈了，要他一個人對抗所有人，他絲毫不以為意。他脹紅著臉，決定放棄原先準備的那首詩，改成朗讀另外一段：這首詩充滿激烈的隱喻和放縱的情色畫面；他讀完這首詩之後，滿場都是喧鬧與叫囂。

學生們吹著口哨，而站在他們面前的，是一個因為愛他們才來的老人；在他們憤怒的反叛中，老詩人看到他自己青春的光芒。他相信他有善意所以有權對他們說出心裡的話。那是一九六八年，在巴黎。但是，唉！學生們在他的皺紋裡完全看不到他們青春的光芒，老學者則是驚訝地看見他所愛的人們對著他吹口哨起鬨。

15

老詩人舉起手平息了喧鬧。然後他開始對學生們大叫，說他們像是清教徒小學的老師，像是固守教條的神父，像是思想狹隘的警察；說他們反對他的詩是因為他們反對自由。

這位老學者聽著口哨聲，心想，他也一樣，他年輕的時候也和一群人在一起，那時候他也喜歡吹口哨起鬨，但是這群人早已四散，現在只剩他一個人了。

老詩人喊著，自由是詩的義務，隱喻也值得我們為之挺身而戰。他喊著他把貓和馬配成一對，他把現代藝術和社會主義配成一對，而如果這麼做和唐吉訶德一樣，那麼他願意當唐吉訶德，因為社會主義對他來說就是自由與歡愉的年代，他拒斥其他的社會主義。

老學者望著吵吵鬧鬧的年輕人，突然明白了一件事，在這個講堂裡，他是唯一擁有自由特權的人，因為他年紀大了；人只有在年老的時候才能不在乎同儕、公眾和未來的看法。老人獨自和即將到來的死亡在一起，而死亡沒有眼睛也沒有耳朵，他不需要去討死亡的歡心；他可以做他自己喜歡做的事，說他自己喜歡說的話。

學生們吹著口哨，搶著反駁老學者。雅羅米爾又站起來了；他的眼前蒙著一片黑紗，而群眾在後頭跟著他；他說只有革命是現代的，但是墮落的情色和令人不解的詩歌隱喻，對人民來說只是詩歌的老套和陌生的東西。「什麼是現代？」雅羅米爾問那位大名鼎鼎的詩人，「是您那些令人不解的詩？還是我們打造新世界的這些人？唯一絕對現代的東西，」雅羅米爾自己立刻給了答案，「就是打造社會主義的人民。」這話剛說完，階梯大講堂裡響起如雷的掌聲。

老學者沿著索邦大學[23]的走廊離去，而此刻掌聲尚未停歇，他讀著牆上寫的字：要現實，更要做不可能的事，再過去是：人類的解放要就是全面的，不然就不是解放。再過去一點則是：絕不後悔。

16

偌大的教室，一張張長椅都被推到牆邊，地上則散落著畫筆、油漆桶和橫幅的長布條，幾個高等政治學院的學生為了五一勞動節的遊行在那兒寫著標語。雅羅米爾是這些標語的編寫者，他站在他們後面看著一本記事本。

什麼！難道我們弄錯了年代？雅羅米爾嘴裡唸著要他的同志們寫下的標語，竟然跟剛才被噓出講堂的老學者在暴動的索邦大學牆上所見的標語一模一樣。事情就是這樣，我們沒有弄錯；雅羅米爾要他的同志們寫在長幅布條上的標語，和二十年後巴黎學生塗在索邦大學、儂特赫大學[24]、松希業大學[25]牆上的標語一模一樣。

雅羅米爾指揮他們在一幅布條上寫著：夢就是現實；另一幅則寫著：要現實，更要做不可能的事；旁邊那幅寫著：我們宣布進入永久幸福狀態；再過去那幅是：教會，夠了（他特別喜歡這個標語，只有兩個詞，卻拋棄了兩千年的歷史），還有：別讓自由之敵擁有自由；還有一句：想像力萬歲！接下來是：讓意志不堅的人滅亡！還有：在政治、家庭、愛情裡革命！

23. 索邦大學（la Sorbonne）：位於巴黎拉丁區，一九六八年五月學運的重要據點。
24. 儂特赫大學：位於巴黎西郊，今巴黎第十大學（Université Paris X - Nanterre）。
25. 松希業大學：位於巴黎拉丁區，今巴黎第三大學（Université Paris III - Censier）。

學生們寫著字，雅羅米爾則像個詞語的元帥，在他們身邊走來走去。他很高興自己派上了用場，他很高興自己對文字的感覺在這裡找到了一個實際應用的機會。他知道詩已經死了（藝術死了，索邦大學的一面牆壁如此宣稱），但是詩歌死了，是為了從墳墓裡站起來，化身為政治宣傳的藝術，化身為口號的藝術，去寫在布條上和城裡的牆壁上（因為詩歌就在街上，奧迪昂劇場〔Odéon〕的一面牆壁如此宣稱）。

17

「你有沒有讀《紅色權力報》[26]？頭版就有一份清單列出五一勞動節的一百條標語。那是黨中央委員會的宣傳部訂的，難道你在裡頭就找不到一條適合你的？」

雅羅米爾面前這個圓滾滾的年輕小夥子是從黨的地區委員會過來的，他自稱是大學委員會的主席，負責主辦一九四九年五一勞動節的慶祝活動。

「夢就是現實。這個，這是最荒謬的理想主義啊。教會，夠了。同志，我是完全同意你的看法，但是現在，這和黨的宗教政策背道而馳啊。讓意志不堅的人滅亡。這樣好像我們拿死亡來威脅別人！想像力萬歲，這像什麼話？在愛情裡革命。你可以不可以告訴我，這句話到底是什麼意思？你是要用自由的愛情來反對資產階級的婚姻，還是要用一夫一妻制來反對資產階級混亂的男女關係？」

雅羅米爾肯定地說，革命會改變生活的一切面向，包括家庭和愛情；否則這就不是革命了。

「話是可以這麼說，」圓滾滾的年輕小夥子說：「但是我們可以用更好的方式來表達：擁護社會主義政策，擁護社會主義家庭！你看，這就是《紅色權力報》裡頭的標語。你根本不必傷腦筋！」

26.【法文版註】《紅色權力報》（Rudé pravo）：捷克斯洛伐克共產黨發行的日報。

18

生活在他方，學生們寫在索邦大學的牆上。是的，他深諳此理，正因為如此，他離開倫敦遠赴愛爾蘭，因為那兒的人民正在起義。他名叫雪萊（Percy Bysshe Shelley），他二十歲，他是詩人，他身上帶著幾百份傳單和宣言，那是他進入真實生活的通行證。

因為真實的生活在他方。學生們挖起鋪路的石塊，掀翻汽車，築起街壘；他們闖入這個世界的動作美麗而喧囂，有火焰為他們照明，有催淚彈的爆炸聲和煙霧歡迎他們光臨。相較之下，韓波的命運實在痛苦得多，他夢想巴黎公社的街壘，卻始終無法從沙勒維爾奔赴彼處。可是在一九六八年，成千上萬的韓波擁有了他們自己的街壘，他們站立在街壘後頭，拒絕與世界的舊主人們有任何妥協。人類的解放要就是全面的，不然就不是解放。

可是就在一公里遠的地方，在塞納河對岸，世界的舊主人們繼續過他們的生活，而拉丁區的喧鬧對他們來說彷彿來自遠方。夢就是現實，學生們如是寫在牆上，但是看起來似乎要反過來說才是真的：這個現實（街壘、砍斷的樹、紅色的旗子），就是夢。

MILAN KUNDERA

19

但是在當下的那個瞬間，我們永遠不會知道，究竟現實是夢，還是夢是現實；學生們拿著標語牌在大學門口排成一列，他們是開開心心來的，但是他們也知道，他們不來的話可能會有些困擾。在布拉格，一九四九這一年對捷克學生來說是一個奇怪的轉折，夢在這裡已經不僅僅是夢了；學生們歡樂的叫聲雖然還是自願的，但是已經帶有強制性了。

遊行的隊伍橫越大街小巷，雅羅米爾也在其中；他不只負責長幅布條上的標語，同志們節奏分明的叫聲也是他負責的；他沒有再發明什麼挑釁的優美格言，只是把黨中央宣傳部推薦的幾句口號寫在筆記本上，他像個神父帶著一隊信徒在進行某種儀式，他高聲喊出這些口號，同志們則跟著他重複一遍。

20

遊行隊伍已經走到聖溫賽拉斯廣場（Place Saint-Venceslas），來到看臺前面，臨時組成的幾個樂隊出現在街角，穿著藍襯衫的年輕人們開始跳舞。在這裡，所有人都相親相愛，片刻之前大家還彼此不認識也沒什麼關係，但是雪萊很不開心，詩人雪萊孤孤單單的。

他在都柏林已經好幾個星期了，他發了幾百份宣言，警察已經很認識他了，但是他卻沒辦法跟任何愛爾蘭人搭上關係。生活一直在他不在的地方。

要是這裡有街壘、有槍聲就好了！雅羅米爾心想，這些一本正經的遊行隊伍不過是短暫地模仿那些革命性的大遊行，沒有真正的密度，隨時都會從指縫溜走。

這會兒，他想著那個囚禁在櫃臺牢籠裡的年輕女孩的模樣，一股可怕、悲傷的欲望襲上他的心頭；他看見自己用鐵鎚把玻璃櫥窗敲碎，推開那些來買東西的女人，他把櫃臺的牢籠打開，當著眾人錯愕的目光，把這個剛被解放的年輕褐髮女孩劫走了。

他還想像他們並肩走在人頭湧湧的街上，他們滿懷愛意緊緊挨著對方。突然間，原本繞著他們盤旋的舞蹈不再是舞蹈了，我們看到的又是街壘了，時間是一八四八年，是一八七〇年，是一九四五年，我們在巴黎，在華沙，在布達佩斯，在布拉格，在維也納，永恆的人群又出現了，他們橫越歷史，從一個街壘躍向另一個街壘，雅羅米爾也和這些人群一起蹦呀跳的，手裡握著他心愛女人的小手……

21

他的手心感覺到年輕女人溫熱的小手，突然間，他看見他了。他迎面走來，身材壯碩，身旁有個年輕的女人；她沒有和那些在電車軌道間跳舞的女孩一樣穿著藍襯衫；她優雅得像個時裝表演臺上的仙女。

強壯的男人漫不經心地四下看看，他幾乎每一刻都在跟人打招呼；當他走到距離雅羅米爾幾步之遙的地方，他們的眼神交會了，雅羅米爾在慌亂的一秒鐘裡點了點頭（就像有些人認出了一個名人，然後跟他打招呼），那個男人也向他致意，但是一雙眼睛心不在焉（就像在跟一個不認識的人打招呼），陪在他身邊的女人也點了點頭，一副冷淡的樣子。

啊，這女人實在美極了！她是絕對真實的！而直到此刻都緊緊挨在雅羅米爾身上的這個屬於櫃臺和浴缸的年輕女孩，開始在這具真實身體散發的絢麗光芒之中淡化，終至消失。

他在人行道上停了下來，沉浸在自己可恥的孤獨裡，他轉頭充滿恨意地瞪了他們一眼；是的，就是他，那位親愛的大師，二十支電話聽筒的收件人。

22

夜幕緩緩降臨在城裡，雅羅米爾想要遇見她。他跟在好幾個背影像她的女人後頭，他發現自己全心全意地跟在這麼多的身影後頭，徒勞地追尋一個失去的女人，根本就沒有用。後來，他決定到他有一次見她走進去的公寓前流連。他遇見她的機會很小，但是他不想在媽媽睡覺之前回家。（只有夜裡他才能忍受待在家裡，因為母親睡了，而父親的相片醒了。）

他在郊區一條不知名的街上走來走去，五一勞動節的旗幟和花朵並沒有在這裡留下歡樂的痕跡。一扇扇的窗戶從牆面上透出燈光。地下室的一扇窗也在比地面低的地方亮了起來。他看見了他認識的年輕女孩！

可是，那不是櫃臺的褐髮女孩。那是她的同事，那個瘦巴巴的紅髮女孩；她走到窗邊要把簾子放下來。

他無法承受這失望的苦澀，他意識到對方看見他了；他臉紅了，他的反應跟那天那個悲傷的漂亮女傭在浴缸裡抬眼看著鎖孔的時候一樣。

他逃走了。

23

時間是一九四九年五月二日，晚上六點鐘；女店員們匆匆走出商店，這時發生了一件意想不到的事：紅髮女孩一個人走了出來。

他想要躲到街角，但是已經來不及了。紅髮女孩看到他，向他走過來：「先生，您知不知道晚上不可以從窗戶偷看別人？」

他臉紅了，想要草草結束對話；他怕紅髮女孩的出現會在褐髮女孩走出商店的時候再一次壞了他的機會。但是紅髮女孩的話很多，一點也沒打算要放過雅羅米爾；她甚至問他要不要送她回家（她說，送一個年輕女孩回家比起在窗外偷看有禮貌多了）。

雅羅米爾絕望地看著商店門口。「您的同事呢？」他終於開口問了。

「您還在發夢啊？她已經走了好幾天了。」

他們一起走到紅髮女孩的公寓門口，雅羅米爾得知這兩個年輕女孩都是鄉下來的，她們一起工作，也住在一起；但是褐髮女孩要結婚了，所以離開了布拉格。

他們在公寓門口停了下來，年輕女孩問道：「您不想來我家坐一下嗎？」

他既驚訝又混亂，走進了她的小房間。接下來，不知怎麼回事，他們抱在一起，互相擁吻，過了一會兒，他們已經坐在床上了。

一切都發生得那麼快，那麼簡單！他沒有時間思考他即將完成一項決定性的艱難工作，紅髮女孩已經把手放在他的兩腿之間了，他欣喜若狂，因為他身體的反應是世界上最正常的。

24

「你好棒，你真的好棒。」紅髮女孩在他耳邊輕聲說，他躺在紅髮女孩的身邊，頭埋在枕頭裡；他沉浸在難以想像的歡愉之中；片刻的寂靜之後，他聽到：「在我之前，你有過多少女人？」

他聳聳肩，故意露出一抹謎樣的微笑。

「你不想說？」

「妳猜。」

「我猜大概在五到十個之間。」女孩說得一副很在行的樣子。

雅羅米爾的心裡充滿驕傲，這種驕傲很振奮人心；彷彿剛剛他不只是跟她做愛，而是跟她送給他的這五到十個女人做愛。她不只將他從童貞之中解放出來，而且在他做為男人的心路歷程上，她一下子就把他送到了遠處。

他滿懷感激地看著她，她赤裸的身體讓他心裡充滿熱情。他從前怎麼會覺得她不吸引人呢？她的胸部不是有一對貨真價實的乳房嗎？她的下腹不是有一片貨真價實的細毛嗎？

「妳全裸的時候比穿衣服的時候美麗一百倍。」雅羅米爾讚賞著她的美。

「你從很久以前就想要我了，對不對？」女孩問他。

「嗯，我想要妳，妳知道的。」

「沒錯，我知道。我從你來店裡的時候就注意到了。我知道你都在門口等我。」

「嗯。」

「你不敢跟我說話，因為我從來沒有獨自一個人走。但是我知道，總有一天你會跟我在這裡的。因為我也一樣，我也想要你。」

25

他望著年輕女孩，他讓她最後的幾句話在他心裡慢慢消失；是的，是這樣的：這段時間，他孤獨得要死，他絕望地參與所有的會議和遊行，他跑呀跑，他的成人生活已經在這裡等著他了：這個牆上都是黴斑的地下室在這裡耐心地等著他，還有這個平凡無奇的女人，她用身體，用完全肉體性的方式，讓他終於和人群有了連結。

我越做愛，就越想搞革命，我越搞革命，就越想做愛，我們可以在索邦大學的一面牆上讀到這段話，而雅羅米爾則第二次進入了紅髮女孩的身體。成熟要就是全面的，不然就不是成熟。這一次，他跟她做愛做了好久，美妙極了。

而雪萊，他也有一張和雅羅米爾一樣像女孩子的臉，而且看起來也比他實際的年紀輕，他跑過都柏林的市街，他跑呀跑，因為他知道生活在他方。而韓波也是跑個不停，跑到斯圖加特，跑到米蘭，跑到馬賽，跑到亞丁，然後跑到哈拉爾[27]，然後是往馬賽的歸途，但是這時候他只剩下一條腿了，用一條腿是很難跑的。

他再一次讓他的身體從女孩的身體裡滑出來，他看到自己躺在女孩的身邊，他心想，他這麼躺著，並不是在兩次做愛之後的休息，而是在漫長奔跑了好幾個月之後的休息。

27. 斯圖加特（Stuttgart）：德國西南部城市；米蘭（Milan）：義大利北部城市；馬賽（Marseille）：法國南部城市；亞丁（Aden）：葉門城市；哈拉爾（Harrar）：衣索比亞東部城市。

第五部／詩人在嫉妒

1

雅羅米爾奔跑的時候，世界正在改變；那個以為伏爾泰發明了伏特的姨父因為莫須有的詐欺罪而被起訴（那個年頭無數的商人都是這樣），他的兩家店鋪被沒收充公（這兩家店從此屬於國家），而他則被送進監獄關了幾年；他的妻子和兒子被當成階級敵人逐出布拉格。他們兩人在一片冰冷的靜默中離開雅羅米爾家的樓房，心裡想著他們永遠不會原諒雅羅米爾的母親，因為她的兒子和家族的敵人站在一起。

市政府把樓下房間分配給幾個房客，他們搬進了雅羅米爾家的樓房。他們從前住在一個悲慘的地下室，他們覺得任何人擁有這麼寬敞舒適的樓房都是不公正的；他們認為他們來不是為了要住在這裡，而是為了彌補歷史舊有的不公正。他們問都沒問就占用了花園，他們要求媽媽趕快把外牆剝落的灰泥補好，因為他們的孩子在外頭玩的時候有可能會被剝落的灰泥塊弄傷。

外祖母老了；她失去了記憶，在一個晴好的日子裡（人們幾乎沒有察覺），她在火葬場裡化成了煙霧。

在這樣的情況下，媽媽更難忍受兒子逃離她的事實，這並不令人驚訝；兒子讀的是她討厭的科系，兒子不再像過去那樣，定期把他寫的詩句拿給她看。她去開兒子的抽屜，發現抽屜都上了鎖；這像是一記耳光甩在她的臉上；雅羅米爾懷疑她偷翻他的東西！但是當她用備份鑰匙打開抽屜的時候（雅羅米爾不知道這支鑰匙的存在），她在日記簿上並沒有發現任何新的紀事，也沒有發現任何新的詩句。接著她看到這個小房間的牆上掛著她丈夫的照片，她想起自己從前祈求阿波羅的雕像把丈夫的輪廓從她肚裡孩子的臉上抹掉。啊！難道現在她還要和死去的丈夫爭兒子嗎？

在前一部的最後，我們把雅羅米爾留在紅髮女孩的床上，這天晚上過後約莫一個星期，媽媽又打開了雅羅米爾的抽屜。她在日記裡看到好幾段簡短的文字是她無法理解的，但是她還發現一件事比這重要得多：她兒子寫了一些新的詩句。她想，阿波羅的七弦琴再次戰勝了她丈夫的軍服，她靜靜地兀自歡喜。

讀完這些詩句，她的歡喜又更多了，因為她真的很喜歡這些詩（這可是第一次！），這些詩都押了韻（在媽媽的心裡，她始終認為一首沒押韻的詩不能算是詩），而且，這些詩都明白易懂，盡是美麗的詞藻；不再有老人，不再有溶解在泥土裡的身體，不再有下垂的小腹，也不再有眼角的分泌物；這些詩句裡有花的名字，有天空和雲彩，我們在詩裡也看見好幾次「媽媽」這個詞（這在雅羅米爾的詩裡可是從來不曾有過）。

後來雅羅米爾回來了；當她聽到雅羅米爾走在樓梯上的腳步聲，這麼些年來所受的苦都湧上了眼眶，她忍不住啜泣起來。

「媽媽，妳怎麼了，老天，妳怎麼了？」雅羅米爾問她，她在兒子的聲音裡察覺她許久未曾感受到的溫柔。

「沒事，雅羅米爾，我沒事。」兒子的關心讓她一邊回答卻一邊啜泣得更起勁。再一次，媽媽流下了幾種眼淚：悲傷的淚水，因為她被人遺棄；責備的淚水，因為兒子不關心她；希望的淚水，因為兒子或許終究會回來（從他寫的那些韻律優美的新詩句看來）；生氣的淚水，因為雅羅米爾傻愣愣地站在那裡，甚至連過來摸一摸媽媽的頭髮也不會；狡猾的淚水，這淚水應該可以感動雅羅米爾，把他留在媽媽的身邊。

雅羅米爾尷尬了一下，終於執起母親的手；這光景真美；媽媽不哭了，話語源源不絕地流出，一如片刻之前的淚水；她談起所有讓她苦惱的事：她守寡，她孤獨，房客們想把她趕出她自己的房子，她的姊姊閉門不見她（「就是因為你，雅羅米爾！」），然後她說到了重點：在這可怕的孤獨裡，這世上唯一一個對她有意義的人，竟然不理她。

「可是事情不是這樣，我沒有不理妳啊！」

她沒辦法這麼輕易接受安撫，於是她開始苦笑；什麼，他沒有不理她；他經常晚歸，他們經常一整天相對無語，而當他們終於交談的時候，她知道他根本沒在聽她說話，他在想別的事。是的，他把她當成陌生人。

「才沒有呢，媽媽，妳別這樣好不好！」

再一次，她苦笑起來。他沒有把她當成陌生人嗎？所以非得要她拿出證據才行！非得要她說他傷害了她才行！可她卻始終尊重他的隱私；甚至在他還是個小男孩的時候，她就和所有人爭論，因為她認為他應該要有自己的房間；現在可好，這是什麼樣的侮辱！雅羅米爾沒有辦法想像，她發現他把書桌抽屜上鎖的那一天（完全是因為偶然，她剛好在他房間裡給家具撣灰塵），她的感受是什麼！他上鎖是為了防誰？難道他真的以為她會去管他在做什麼，像個不知分寸的門房大嬸？

「可是媽媽，這是個誤會！我根本沒用這個抽屜！這抽屜上了鎖根本是偶然的！」

媽媽知道兒子在說謊，可是這並不重要；他聲音裡流露的低聲下氣，比起謊言重要得多，因為那低聲下氣似乎在求和。「我很想要相信你，雅羅米爾。」她說，然後握住雅羅米爾的手。

接下來，在雅羅米爾的目光凝視下，她意識到自己臉上還留著淚痕，她跑去浴室，她被自己在鏡裡的樣子嚇壞了；她覺得自己哭過的臉難看極了；她甚至連自己從下班回來一直穿著的灰色連身裙也看不順眼。她很快用冷水沖了沖身體，換上一件玫瑰色的睡袍，走進廚房拿了一瓶葡萄酒再回到雅羅米爾的房間。然後她開始滔滔不絕地說著，說他們應該重新建立互信，因為他們在這悲傷的世界上只擁有對方。這個主題她說了好久，她覺得雅羅米爾投注在她身上的目光似乎是友善而贊同的。於是她說，雅羅米爾現在是大學生了，她相信他一定會有個人的祕密，這是她會尊重的；她只是希望可能是雅羅米爾女朋友的女人不會破壞他們母子之間的關係。

雅羅米爾耐心又理解地聽著。前一陣子他之所以躲著媽媽，是因為他的悲傷需要孤獨與幽暗。但是自從登上紅髮女孩身體的陽光海岸，他就嚮往著光明與平靜；和媽媽不睦這種事讓他感到不自在。除了情感方面的動機之外，還有一個實際的原因：紅髮女孩有一個獨立的房間，而雅羅米爾卻住在母親的家，多虧了年輕女孩的獨立，他才有可能過自己的個人生活。他的心裡為這種不平等感到苦澀，他很高興媽媽過來坐在他身邊，媽媽穿著玫瑰色的睡袍，面前還擺著一杯葡萄酒，她讓雅羅米爾覺得她像個討人喜歡的年輕女人，雅羅米爾可以放心跟她談他的權利問題。

雅羅米爾告訴媽媽，他沒有什麼好對她隱瞞的（媽媽覺得喉頭一緊），然後他開始說那個年輕紅髮女孩的事。當然，他沒說媽媽看到她就認得了，因為她們在媽媽買東西的那家商店見過，但他還是告訴媽媽：那個年輕女孩十八歲，不是大學生，而是一個很單純的女孩，她靠雙手賺取自己的生活（他說到這裡，語氣幾乎帶著攻擊性）。

媽媽又給自己倒了一杯葡萄酒，心想情勢看來還不錯。兒子好不容易才開口說這個女孩的事，依他描述的長相，她安心多了——這個女孩很年輕（還好，她原本想像的變態老女人消失了），這個女孩的教育程度不太高（媽媽因此不擔心她會有什麼影響力），而且，雅羅米爾雖然強調她單純、體貼的美德，但他幾乎是心虛的，所以媽媽的結論是這個年輕女孩應該沒有多漂亮（她由此可以猜想，兒子的熱情不會持續太長的時間，她因此暗自感到滿足）。

雅羅米爾覺得媽媽對紅髮女孩這個人沒什麼反對的意見，他因此覺得很幸福：他想像自己和媽媽還有紅髮女孩一起坐在餐桌前，一個是他童年時期的天使，一個是他成人時期的天使；對他來說，這光景美得猶如和平；他自己的地方和世界之間的和平；在兩個天使羽翼下的和平。

所以母親和兒子經過這段漫長的日子之後，重修舊好了。他們說個不停，但是雅羅米爾在這麼做的同時並沒有忘記他小小的實用目的：關於他房間的主權問題——只要他高興，就可以帶女朋友回他的房間，高興待多久就待多久；因為他知道，一個人唯有成為一個封閉空間的自由主人，才是真正的成人，他在這空間裡想做什麼就做什麼，沒有人會看著他、監視他。這個想法，他也跟媽媽說了（小心翼翼，拐彎抹角的）；如果他在家裡可以像是自己的主人，那麼他待在家的感覺會更好。

媽媽雖然躲在葡萄酒的紗幔之後，但她始終是一頭充滿戒心的母老虎：「你的意思是什麼？雅羅米爾，你是說你在這裡覺得不是自己的主人囉？」

雅羅米爾回答說，他很喜歡待在家裡，但是他渴望有權可以帶他想帶的人回家，他想在家裡找到和紅髮女孩在她房東家所擁有的同樣的獨立。

媽媽知道，雅羅米爾這麼做等於給了她一個很大的機會；她自己也有形形色色的仰慕者，但是她不得不拒絕他們，因為她怕雅羅米爾會怪她。難道她就不能使一點小手段，拿雅羅米爾的自由來交換她自己的一點自由嗎？

但是想到雅羅米爾會把女人帶到他童年的房間，她就覺得噁心得不得了：「你應該知道，母親跟房東是不一樣的。」她說話的樣子像是被惹火了，在此同時，她也知道她這麼做會斷然阻絕自己重新當女人的機會。她意識到兒子的情慾生活讓她噁心的程度，比起她的身體想要過自己生活的慾望還強，想到這裡，她覺得很恐怖。

雅羅米爾執拗地想要達成自己的目的，並沒有想到母親心裡的盤算，他還提出其他無用的論證，繼續進行這場注定失敗的戰鬥。過了一會，他發現淚水從媽媽的臉頰流下。他怕是自己惹惱了童年的天使，於是不再說了。在母親的淚水滴成的鏡子裡，他突然覺得自己要求獨立這件事彷彿是蠻橫的、放肆無禮的，甚至是猥褻不知恥的行為。

媽媽很絕望：她看到她和兒子之間的鴻溝再度裂開了。她一無所獲，她又要輸到一無所有了！她匆匆回想，她問自己可以怎麼做才不會把自己和兒子之間這條珍貴的理解之線完全弄斷；她握住兒子的手，熱淚盈眶地對他說：

「啊，雅羅米爾，你不要生氣！我看到你變成這樣，我真是難過。你這陣子變得太多了。」

「我哪裡變了？我一點也沒變啊，媽媽。」

「有，你變了。我要告訴你，我最心痛的是什麼事，那就是你不再寫詩了。你以前寫的詩那麼美，可是你卻不再寫了，這讓我很心痛。」

雅羅米爾正準備要答話，可是媽媽沒讓他說。「相信你媽媽說的。這種事我多少還懂一點。你有那麼高的天分；這是你的使命；你不可以背叛它；你是詩人，雅羅米爾，你是詩人啊。你忘了這件事讓我很難過。」

雅羅米爾聽著媽媽的話，幾乎著迷了。這是真的，他童年的天使比任何人都瞭解他！他想到自己不再寫詩的時候，心裡不是也一樣苦惱嗎？

「媽媽，我又開始寫詩了，我寫了一些啊！我拿給妳看！」

「別胡說了，雅羅米爾，」媽媽悲傷地搖頭反駁他，「你別騙我了，我知道你根本就不寫了。」

「有啊，我在寫！我在寫啊！」雅羅米爾大喊，他衝進房裡，打開抽屜把他的詩拿了出來。

於是媽媽看到她在幾小時前跪在雅羅米爾的書桌前讀過的那幾行詩：

「啊，雅羅米爾，這些句子好美！你有很大的進步，很大的進步。你是詩人，我很高興……」

2

一切跡象似乎都顯示，雅羅米爾對於新事物的巨大欲望（這個崇拜新事物的宗教）無非是性交不可思議的奧妙在不知人事的處男身上所激起的，是性交的慾望投射在抽象上；他第一次登上紅髮女孩身體的海岸，腦子裡就出現了一個怪念頭——他終於知道「絕對現代」是什麼意思了；絕對現代，就是躺在紅髮女孩身體的海岸上。

他如此幸福又充滿熱情，他因此想要朗讀一些詩句給這個年輕女孩聽；他默想著他熟記在心的所有詩句（他的詩句，還有別人的詩句），但是他意識到（甚至有點驚愕），沒有一句是紅髮女孩會喜歡的，他心想，除非這些詩句是絕對現代的，這個屬於群眾的紅髮女孩才會明白，才會欣賞。

他彷彿在霎時間得到了神啟：其實，為什麼要踐踏他自己的歌呢？為什麼要為革命放棄詩呢？他現在已經登上真實生活的海岸（他用真實這個字眼來指稱群眾、性愛、革命的口號融合而成的那種密度），他該做的只是把自己完整的一切奉獻給這個生活，然後變成歌頌這個生活的小提琴手。

他感覺心裡充滿了詩，他想要寫一首紅髮女孩喜歡的詩。這可不容易；他從來寫的都是沒有韻的詩，現在他碰上格律詩的技術問題了，他很肯定，紅髮女孩一定會認為詩是押韻的東西。而且，勝利的革命也抱持這種看法；別忘記，這年頭沒有任何一首自由詩出版過；現代詩被徹底打成資產階級腐化人心的產品，而自由詩正是詩的腐化最明顯的展現。

難道我們不可以把勝利的革命對詩韻的愛看作一種偶然的迷戀？或許不是。詩韻和節奏具有一種神奇的力量：無法定形的世界一旦封閉在一首有格律的詩裡，就會在突然之間變得明朗、規律、清楚、美好。在一首詩裡，如果死亡這個詞所在之處恰恰是前一行詩迴盪著鈴鐺聲響的地方，死亡就會變成一個有秩序而且旋律悠揚的元素。就算這首詩是抗議死亡的，死亡也會自動變得振振有詞，至少會變成一場美麗的抗議的主題。白骨、玫瑰、棺木、傷口，在詩歌裡，一切都化作芭蕾舞，詩人與讀者則是這齣芭蕾的舞者。跳舞的人當然不能不贊成舞蹈。藉由詩，人類展示他們與存在的協調一致，而詩韻與節奏則是表達這種協調一致最劇烈的方式。剛剛得到勝利的革命，難道不需要一種對新秩序的劇烈肯定嗎？所以，革命會不需要充滿詩韻的詩歌嗎？

「和我一起囈語！」涅茲瓦爾[28]對他的讀者吶喊，波特萊爾則說：「一定要時時醺醉……因為酒，因為詩，或者因為美德，看您喜歡什麼……」抒情詩是一種醉，而人會醉是為了與世界更容易融合。革命不想被人研究、觀察，革命想要的是人們和它融為一體；在這層意義上，革命是抒情的，而抒情詩對革命來說是必須的。

很顯然的，革命需要的詩歌和雅羅米爾從前寫的那些詩並不一樣；雅羅米爾從前陶醉地觀察他的自我、寧靜的冒險以及美麗怪誕的行為；但是現在，他像把庫房騰空那樣把靈魂

28. **涅茲瓦爾**（Vitezslav Nezval，一九〇〇—一九五八）：捷克超現實主義詩人。

掏空，讓位給這世界喧囂的軍樂聲；他把只有他一個人理解的獨特之美，拿去交換所有人都理解的普遍之美。

他熱切期望重建現代藝術（以叛教者的高傲）所不屑的古代之美：夕陽、玫瑰、草葉上的露珠、星辰、黃昏、遠方傳來的旋律、媽媽、對於家的鄉愁；啊，多美呀，這個又近又容易理解的世界！雅羅米爾滿懷驚訝與激情回到這個世界，像個浪子回到被他遺棄多年的家園。

啊，單純，徹底的單純，像民歌那麼單純，像兒歌那麼單純，像一條小溪，像那紅髮的女孩！

來到永恆之美的泉源，去喜愛遠方、銀色、彩虹、愛這些詞，甚至去喜愛啊！這個讓人如此貶抑的字！

雅羅米爾也對某些動詞深深著迷：尤其是那些表達簡單前進運動的動詞：跑、去，還有航行、飛翔。在他為列寧誕辰紀念日所寫的一首詩裡，他把蘋果樹的樹枝丟到水裡（這動作讓他著迷，因為這和過去的民間習俗有所連結——人們把花冠丟到水裡，順水漂流），讓流水把樹枝帶到列寧的國家；波希米亞沒有一條河是流到俄羅斯的，然而詩是一個魔魅的國度，所有河流在這裡都會改變流向。在另一首詩裡，他寫的是有一天世界會像遍布山脈之間的杉木香味一樣自由。在另一首詩裡，他談到茉莉花的香氣如此強烈，香氣因此變成一艘看不見的帆船，在空中漂流；他想像他登上這艘香氣之船的舷梯，航向遠方，遙遠的遠方，直到法國南方的馬賽，那裡的工人剛開始罷工（一如《紅色權力報》所寫的），他想成為他們的同志，他們的兄弟。

這也是為什麼最詩意的運動工具——翅膀——在他寫的詩裡出現了無數次：詩裡提及的夜晚充滿翅膀靜靜鼓動的聲音；欲望、悲傷，甚至仇恨，當然，還有時間，這一切都擁有翅膀。

而在這些字詞的背後，隱藏著一次無盡的擁抱的欲望，席勒[29]著名的詩句在這裡似乎又重生了：Seid umschlungen, Millionen, diesen Kuss der Ganzen Welt![30] 無盡的擁抱不僅包含空間，也包含時間；跨海長征的目的地不只是在罷工的馬賽，也在未來——這個遠方的神奇小島。

從前，未來對雅羅米爾來說極其神祕；一切未知的事物都藏在那裡；這就是為什麼未來讓人又著迷又害怕；未來是確定的相反，是自己的家的相反（這就是為什麼雅羅米爾在焦慮不安的時候，會夢想著老人的愛情是幸福的，因為他們不再有未來）。但是革命給了未來一個相反的意義：未來不再神祕；革命分子對未來瞭若指掌；透過宣傳小冊，透過書籍，透過講座，透過宣傳演講，他們認識了未來；未來沒什麼好害怕，相反的，不確定的事物構成現在，未來卻在現在的內部提供了某種確定；這就是為什麼革命分子要在未來尋求庇護，一如孩子要躲在母親的身邊。

雅羅米爾寫了一首詩，關於一個永遠的共產黨員，這個共產黨員在他們的地方黨部書

29. 席勒（Johann Christoph Friedrich von Schiller，一七五九—一八〇五）：德國詩人。
30. 原文為德文，出自席勒的詩作〈歡樂頌〉，意為：互相擁抱吧，萬民眾生，這個吻獻給全世界。貝多芬《第九號交響曲》第四樂章的歌詞，即改編自這首詩。

記辦公室的沙發上睡著了，那時夜很深了，黎明將在那沉思的會議上輕輕拂過（當時，為革命鬥爭的共產黨員只能透過開會的形象來表達）；電車從窗下駛過的噹噹聲響，在他的夢裡變成世界各地所有排鐘齊鳴的聲音，宣告著所有戰爭都永遠結束了，地球屬於勞動者了。他知道有一個神奇的跳躍，把他送到遙遠的未來；他在鄉下的某個地方，有個女人開著一輛拖拉機迎面而來（在所有的海報上，未來女性的形象都是一個在開拖拉機的女人），這女人驚訝地看著他，因為她從來還沒見過這樣的男人，一個過去被工作耗盡心力的男人，他犧牲了自己，她今天才能開心地在田裡工作（還一邊唱歌）。她從拖拉機上走下來歡迎他，她對他說：「這裡就是你的家，這裡就是你的世界……」她想要答謝他；（我的天，這個年輕的女人要怎樣才能答謝一個被工作耗盡心力的老黨員？）這時，電車在街上發出排鐘齊鳴的聲音，非常響亮，那個躺在窄窄的沙發上，在書記辦公室的角落裡休息的男人醒了……

他已經寫了不少新詩，但是都不滿意；因為，直到現在，只有他一個人和母親知道。他把這些詩全都寄去《紅色權力報》的編輯部，然後每天早上都去買《紅色權力報》；有一天，他終於發現了，在第三版，右上方，五首四行詩，還有他的名字（用粗體字印在題目的下方）。那一天，他把《紅色權力報》放在紅髮女孩的手裡，要她好好看那份報紙；女孩翻來翻去看了好久，並沒有發現什麼特別值得看的（因為她的習慣是不會去注意詩的，所以她也不會注意到詩旁邊的名字），最後，雅羅米爾只得自己把詩指給她看。她說：

「我不知道你是詩人耶。」她望著他，眼裡充滿崇敬。

雅羅米爾告訴她，他寫詩寫好久了，他從口袋裡拿出另外幾首詩的手稿。

紅髮女孩讀了這些詩，雅羅米爾對她說，他有好一陣子不再寫詩了，但是自從認識她之後，他又重新開始了。他遇見她，就像遇見了詩。

「真的嗎？」年輕的女孩問道，雅羅米爾則點點頭，女孩摟住他，吻了他的嘴。

「最特別的是，」雅羅米爾接著說：「妳不只是我今天寫的這些詩的女王，妳也是我還沒認識妳之前就寫的那些詩的女王。我第一次看見妳，就覺得我以前的那些詩重生了，變成了女人。」

他熱切地望著她好奇又懷疑的臉，他開始對她說，從好幾年前開始，他就開始寫一個充滿詩意的長篇散文——某種狂想的故事——關於一個叫做薩維耶的年輕人。寫？倒也不是真的寫。該說他夢想著他的冒險，渴望有一天把這些冒險故事寫下來。

薩維耶和其他人活得完全不一樣；他的生命就是睡眠；薩維耶一直在睡，一直在做夢；他在這個夢裡睡著，然後他又做另一個夢；他又在這個夢裡睡著，然後又做另一個夢；他從這個夢裡醒來，又回到先前的那個夢；他就這樣從一個夢到另一個夢，一連經歷了好幾個生命，從一個生命過渡到另一個生命。像薩維耶這樣活著，不被囚禁在同一個生命裡，當然，最後還是會死，但是可以有好幾個生命，這不是很棒嗎？

「是呀，這樣是不錯……」紅髮女孩說。

雅羅米爾又說了，他在店裡看到她的那一天，他就愣住了，因為他記得薩維耶一生的最愛恰恰就是這個模樣：柔弱的女人，紅髮，臉上細緻的雀斑點點……

「我長得很醜！」紅髮女孩說。

「妳不醜！我喜歡妳的雀斑和妳的紅頭髮！我喜歡它們，因為這是我的家，我的祖國，我長久以來的夢！」

紅髮女孩吻了雅羅米爾的嘴，他又繼續說下去：「妳想像一下，整個故事是這樣開始的：薩維耶喜歡在郊區煙霧瀰漫的街道上散步；他經常經過一扇地下室的窗，他停下腳步，心裡想著或許有一個美麗的女人住在這扇窗的後頭。有一天，窗戶裡的燈亮了，他瞥見裡頭有一個溫柔的女孩，柔弱，一頭紅髮。他無法抵擋，他把原本微開的兩扇窗扉整個拉開，然後跳進屋裡。」

「可是你明明就跑走了！」女孩笑了。

「沒錯，我是跑走了，」雅羅米爾承認：「因為我害怕做同樣的夢！突然掉進一個曾經在夢裡經歷過的情境，那是什麼感覺，妳應該知道吧？這種事讓人怕得想要逃啊！」

「對。」紅髮女孩開心地點點頭。

「所以，他跳進屋裡跟她相會，但是後來這個女人的丈夫來了，薩維耶把他關進一個厚重的橡木衣櫥裡。這個女人的丈夫到今天還在衣櫥裡，變成了骷髏。薩維耶則帶著這個女人到了非常遙遠的地方，就像我要帶妳去遠方。」

「你是我的薩維耶。」紅髮女孩感激地在雅羅米爾的耳邊輕聲說著，她開始給這個名字做了各種即興的變形，薩薩，薩維歐，薩維秋，然後她用所有這些小名輕喚她的情人，並且吻著他，好久，好久。

3

雅羅米爾去了紅髮女孩在地下室的房間很多次，我們特別要提一下這一天，紅髮女孩穿了一件連身裙，前身從領口到裙襬縫了一排白色的大釦子。雅羅米爾開始動手要解這些釦子，紅髮女孩笑了出來，因為這些釦子只是裝飾用的。

「等一下，我自己脫就好了。」她舉起手臂伸到頸後去找拉鍊的頭。

雅羅米爾生氣了，因為他露出笨手笨腳的樣子。當他終於明白這件連身裙靠的是拉鍊的時候，他想要立刻挽救他的挫敗。

「不要，不要，我自己脫就好了，讓我自己來！」女孩往後退，又笑了。

他不能再堅持了，他怕再這樣會顯得可笑，但是在此同時，紅髮女孩要自己脫衣服這件事又讓他深深地覺得不舒服。在他心裡，為了做愛脫衣服和平常時候脫衣服的差別就在於前者是女人要讓情人幫她脫。

給他灌輸這個觀念的倒不是經驗，而是文學和書裡那些挑逗的句子：*他知道怎麼幫女人寬衣解帶；或者他用熟練的動作解開她上衣的釦子*。他無法想像性愛可以少掉這些解開釦子，拉下拉鍊，脫掉毛衣等等急躁混亂的前奏動作。

他抗議了：「妳畢竟不是在看醫生，還得自己脫衣服。」但是紅髮女孩已經把連身裙脫了，只剩下內衣。

「看醫生，為什麼？」

「是啊，妳讓我覺得妳好像在看醫生。」

「當然是了，」紅髮女孩說：「我們本來就像在看醫生。」

她把胸罩脫了，站在雅羅米爾前面，兩個小小的乳房就擺在他的眼前：「醫生，我這裡會抽痛，靠近心臟這裡。」

雅羅米爾莫名其妙地看著她，她則用抱歉的語氣說：「對不起，醫生，您應該是習慣讓病人躺著做檢查吧，」她躺在床上，接著說：「您看，請您看一下！我的心臟到底怎麼了？」

雅羅米爾沒得選擇，只得加入這個遊戲；他靠在女孩的胸部，把耳朵貼近她的心臟；他用耳殼觸著柔軟的乳房，他聽見規律的心跳。他想，醫生在那一道道神祕兮兮的門後，關在診療室裡碰觸乳房的方式應該就是這樣吧。他抬起頭看著裸身的紅髮女孩，一股劇烈的痛苦湧上心頭，因為他看她的方式和別的男人看她的方式一模一樣，這個男人就是醫生。他很快地把雙手都放上紅髮女孩的胸部（像雅羅米爾把手放上去的樣子，而不是像醫生那樣），好結束這個令人痛苦的遊戲。

紅髮女孩卻抗議了：「別這樣，醫生，您在做什麼？您不可以這樣！您這樣就不是在看診了！」雅羅米爾發火了，他看見外人的手碰觸他女友的時候，她會露出什麼表情；他看見她用輕浮的語氣發出抗議，他氣得想要打她；但是這一刻，他發現自己興奮了，於是他扯下紅髮女孩的底褲，進入了她的身體。

這興奮如此巨大，很快就沖淡了雅羅米爾嫉妒的怒氣，紅髮女孩的喘息（這光輝燦爛的致敬）以及那些永遠屬於他們親密時刻的叫喚更讓他興奮極了：「薩薩，薩維歐，薩維秋！」

後來，他靜靜地躺在她身邊，溫柔地吻著她的肩膀，感覺很好。只是，這暈眩的感覺不能只侷限在一個美好的片刻；對他來說，美好的片刻除非扮演美麗永恆的信使，不然就是沒有意義的；從一個被玷污的美麗永恆之中掉落下來的美好片刻，對他來說就是謊言。於是，他想要確保他的永恆沒有污點，他問道（他的語氣毋寧是懇求而不是咄咄逼人的）：「妳說，妳告訴我，這個看醫生的故事只是個爛玩笑。」

「當然是啊！」紅髮女孩說；這麼蠢的問題，她還能怎麼回答？只是，雅羅米爾對這個當然是啊還不滿意；他繼續說：

「除了我的手，我沒辦法忍受別人的手摸妳。我沒辦法忍受這種事。」他愛撫著紅髮女孩那對可憐兮兮的乳房，彷彿他的幸福完全要倚賴這對乳房的不可侵犯。

紅髮女孩笑了起來（她完全沒有任何惡意）：「那我生病的時候你要我怎麼辦？」

雅羅米爾知道看醫生是無可避免的事，而且他也找不到理由為自己的態度辯護；但是他也知道，如果有別人的手摸了紅髮女孩的乳房，他的世界將會崩毀。所以他一再重複：

「可是我沒辦法忍受這種事，妳懂嗎，我沒辦法忍受這種事。」

「那我生病的時候該怎麼辦？」

雅羅米爾用責備的語氣緩緩地說：「妳總可以找到一個女醫生吧。」

「我可以選醫生就好了！你知道事情是怎麼樣嗎？」她這次回答的語氣是忿忿不平：「他們就給你指定一個醫生，大家都一視同仁！難道你不知道，這就是社會主義的醫療方式嗎？我們沒有選擇的餘地，我們得遵照規定！好，就拿婦科檢查來說好了……」

雅羅米爾覺得他的心臟簡直要停了，但他還是若無其事地說：「婦科檢查有什麼問題嗎？」

「沒有，那是預防性的檢查，是要預防癌症的。那是規定要做的。」

「不要說了，我不想聽。」雅羅米爾說，他把手搗在她的嘴上；他搗上去的動作如此猛烈，他幾乎為這碰觸感到害怕，因為紅髮女孩可能會以為他在打她，因此而發怒；但是紅髮女孩的雙眼流露著卑微的目光，這讓雅羅米爾覺得他沒有必要去緩和他不自覺的粗魯動作；他完成了這個動作，然後說：

「我想讓妳知道，如果有人再碰妳一次，那好！我呢，我就永遠不會再碰妳了。」

他的手一直搗在紅髮女孩的嘴上；這是他第一次粗魯地碰觸一個女人，他陶醉在這樣的動作裡；接下來他用兩手圈住她的喉嚨，彷彿要掐死她；他感覺到他指頭底下的頸子的柔弱，他心想，只要加把勁她就會窒息。

「只要有人碰妳，我就會把妳掐死。」他說。他的雙手始終掐著紅髮女孩的喉嚨；他很高興在這樣的碰觸之中感受到紅髮女孩不存在的可能性；他心想，至少在這一刻，她是真正屬於他的，他感覺到一種幸福的力量，他陶醉了，這感覺如此美麗，讓他不由自主地又開始做愛了。

做愛的時候，他好幾次粗魯地抱緊紅髮女孩，把手放在她的頸上（他心想，在做愛的時候掐死情人會是很美的），還咬了她好幾次。

MILAN KUNDERA

接下來，他們並肩躺在那裡，但是做愛的時間似乎太短了，不足以消除這個年輕人的怒氣；紅髮女孩躺在他的身邊，沒被掐死，她還活著，她赤裸的身體還是會去接受婦科檢查。

她輕撫雅羅米爾的手說：「別對我這麼壞。」

「我跟妳說了，別人的手摸過的身體讓我覺得噁心。」

紅髮女孩明白雅羅米爾不是在開玩笑了；她語帶懇求地說：「拜託你好不好，那只是個玩笑！」

「那不是玩笑！那是事實。」

「那不是事實。」

「那當然是！那是事實，而且我知道我們什麼辦法也沒有。婦科檢查是規定要做的，而且妳得去做。我不會怪妳。只是，別人的手碰過的身體讓我覺得厭惡。這種事我也沒辦法，但是事情就是這樣。」

「我發誓剛才說的都不是真的！除了小時候，我從來沒有生過病。我從來沒去看過醫生。我收到過婦科檢查的通知，可是我把它扔了，我根本沒去。」

「我不相信。」

她花了一番功夫才讓雅羅米爾相信她。

「那如果妳又收到通知，妳會怎麼做？」

「你別擔心，這種事都是一團亂。」

他相信她了，但是這些方便的說詞沒辦法平息他心裡的痛苦；事情並不只是身體檢查；根本的問題在於，他無法掌握她，他無法完全擁有她。

「我這麼愛你。」紅髮女孩說，但是在這短暫的瞬間，雅羅米爾對她沒有信心；他想要的是永恆；他想要至少在紅髮女孩的生命裡擁有一個小小的永恆，可是他知道他沒有——他想起他認識她的時候，她就已經不是處女了。

「我想到別人會碰妳，想到有其他人已經碰過妳，我就沒辦法忍受。」他說。

「沒有人會碰我的。」

「可是有人碰過妳了。這讓我覺得噁心。」

紅髮女孩把雅羅米爾擁在懷裡。

雅羅米爾把她推開。

「在我之前，妳有過幾個男人？」

「只有一個。」

「你不要騙我！」

「我發誓真的只有一個。」

「妳愛他嗎？」

她搖搖頭。

「那妳怎麼能跟一個妳不愛的人上床？」

「你不要折磨我好不好。」她說。

「妳回答我！妳怎麼能做這種事？」

「不要折磨我。我真的不愛他，你這樣很殘忍。」

「什麼事很殘忍？」

「你不要再問我了。」

「為什麼妳不要我問妳？」

她淚如雨下，哭著告訴雅羅米爾，那男人是她村裡的一個老頭，是個卑鄙的傢伙，她得任他擺佈（「不要再問我了，什麼都不要再問了。」），她甚至想不起這個人了（「如果你愛我，就永遠不要讓我想起他的存在！」）。

她哭得那麼傷心，雅羅米爾終於忘了他的怒氣；淚水是清除污點的最佳清潔劑。

雅羅米爾終於輕撫著她說：「別哭了。」

「你是我的薩維秋，」她對雅羅米爾說：「你從窗戶進來，你把他關進衣櫥裡，他只剩下一具骷髏，然後你會帶我去遠方，遙遠的遠方。」

他們互相擁抱，互相親吻。紅髮女孩向他保證永遠不會有其他人的手碰到她的身體，雅羅米爾也向她保證，他愛她。他們又開始做愛了；他們溫柔地做愛，靈魂填滿他們做愛的身體。

「你是我的薩維秋。」之後，紅髮女孩對他說，並且輕撫他。

「是的，我會帶妳到遠方，到一個安全的地方。」說這話的時候，他也想到要帶她去哪兒了；在和平的藍色布帆下，他有一頂帳篷是給她的，帳篷之上，鳥兒飛向未來，帳篷之上，香氣往罷工的馬賽工人那兒匯流；他有一棟房屋是給她的，他童年的天使在那屋子上頭照看著。

「我跟你說，我要帶你去見我母親。」他對紅髮女孩這麼說，他的眼裡含著淚水。

4

占據樓下房間的這家人為了女主人隆起的肚子感到自傲；他們的第三個孩子就快要來了，有一天男主人把雅羅米爾的母親攔下來，對她說，兩個人占據的面積和五個人占據的面積一模一樣，這是不公平的。他暗示媽媽把樓上三間房的其中一間讓給他。媽媽回答他，那是不可能的。樓下的男主人則回她說，這樣的話，只好請市政府來主持公道，公平地分配這棟房子裡的房間了。媽媽肯定地對他說，她的兒子過不久就要結婚了，到時候樓上就會有三個人，說不定沒多久就會是四個人。

所以，幾天之後雅羅米爾對她宣布說要帶女朋友來見她，她覺得這女孩來得正是時候；至少樓下的房客會知道她說兒子快要結婚不是在說謊。

可是後來雅羅米爾坦承說媽媽認識這個女孩，因為她在那家常去買東西的店裡見過她，這時，媽媽已經無法掩飾她令人不快的吃驚表情了。

「我希望，」雅羅米爾用一種充滿戰鬥氣息的語氣說：「她是店員不會讓妳覺得困擾。我早就告訴過妳，她是做勞力工作的，她是個單純的女孩。」

媽媽過了好一會兒才在意識裡接受了這件事——那個蠢蠢的，讓人看了不舒服，長得又不漂亮的女孩是她兒子心愛的女人，但她還是克制住自己，她說：「你別生我的氣，我還是得說，這讓我感到驚訝。」她這麼說，心裡已經準備好要承受兒子準備對她做的事。

所以，紅髮女孩來了；這場見面的儀式延續了痛苦的三個小時。三個人都有點怯場，但是都撐到最後。

當家裡剩下雅羅米爾和媽媽兩個人的時候，雅羅米爾迫不及待地問媽媽：「那妳喜歡她嗎？」

「我很喜歡她呀，為什麼我會不喜歡她？」媽媽回答。她很清楚，她說話的語氣一聽就知道，她心裡想的和嘴裡說的剛好相反。

「那麼，妳是不喜歡她囉？」

「我不是跟你說我很喜歡她嗎？」

「不是這樣，我看得很清楚，妳說話的語氣告訴我，妳不喜歡她。妳嘴巴說的跟妳心裡想的是兩回事。」

紅髮女孩在他們家做了很多笨手笨腳的事（她和母親握手的時候先把手遞過去，她走到餐桌的時候比誰都先坐下），她還做了很多無可救藥的事（她打斷母親的話），還有一些不知分寸的錯事（她問母親幾歲）；母親開始一一列舉這些過錯的時候，還怕兒子會覺得她小心眼（雅羅米爾會說那些喜歡繁文縟節的都是小資產階級），所以她立刻加上一句：

「當然啦，這些都很容易改，你只要多邀她來家裡就行了。在我們這種地方，她會變高雅，變得有教養。」

但是她一想到得經常看到這個頂著一頭紅髮又帶著敵意的醜陋身體，一股無法遏止的厭惡感就又湧了上來，她用安慰人的聲音說：

「當然啦，我們也不能因為她這樣就生她的氣，你也得想想她成長和工作的環境吧。我也不想在這種店裡當店員啊。所有人都對你予取予求，你還得要滿足所有人的要求。如果老闆要引誘這個女孩子，她也沒辦法拒絕呀。當然啦，在那種地方，他們也不會把這種事看得太嚴重。」

她看著兒子的臉，她看見他的臉脹得通紅；灼熱的嫉妒浪潮漲滿雅羅米爾的身體，媽媽在自己身上也感覺到這股浪潮的溫度了；（當然，這其實和她在幾個小時前所感受到的灼熱浪潮是一樣的——那時，雅羅米爾把紅髮女孩介紹給她；所以，母親和兒子現在面面相覷，像是兩條連通管，裡頭流的是相同的酸性溶液。）再一次，兒子的臉變得稚氣又溫馴；突然間，在她面前的不再是一個獨立的陌生男人，而是她心愛的孩子，他正在受苦，這孩子從前（不過是不久以前）還會遁逃到她的身邊，她也安慰過他。她的眼睛離不開這場輝煌壯麗的演出。

但是接下來，雅羅米爾回到他的房裡，媽媽自己也嚇了一跳（她自己待在那兒已經有一會兒了），她用拳頭敲著自己的頭，低聲怪自己說：「不要，不要再這樣了，不要再嫉妒了，不要，不要再嫉妒了。」

但是，事情做了就是做了。輕飄飄的藍色布幕的帳篷，和諧的帳篷，童年的天使在上頭照看的帳篷已經變成一片片的破布了。母親和兒子的嫉妒年代開始了。

媽媽說他們不會把那種事看得太嚴重，這些話不斷迴盪在雅羅米爾的腦海裡。他想像紅髮女孩的同事們——同一家商店的男店員——正在對她說一些骯髒的故事，他想像這建立在聽眾與敘事者之間猥褻的短暫碰觸，他悲痛極了。他想像那家店老闆的身體磨蹭紅髮女孩的身體，他偷摸她的乳房，他一巴掌拍上她的屁股，他想到他們不會把這種事看得太嚴重，但是對他來說，這就是一切。有一次，他在紅髮女孩的家裡發現她上廁所忘記關門。他跟她吵了一架，因為他立刻想像她在店裡上廁所的樣子，她坐在馬桶上，有個陌生人走過去嚇了她一跳。

他對紅髮女孩坦承了自己的嫉妒，紅髮女孩不斷用溫柔和誓言安撫他，才讓他平靜下來；但是他只要在童年的房間裡獨處片刻，他就會反覆地對自己說，世上沒有任何東西可以保證紅髮女孩安撫他的話是真的。而且，逼她說假話的不就是他自己嗎？他對看醫生這件蠢事的反應這麼激烈，不就是永遠禁止她把心裡的話告訴他嗎？

他們最初做愛的幸福時光已經過去了，當時他們的愛撫是歡樂的，雅羅米爾對紅髮女孩心懷感激，因為她以一種自然而然的堅定態度，引領他走出童貞的迷宮。現在，他卻把他剛開始對她產生的感激拿來做殘酷的分析；他不斷想起第一次來紅髮女孩家的時候，她的手不知羞地碰著他，讓他興奮無比；現在他用猜疑的眼睛檢視這件事：他心想，他——雅羅米爾——怎麼可能是她這輩子第一次用這種方式撫摸的男人；如果她在他們第一次相遇之後半小時就敢做出這麼不知羞的動作，那麼這個動作對她來說應該是習以為常，沒什麼大不了的。

多可怕的想法！確實，他已經認定這個想法了，在他之前，她還有另一個男人，但是他會這麼想，完全只是因為紅髮女孩說的話給他提供了一個畫面，那是一段從頭到尾都是痛苦與煎熬的關係，紅髮女孩是任人擺布的受害者；這想法在他心裡激起了憐憫，而憐憫又把他的妒意沖淡了一點。但是紅髮女孩這個不知羞的動作如果是在這段關係裡學來的，那麼這段關係就不見得是全然負面了，這當中還是有太多的歡樂刻印在這個動作裡，這個動作的後頭藏著一整段愛情故事。

這個主題實在太令人痛苦了，他根本沒有勇氣提起，因為只要紅髮女孩大聲說起在他之前的那個情人，他的心裡就會翻騰不已。然而，他還是想用迂迴的方法，試著找出這縈繞在他腦海裡的動作究竟從何而來（關於這動作，他不斷有新的體驗，因為紅髮女孩很熱中於這個動作），後來他用另一種想法讓自己安心——偉大的愛情如雷電般驟然降臨，會讓女人在一瞬間擺脫一切壓抑和羞恥，而紅髮女孩正因為天真無邪，才會像輕浮的女孩子一樣，那麼快就對情人投懷送抱。說得更清楚些：愛情把一股無法預測的靈感泉源從她身上釋放出來，這靈感的泉源是那麼強大，所以她不假思索的行為才會像壞女人熟練的動作。愛情的精靈在一眨眼間就把所有經驗都補上了。他覺得這個推論既美麗又深刻；經由這樣的推論，他的女友成了愛情的聖女。

後來，有一天，一個大學同學對他說：「怎麼著，昨天跟你在一起的那個人是誰啊？長得還真是不怎麼樣啊！」

一如彼得不承認自己是耶穌基督的門徒，雅羅米爾否認那女孩是他的女友；他說那是在路上偶然碰到的朋友，說的時候還一副輕蔑的樣子。但是就像彼得對耶穌基督還是忠誠的，雅羅米爾在內心深處，對女友也還是忠誠的。確實，他減少了他們在街上散步的次數，他很高興沒有人看到他和她在一起，但是在此同時，在他心裡，他並不同意他同學說的話，他討厭他。而且，他立刻被一個念頭感動了，他想到女友穿的洋裝又醜又廉價，可是他在其中看到的不只是他女友的魅力（單純和貧窮的魅力），更是他自己的愛的魅力：他心想，要愛一個耀眼、完美、優雅的人並不難：這種愛只是美的偶然性在我們心裡喚起的一種無意義的反射動作；但是偉大的愛情所渴望的，正是把一個不完美的女人創造成一個被愛的生命，而這個女人正因為她的不完美而更有人性。

有一天，他又對紅髮女孩宣稱了他的愛（應該是在一次令人筋疲力竭的爭吵之後），紅髮女孩對他說：「總之，我不知道你覺得我怎麼樣。比我美的女孩子多得是。」

他很生氣，他對紅髮女孩解釋說，美不美和愛情一點關係也沒有。他強調說，他愛她的地方，正是其他人覺得醜的；雅羅米爾不知著了什麼魔，他甚至開始一一列舉；他對她說，她的乳房小得可憐，乳頭又大又皺，激發的不是熱情而是同情；他說她一臉雀斑，一頭紅髮，身體又瘦巴巴的，而正是因為這些，他才愛她。

紅髮女孩啜泣起來，因為她太明白現實（乳房小得可憐，頭髮是紅的），卻不明白現實背後的想法。

相反的，這想法讓雅羅米爾激動不已；女孩因為自己不漂亮而流下的痛苦淚水讓他得到啟發，讓他在孤獨之中重新振作；他心想，他要把自己的一生奉獻給她，讓她不再這樣流淚，讓她相信他的愛。在這巨大的情感衝動下，紅髮女孩的第一個情人也不過就是她的醜的一部分，而這是他所愛的。這是一場意志與思維的真正演出；他知之甚明，他開始寫一首詩：

啊！跟我說我日夜思念的那個姑娘（這行詩像流行歌曲的副歌一樣不斷重現），告訴我歲月如何讓她變老（他想要重新擁有她的全部，包括她做為人的永恆存在），告訴我她兒時的模樣（他不只想要擁有她的未來，也想要擁有她的過去），讓我啜飲她從前哭泣的淚水（更要啜飲她的悲傷，這讓他擺脫自己的悲傷），跟我說那占據她青春的愛，我要去愛，愛那些愛情在她身上撫摸過、玷污過的一切（再過去幾行）：過去的愛情腐朽之前，她的身體毫無價值，她的靈魂也毫無價值，而我沉醉地啜飲……

雅羅米爾為自己寫的詩句感到激動，在和諧廣袤的蔚藍帳篷下，在一切矛盾都被廢除的人造空間裡，母親和兒子、媳婦同坐在和平桌前，但是在這之外，他發現了另一個絕對的房屋，那是一種更殘酷也更真切的絕對。因為純粹與和平的絕對如果不存在，那麼就存在著一種無限感性的絕對，在那裡，一切不純粹和外來的東西都會化解，宛如溶解在化學溶液之中。

他為這首詩感到激動，但他也很清楚，沒有任何一份報紙會刊登這首詩，因為它一點也不符合社會主義幸福年代的精神；他是為自己也為紅髮女孩寫的。他把詩讀給紅髮女孩聽的時候，她感動得熱淚盈眶，但同時也產生了新的恐懼，因為詩裡提到她的醜，提到有人撫摸過她，提到她會變老。

紅髮女孩憂慮的事一點也沒讓雅羅米爾心煩，相反的，他渴望看到這些事，品味這些事，他渴望在這話題上耗一下，慢慢地反駁紅髮女孩的擔憂。但是紅髮女孩並不想在詩的主題上耗太久，她開始說別的事了。

就算他可以原諒她小得可笑的乳房，也可以原諒其他陌生人的手摸過她，但是有一件事他不能原諒她，就是她的話很多。可不是嗎，他剛剛才全心全意地帶著他的激情、感性、熱血，讀了些什麼給她聽，結果才沒過幾分鐘，她就開開心心地說起別的事了！

是的，他已經準備好把她的一切缺點溶解在他愛情的強力溶劑裡，但是有一個條件：她得要自己乖乖地溶進這個溶劑裡，她得待在這個愛情的浴缸裡哪兒也不能去，她永遠不可以——連想都不能想——離開這個浴缸，她得完完全全沉浸在雅羅米爾的想法和話語的水面之下，她得沉浸在雅羅米爾的宇宙裡，她的身體或心靈不能有任何一小塊居住在另一個世界。

可是她不僅沒這麼做，還開始說話，而且她不只說話，還說起她家的事！偏偏雅羅米爾對她最最討厭的部分，就是她家的事，因為他不太知道能怎麼跟她唱反調（這個家純真極了，而且是一個平民家庭），但是雅羅米爾就是想跟她唱反調，因為紅髮女孩每次想到她家的事，就會跑出他為她準備好的浴缸，而浴缸裡已經放滿了以雅羅米爾的愛情為基底的溶劑。

所以，他得再重聽她父親的故事（一個為了工作耗盡心力的老農夫），再重聽她兄弟姊妹的故事，（雅羅米爾心想，這其實不算是一個家庭，而是一個兔子窩：她有兩個姊妹、四個兄弟！）尤其是其中一個哥哥的故事（他叫做揚，肯定是個怪傢伙，一九四八年革命前，他幫一個有反共傾向的部長開車）；不，這不只是一個家庭，這首先是一個陌生的地方，那裡的人都敵視他，而紅髮女孩的身上還黏著她在那裡結的繭，這個繭讓她遠離雅羅米爾，讓她還不是完全地、絕對地屬於雅羅米爾；而這個叫做揚的哥哥，他不能說是紅髮女孩的哥哥，他首先是一個在紅髮女孩十八年的生命裡近距離觀看她的一個男人，他是一個知道紅髮女孩數十個細微隱私的男人，他是一個和紅髮女孩共用同一間廁所的男人，（紅髮女孩有多少次忘記拉上門栓哪！）他記得紅髮女孩從少女變成女人的時候，他肯定看過很多次她一絲不掛……

　　妳得成為我的人，如果我要，妳得四肢折裂，死在輪架上，病態又嫉妒的詩人濟慈（Keats）寫給他心儀的芬妮（Fanny），而雅羅米爾再次回到家，再次回到童年的房間，他寫了幾行詩讓自己平靜下來。他想著死亡，想著這個偉大的擁抱，至此一切都要歸於寧靜；他想著那些硬漢、那些革命分子的死亡，他心想，他要寫一段葬禮進行曲的歌詞，讓人們在共產黨員的葬禮上吟唱。

　　死亡；在這強迫歡樂的年代，死亡也是近乎禁忌的主題之一，但是雅羅米爾心想，他可以（他已經寫了一些關於死亡的美麗詩句，他是個專家，他以個人的手法處理死亡之美）發現這樣一個特殊的視角，死亡由此望去就脫去了慣有的病態；他覺得他可以寫一些關於死亡的社會主義詩句。

　　他想到一個偉大的革命分子之死：宛如太陽沒入山頭，戰士死去……

　　他還寫了一首詩，叫做墓誌銘：啊！如果死是必然的，讓我與你同去，吾愛，就在火焰裡，化為光與熱……

5

在詩的國度，一切被肯定的事都會變成真理。詩人昨天說：人生徒勞有如一滴淚。今天他說：人生歡樂有如一聲笑。他每一次都是對的。今天他說：一切都完結了，並且沒入寂靜之中。明天他會說：一切都無法完結，一切都永恆地回響著。這兩句話都是真的。詩人無須證明什麼；唯一的證據在於他情感的強度。

抒情詩的特質就是無經驗的特質。詩人對於世事所知甚少，但是從他身上湧出的字句卻形成美麗的集合，明晰有如水晶；詩人不是成熟的人，然而他的詩句卻擁有先知的成熟，面對如此的成熟，詩人自己也是目瞪口呆。

啊，我水中的愛！媽媽第一次讀到雅羅米爾的詩的時候，她心想（她幾乎感到羞愧），兒子比她還早懂得愛情；她沒有想到那水中的愛就是從鎖孔裡被偷窺的瑪格妲，對她來說，水中的愛代表的是某種比較抽象的東西，是愛情的某一個神祕範疇，應該是難以理解的，它的意義只能用猜的，就像古代預言家說的話一樣。

詩人的不成熟或許會惹人發笑，但是這樣的不成熟也讓我們為之驚歎：詩人的話語裡有一小滴東西是從心裡湧現的，這讓他的詩句迎向美的光輝。但是詩人要從心裡抽出這一小滴的東西，根本不需要擁有真實的經驗，我們可以這麼想，詩人時不時就壓一壓他的心，像廚師擠檸檬把汁滴到沙拉上那樣。說真的，雅羅米爾根本不關心在馬賽罷工的工人，但是他在寫關於愛情的詩，這時他從工人們的身上得到養分，他的感動是真的，他慷慨地用這些感動澆灌他的字句，而這些字句則因此成了有血有肉的真實。

詩人用這些詩繪製自己的畫像；然而一如這世上沒有任何肖像是忠實的，我們也可以說，詩人用他的詩修正自己的長相。

修正？是的，他把他的輪廓變得比較明顯，因為他總是為了自己的臉部線條模糊感到苦惱；他總覺得自己混亂，微不足道，平凡無奇；他總是在尋找一個屬於自己的形式；他要讓詩的顯影劑把他臉部的線條加深。

他把他的自畫像變得比較戲劇化，因為他的生命沒什麼大事情。他的情感和夢想都具體呈現在詩裡，詩的世界看起來經常是波濤洶湧，它代替了詩人做不到的那些行動與冒險。

但是為了要將他的畫像穿戴在身上，為了要覆著這個假面走進世界，畫像必須要展出，詩必須要出版。雅羅米爾已經有好幾首詩刊登在《紅色權力報》上了，但是他還不滿足。他有幾次把詩和信一起寄去報社，他用熟識親切的語氣寫信給陌生的編輯，因為他希望能引起編輯的注意，回他的信，跟他認識一下。只是（說來簡直是一種侮辱），儘管人家刊登他的詩句，可是這些人根本不想認識他這個活生生的人，也不想跟他做朋友；報社的編輯從來沒回過他的信。

在他大學同學的圈子裡，他的詩也沒有引發他預期的反應。如果他屬於當代詩人的菁英圈子，他就可以在講台上露臉，照片在畫刊雜誌上閃閃發光，那麼或許還會成為班上同學好奇的對象。但是就這麼幾首詩，淹沒在每天一疊的報紙裡，雅羅米爾引起的注意不過就是那麼幾分鐘，結果在這些眼前只有政治、外交生涯的同學眼裡，他不是一個怪得讓人感興趣的人，而是一個讓人不感興趣的怪人。

而且沒想到的是，雅羅米爾對於光榮有無限的嚮往！他像所有詩人一樣嚮往光榮：

噢！光榮，噢！強大的神祇！啊，請用你偉大的名號啟發我，讓我的詩句可以得到你！雨果（Hugo）如此乞求。我是一個詩人，我是一個偉大的詩人，有一天，全天下都會鍾愛我，我得這麼告訴自己，我得在我未完成的陵墓前如此祈禱，伊力・奧騰想到他未來的光榮，如是慰藉自己。

這種渴望被人崇拜的偏執欲念不只是伴隨抒情詩人的才華而來的一種缺陷（我們也可以如此詮釋數學家或建築師），這種渴望根本就是詩的才華的一種本質，它是辨別抒情詩人的記號：因為詩人就是會把自畫像提供給全天下的那種人，他非常願意讓他的長相被人投射在詩句的布幕上，任人愛慕，任人崇拜。

我的靈魂是異國的花朵，氣味獨特，敏感。我有偉大的才華，或許還是天才的才華，伊力・渥爾克在日記裡如是寫著，為了報社編輯的沉默而心碎的雅羅米爾則挑了幾首詩，寄到最有名的文學雜誌社。多幸運啊！半個月後，他收到了回音：對方覺得他的詩很有意思，請他去一趟編輯部。他為這次會面悉心準備的程度和他從前準備跟女人約會一樣。他決定要用最深刻的方式向編輯們介紹自己，他要界定他的存在，他要界定他做為詩人是什麼樣的存在，他要界定他做為人是什麼樣的存在，他要界定他的計畫是什麼，他從何而來，他克服過什麼樣的困難，他喜歡什麼，他討厭什麼。最後，他拿起一支鉛筆和一張紙，就一些基本的方向把他的立場、他的看法，還有他生命演進的階段一一寫下來。他塗黑了好幾張紙，然後，在一個晴好的日子，他敲了門，走了進去。

一個瘦瘦小小戴著眼鏡的男人坐在書桌前，問他有何貴幹。雅羅米爾報上他的名字。編輯又問了他一次有何貴幹。雅羅米爾又報了一次他的名字（這次說得更清楚，更用力）。編輯說他很高興認識雅羅米爾，可是他還是想知道他究竟有何貴幹。雅羅米爾說他先前寄來幾首詩，後來他收到一封信要他過來。編輯說負責詩的那個同事現在剛好不在。雅羅米爾說那很可惜，因為他很想知道他的詩什麼時候會登出來。

編輯失去耐性了，他從椅子上站起來，抓起雅羅米爾的手臂，帶他走到一個大櫃子前面。他把櫃子打開，裡頭層層的隔板上都高高地落著一疊疊的紙，他說：「親愛的同志，我們平均每天收到十二個新作者寫的詩，一年下來有多少詩人？」

「我沒辦法心算。」雅羅米爾面帶尷尬地回答，因為編輯似乎很堅持要他算。

「一年一共是四千三百八十個新的詩人。你想出國嗎？」

「也沒什麼不好吧？」雅羅米爾說。

「那你就繼續寫，」編輯說：「我很確定，遲早我們就要輸出詩人了。有些國家輸出裝配工人，輸出工程師，輸出麥子或煤炭，可是我們，我們主要的財富，就是抒情詩人。捷克詩人會去開創那些開發中國家的詩歌。我們可以用詩人去換椰子和香蕉。」

幾天之後，媽媽告訴雅羅米爾，城裡小學的門房的兒子來家裡找過他。「他說要你去警察局找他。他還要我恭喜你詩寫得很好。」

雅羅米爾高興得臉都紅了：「他真的這麼說？」

「是啊，他走的時候確實是這麼跟我說的，他說：請告訴他，我覺得他的詩寫得很棒。請不要忘記轉告他。」

「我真的非常高興，真的，非常高興，」雅羅米爾的語氣特別堅決。「我的詩就是為他這種人寫的。我可不是寫給那些編輯看的。木匠做椅子不是要做給別的木匠看的，是要給人坐的。」

於是，有一天，他踏進國家保安局的大樓，向一位配著左輪槍的警衛報上自己的名字，然後在走廊上等了一會兒，接著他的同班老同學就興高采烈地下樓迎接他，和他握了手。他們走進老同學的辦公室，這位門房的兒子第四次對雅羅米爾重複說道：「老哥，我可不知道我在學校裡認識了一個名人。我一直問自己，這個人是他嗎？不是他嗎？不過最後我告訴自己，這個名字畢竟不是那麼普遍。」

後來他帶雅羅米爾到走廊上，來到一個大布告欄前面，那裡釘著兩紙公函和幾張照片（上頭是幾個警察帶著一隻狗，帶著武器，背著降落傘在進行訓練），而在這些東西的中間，有一張剪報，上頭是雅羅米爾的一首詩；剪報周圍框著色鉛筆畫的紅線，看起來好像主宰著整個布告欄。

「你覺得怎麼樣？」門房的兒子問道，雅羅米爾什麼也沒說；但是他很高興；這是他第一次看見他的詩有自己的生命，獨立於他而存在。

門房的兒子挽著他的手臂，帶他走到辦公室。「你看，你大概沒想到警察也會讀詩吧。」他笑著說。

「警察為什麼不可以讀詩？」雅羅米爾雖然這麼說，但他心裡其實很震撼，讀他詩的竟然不是那些老小姐，而是這些在屁股上配著左輪槍的男人。「有什麼不可以呢？今天的警察跟資產階級共和國那些唯利是圖的傭兵是不一樣的。」

「你大概會覺得這兩個東西很不搭調，警察跟詩歌，不過事情並不是這樣。」門房的兒子繼續說著他的想法。

雅羅米爾也繼續說他的想法：「而且，今天的詩人也跟從前的詩人不一樣了。今天的詩人不再是被寵壞的娘兒們了。」

門房的兒子還是在說他先前的想法：「這正是因為我們的職業太辛苦了（你不會知道我們辛苦到什麼程度），所以我們有時候會需要一點細緻的東西。不然的話，有時候我們會受不了在這裡不得不做的那些事。」

接著他邀雅羅米爾到對面的咖啡館去坐一下（因為他當班的時間剛剛結束了），他們喝了兩三杯半公升裝的啤酒。「老哥，我們可不是天天都在玩的，」門房的兒子手裡拿著一只啤酒杯繼續說：「你還記不記得我上次跟你說的那個猶太人的事？他被抓去關了，這傢伙可真是個大混蛋。」

雅羅米爾顯然不知道那個指導馬克思主義青年團的褐髮男人被逮捕了；當然，他隱隱約約知道有一些逮捕的行動在進行，可是他不知道被逮捕的人是以數十萬計的，而且共產黨人也有可能被逮捕，牢裡那些人被嚴刑拷打，他們大部分的罪行都是莫須有的；所以他聽到這個消息的時候，只能用一個表示驚訝的簡單動作回應，這動作並沒有表示任何看法，不過多少還是有一點驚訝和同情，以致於門房的兒子不得不以更堅定的語氣說：「這種事，沒什麼好感傷的。」

雅羅米爾很怕門房的兒子再次離他而去，於是他再次表現得比他更激進。「你別因為我同情他而覺得怎麼樣，這種事很正常，但是你說得對，感傷會讓我們付出昂貴的代價。」

「昂貴得很哪。」門房的兒子說。

「我們沒有人想當殘酷的人。」雅羅米爾說。

「確實沒有。」門房的兒子表示贊同。

「但是如果我們沒有勇氣對那些殘酷的人殘酷，那才是做了最殘酷的事。」雅羅米爾說。

「沒錯。」門房的兒子表示贊同。

「自由的敵人沒資格擁有自由。這很殘酷，我知道，但是事情非如此不可。」

「非如此不可，」門房的兒子表示贊同。「這種事真要說的話，還有很多可以說的呢，只是我什麼也不能告訴你。這些，都是機密的事，我的朋友，就連我的老婆我也不能跟她說我在這裡做什麼。」

「我知道，」雅羅米爾說：「我瞭解。」再一次，他羨慕他的老同學充滿男子氣概的工作，他的機密，他的妻子，還有他得對她保留某些祕密，而她也必須接受；他羨慕他擁有真實的生活，而生活裡殘酷的美麗（以及美麗的殘酷）不斷超越他（他完全不明白為什麼要逮捕褐髮男子，他只知道一件事，就是非如此不可），他羨慕他真實的生活，因為他自己還沒有進入（再一次，在這個和他同樣年紀的老同學面前，他因為明白這個問題而滿心苦澀）。

雅羅米爾羨慕地想著這些事，門房的兒子則望著他眼睛的深處（他的嘴唇微開，傻乎乎地笑著）開始背誦他釘在布告欄上的那些詩句；整首詩他背得爛熟，連一個錯都沒有。雅羅米爾不知所措（老同學的那雙眼睛一刻也沒離開過他），他臉紅了（他感覺到老同學天真的演出是可笑的），但是他的自豪卻又讓人感到幸福，而且遠遠強過這尷尬——門房的兒子竟然知道而且喜歡他的詩！所以他的詩已經代替他，而且先於他，進入了男人的世界，彷彿是他的信差，是他的先遣部隊！心滿意足的淚水朦朧了他的眼睛；他不好意思地低下頭來。

門房的兒子背完了詩，還一直看著雅羅米爾的眼睛；後來他告訴雅羅米爾，有一個針對年輕警察的年度訓練活動要在布拉格近郊一幢美麗的大別墅裡舉行，他們不時會邀請一些有意思的人來參加他們的晚會，他們會為這些人辦一場討論會。「我們也想找個星期天，邀請幾個詩人來辦一場大型的詩歌之夜。」

接著，他們又喝了一杯啤酒，雅羅米爾說：「舉辦詩歌之夜的人就是警察，這種事實在是很好。」

「為什麼警察不行？為什麼？」

「沒錯，為什麼不行？」雅羅米爾說。「警察和詩歌湊在一起或許比某些人想像的更搭調。」

「為什麼警察和詩歌不能湊在一起？」門房的兒子說。

「為什麼不行呢？」雅羅米爾說。

「是啊，為什麼不行呢？」門房的兒子接著說他想看到雅羅米爾也在受邀的詩人之列。

雅羅米爾推辭了一下，最後還是欣然同意。好了！儘管文學還猶豫著要不要向雅羅米爾的詩句伸出它脆弱的手（嬌柔的手），但是生活本身已經把它的手（粗糙、結實的手）遞給他了。

6

讓我們再看一下雅羅米爾，他坐在門房兒子的對面，前面擺著一杯半公升裝的啤酒；在他身後，童年封閉的世界綿延在遠方，而在前方，老同學化身為行動的世界，那是一個令他害怕的陌生世界，但是他卻無可救藥地嚮往著。

這畫面呈現出不成熟的基本情境；抒情詩是一種想要面對這種情境的企圖：人被逐出童年的保護地，渴望進入世界，可是同時又因為害怕進入世界而以自己的詩句構築一個人造的世界，一個替代的世界。他讓他的詩歌繞著自己旋轉，像行星繞著太陽；他成了一個小小的宇宙的中心，這裡沒有任何東西是陌生的，他覺得像在家裡，像嬰兒在母親的身體裡，因為這裡所有東西的原料都是同樣的物質，就是他的靈魂。在這裡，他可以隨興完成一切在外面非常困難的事；在這裡，他可以像法律系的學生渥爾克一樣，和無產階級的群眾一起為革命而行進，像處男韓波一樣，鞭打他的那些小戀人[31]，因為這些群眾和戀人並不是用陌生世界充滿敵意的物質製造的，而是用他自己的夢想當原料製造的，所以這些群眾和戀人就是他自己，不會和他為自己建構的宇宙的統一產生斷裂。

或許您讀過伊力・奧騰那首美麗的詩，寫的是一個孩子覺得待在母親的身體裡很幸

31. 典出韓波的詩作〈我的小戀人們〉（Mes petites amoureuses）。

福，覺得他的誕生就像一次殘酷的死亡，一次充滿光與駭人面孔的死亡，他想要轉身向後走，再向後走，走回母親的體內，向後走，走進那溫柔異常的香氣裡。

不成熟的年輕人有很長時間會對這個宇宙的安全與統一有一種鄉愁，因為他獨自一人在母親的體內填滿這個宇宙，而一旦面對成人相對性的世界，他會覺得焦慮不安（或者憤怒），因為他在這樣的世界裡宛如一顆小水滴，淹沒在一片他者的汪洋裡。這就是為什麼年輕人是熱情的一元論者，是絕對性的使者；這就是為什麼詩人會用詩歌編織他私人的宇宙；這就是為什麼年輕的革命分子會主張一個徹底的新世界，一個僅僅用一個概念打造而成的世界；這就是為什麼年輕人不接受妥協，在愛情上不行，在政治上也不可以；暴動的學生走過歷史，宣稱要就是全部，不然就是全無，而雨果二十歲的時候，看到未婚妻阿德勒・弗薛（Adèle Foucher）在泥濘的人行道上撩起裙襬，露出了腳踝，他為此大發雷霆。我覺得羞恥心比裙子更珍貴，他後來寫了一封嚴厲的信責怪她，還威脅說：如果妳不想讓我動手給任何膽敢轉頭看妳的登徒子一記耳光，妳就得好好當心我在這裡對妳說的事！

成人世界聽到這悲愴的威脅，哈哈大笑。詩人受傷了，因為情人腳踝的背叛，因為人們的笑聲，而詩歌與世界的戲碼就這麼上演了。

成人世界很清楚，絕對只是一個圈套，因為人類沒有任何東西是偉大或永恆的，而哥哥和妹妹睡在同一個房間也是絕對正常的；但是雅羅米爾卻那麼苦惱！紅髮女孩告訴他，她的哥哥要來布拉格，而且要在她家住上一個星期；她甚至要雅羅米爾這段期間都不要來她家。這超過雅羅米爾可以忍受的範圍，他高聲提出抗議：他總不能為了一個男的，整整一個

MILAN KUNDERA

禮拜都棄女友於不顧吧（他用輕蔑傲慢的態度把紅髮女孩的哥哥喚作「一個男的」）！

「這種事你有什麼好怪我的？」紅髮女孩反駁。「我年紀比你小，可是我們每次約會都是在我家，沒有一次可以在你家！」

雅羅米爾知道紅髮女孩說得沒錯，這更增添他心裡的痛苦；他再一次體會到不能獨立這件事帶給他的一切羞辱，他被怒氣蒙蔽，當天他就向媽媽宣布（以一種前所未有的堅定態度），他有可能會帶女朋友回家，因為他不能讓她一個人待在別處。

這母子兩人還真是相像！他們都同樣著迷於統一、和諧的一元論天堂，他們都為此感到一股醉人的鄉愁；雅羅米爾想要尋回母親肚子裡「溫柔的香氣」，母親則想做為這股「溫柔的香氣」（她又來了，她總是這麼想）。隨著兒子漸漸成熟，她想讓自己伸展開來，宛如一片輕逸的穹蒼，包圍著他；她贊同他所有的看法；她崇拜現代藝術，她宣稱自己是共產黨人，她對兒子的光榮很有信心，她對那些今天說一套明天說一套的教授們的虛偽感到憤怒；她想要永遠像天一樣包圍著他，她想要永遠和他做為同質的存在。

但是她做為和諧統一的信徒，怎麼能接受另一個女人異質的存在呢？

雅羅米爾在母親的臉上讀到了拒絕，於是他不肯讓步了。是的，他很想回到「溫柔的香氣」裡，他在尋找過去那個母性的宇宙，但是他已經很久都不在母親的身上找了；在這追尋失落母親的過程中，最困擾他的恰恰就是他的母親。

她明白兒子是不會退讓的，於是她讓步了；雅羅米爾第一次和紅髮女孩單獨待在他的房間裡，而如果他們兩人不要這麼焦慮，事情肯定很美好；媽媽確實去了電影院，但是她其實與他們一直同在；他們總覺得她在偷聽；他們說話的聲音比平常低得多；雅羅米爾想把紅髮女孩抱在懷裡的時候，他發現她的身體冷冷的，他知道最好不要硬來；於是他們尷尬地東聊西扯，他們隨時都留意到掛鐘的指針在轉動，彷彿向他們預告著母親的歸來；事實上，要從雅羅米爾的房間走出去，不可能不經過母親的房間，而紅髮女孩無論如何都不想碰見她；於是在母親回來之前的半小時她就走了，留下心情非常惡劣的雅羅米爾。

雅羅米爾可沒有因此灰心，這次失敗讓他變得更加堅定。他明白，在他生活的這棟屋子裡，他的地位是令人無法忍受的；他不是住在自己的家，而是住在母親的家。這個發現在他心裡喚醒了一場頑強的抵抗：他又邀請女朋友來家裡了，這一次，他接待她的方式是興高采烈喋喋不休，他想要藉此克服她的焦慮，不要像上次那樣癱瘓了兩個人的神經。他甚至在桌上擺了一瓶葡萄酒，而由於他們沒有喝酒的習慣，所以一下子就進入了某種精神狀態，一下子就忘了母親無所不在的影子。

整整一個星期，母親都如雅羅米爾所願，很晚才回來，甚至比雅羅米爾希望的更晚。甚至連雅羅米爾沒有要求她的日子，她也不在家。這並非出自她的好意，也不是深思熟慮之後的讓步，而是一種示威的行動。她之所以晚歸，是為了以刻意展示的方法揭露兒子的粗暴，她想要顯示出兒子的所作所為彷彿他才是一家之主，而多虧他的容忍，她才能在這裡棲身，甚至下班後她拖著疲憊的身軀回到家，也沒有權利在自己的房裡找一張扶手椅坐下來看看書。

在她不回家的這幾個漫長下午和夜晚，很不幸地她並沒有任何一個男人家可以去坐一坐，因為從前對她獻殷勤的同事早就因為老是碰釘子而厭倦了；於是她去看電影，去看戲，她試著聯絡幾個幾乎相忘的女性朋友（結果不甚成功），她帶著一種變態的愉悅走入辛酸的感覺，那是一個女人失去父母、丈夫之後又被自己的兒子趕出家裡的辛酸。她坐在黑暗的放映廳裡，遠處的銀幕上有兩個不認識的人在相吻，眼淚從她的臉頰上流了下來。

有一天，她比平常早一點回到家，正準備端出一張受傷的臉，打算不理會兒子的問候。她走進房間，才把房門關上，就覺得血液往腦門湧了上來；雅羅米爾的房間只有幾公尺遠，從那裡傳來他喘息的聲音，還有女人嘶啞的叫聲。

她杵在那裡，同時她也知道她不能待在那裡不動，聽他們做愛的呻吟，因為她覺得自己彷彿就在他們身邊，看著他們（在這一分鐘，她真的在腦子裡看到他們，歷歷分明），這種事她是絕對無法忍受的。她的心裡湧上一股奇怪的怒氣，她立刻意識到自己無能為力，而越是如此，這股怒氣就越猛烈，她既不能跺腳，也不能大叫，也不能把家具砸了，也不能走進雅羅米爾的房間去打他們，她根本沒有任何事可以做，只能待在那裡不動，聽著他們的聲音。

這時候，她腦袋裡所剩無多的清明意識，在某種突然而瘋狂的靈感啟發下，和這股莫名的怒氣結合了起來：當紅髮女孩在隔壁房間又開始呻吟的時候，媽媽用焦慮又害怕的聲音叫道：

「老天，雅羅米爾，你的女朋友怎麼了？」

隔壁房間的喘息聲在一瞬間靜了下來，媽媽立刻跑到藥櫃那裡；她拿了一只小瓶子跑回雅羅米爾的房門口；她抓住門把；門鎖上了。「老天，我被你們嚇壞了，到底發生了什麼事？那位小姐到底怎麼了？」

雅羅米爾抱住紅髮女孩，她的身體像一片葉子在那兒顫抖，他說：「哪有什麼事……」

「你的朋友痙攣嗎？」

「對，沒錯……」他答道。

「開門，我有口服的滴劑給她。」媽媽這麼說，然後又轉了一次鎖住的門把。

「等等。」雅羅米爾很快爬了起來。

「痙攣，太可怕了。」媽媽說。

「妳等一下。」雅羅米爾匆匆忙忙穿上長褲和襯衫；他把毛毯扔到紅髮女孩的身上。

「是胃痙攣吧，是不是？」媽媽隔著門問。

「對。」他把門微微打開，伸手去拿藥瓶。

「你總可以讓我進去吧，」媽媽說。一股奇異而狂亂的心情把她往前推；她不會讓人就這麼打發的，她走進了房裡；她第一眼瞥見的，就是椅子上丟著一件胸罩還有幾件女人的貼身衣物；接著她看見紅髮女孩，她蜷縮在毯子裡，臉色發白，彷彿身體真的不太舒服。

現在，媽媽也不能往後退了；她坐在她的身旁說：「您怎麼了？我一回到家就聽到您在呻吟，我可憐的小女孩……」她在一顆方糖上滴了二十滴藥水：「不過這個我有經驗，痙攣，您把這個吃下去，一下子就好了……」她把那顆方糖拿到紅髮女孩的唇邊，紅髮女孩乖乖地把嘴巴張開，往那顆糖迎了過去，就和片刻之前她把雙唇迎向雅羅米爾一個模樣。

母親在充滿怒氣的恍惚之中闖進兒子的房間，可是現在，她只剩下恍惚：她望著這張小嘴溫柔地開著，她的心裡突然有一股可怕的衝動，想要把那條蓋在紅髮女孩身上的毯子扯下來，讓她在她面前一絲不掛；她想要打破紅髮女孩和雅羅米爾在這個封閉的小世界裡建立的親密關係；她想要碰觸雅羅米爾碰觸的；她想要宣告雅羅米爾是她的；她想要占據他；她想要把這兩具身體抱在她虛無縹緲的懷裡；她想要溜到他們幾乎遮掩不住的裸體中間（雅羅米爾平常穿在長褲裡的運動短褲此刻攤在地板上，這可沒逃過她的眼睛）；她想要溜到他們中間，蠻橫無禮卻又一派無辜，彷彿真是為了紅髮女孩的胃痙攣；她想要和他們在一起，就像她從前讓雅羅米爾吸吮她裸露的乳房那樣；她想要架起這座曖昧無辜的天橋，進入他們的遊戲和愛撫；她想要像一片天，圍繞著他們赤裸的身體，與他們同在……

後來，她對自己心裡的激盪感到害怕。她建議紅髮女孩深呼吸，然後就趕緊回到自己的房間去了。

7

一輛車門緊閉的小巴士停在保安局大樓的門口，詩人們在那兒等著司機。其中有兩個是警方的人，是負責主辦這場辯論晚會的，當然，雅羅米爾也在裡面；他一眼就認出其中的幾個詩人（譬如，那個六十來歲的老詩人，不久前才在大學的集會活動裡讀了一首關於青春的詩），但是他沒有勇氣跟任何人攀談。他的擔憂已經稍稍平靜些了，因為幾天前，那本文學雜誌終於登了五首他的詩；他在其中看到的是，自己的詩人稱號得到正式授權肯定；為了不時之需，他把這本雜誌放在外套裡面的口袋，結果他的胸部一邊是男性的，是平的，另一邊是女性的，是隆起的。

司機來了，詩人們（包括雅羅米爾一共是十一個）上了巴士。車子開了一個小時，小巴士在一片度假的怡人風景裡停下來，詩人們下了車，兩位主辦人告訴大家，那兒有一條河，有個花園，有一棟別墅，又帶他們去參觀講堂和大廳，待會兒那場莊嚴的晚會就要在這裡舉行，他們還要詩人們一定要去看一眼實習警察的寢室，每個房間有三張床（實習警察嚇了一跳，立刻放下手邊的事，在詩人面前立正站好，他們的表現和督察來巡視寢室內務的時候一模一樣），最後詩人們被帶到主任的辦公室。一份份的三明治在那兒等著他們，還有兩瓶葡萄酒，加上穿著制服的主任，這些好像都還不夠，一旁還有個美麗非凡的年輕女人。他們一一和主任握手，咕咕噥噥地報了自己的名字之後，主任介紹了這個年輕女人：「這位是我們電影社的指導員。」接著他向十一位詩人（他們一一和年輕女人握了手）解釋說，人民警察有自己的社團，他們從事大量的文化活動；他們有一個業餘的劇團，一個業餘的合唱團，他們剛剛成立了電影社，而這位年輕的女士就是指導員，她是高等電影學院的學生，她很有心，願意幫助年輕的警察們；總之，他們在這裡有最佳的條件：一架很棒的攝影機，各式各樣的聚光燈，最重要的是有一些熱情的年輕人——儘管主任也說不清他們究竟是對電影的興趣多一些，還是對指導員的興趣多一些。

這位年輕的女導演和所有的詩人握過手之後，對兩個站在幾架大型聚光燈旁邊的年輕小夥子做了一個手勢；詩人們和主任就在一道強光下嚼著他們的三明治了。主任很努力地想讓他們的談話盡可能自然，但是卻一直被那個年輕女人的命令給打斷，之後是聚光燈移動的聲音，接著是攝影機嗡嗡嗡的馬達聲。後來主任感謝詩人們光臨，他看了看手錶說，觀眾們已經迫不及待了。

「好吧，詩人同志們，請就位。」其中一個主辦人這麼說，他讀了紙上的名單；詩人們排成一列，主辦人對他們打了個信號，他們就登上了講台；台上有一張長桌，每個詩人有一張椅子，座位上有一塊牌子寫著他們的名字。詩人們在椅子上坐了下來，大廳裡座無虛席，掌聲迴盪。

這是雅羅米爾第一次這樣列隊行進，讓群眾看著他；他滿腦子陶醉的感覺，直到晚會結束。而且，一切都太成功了；詩人們依安排就座後，其中一個主辦人走到長桌盡頭的一張小課桌邊，向詩人們致歡迎辭，並且介紹他們。他每念出一個名字，詩人就起身，向台下致意，然後是全場鼓掌。雅羅米爾也起身，也致了意，全場的掌聲讓他愣在那裡，一時沒注意到他的老同學就坐在第一排，還在對他揮手；後來他也對他揮了揮手，這個在講台上，在眾目睽睽之下完成的手勢，讓他感受到自然而然做出矯揉造作的動作有多麼迷人，所以一整個晚上，他對他的老同學做了好幾次手勢，彷彿他在台上是那麼怡然自得，像是回到自己的家。

詩人們依照姓氏的字母排序就座，雅羅米爾排在那位六十來歲的老詩人旁邊。「我親愛的朋友，真沒想到，我完全沒想到那就是您！我最近才在一本期刊上看到您的詩！」雅羅米爾很有禮貌地露出微笑，老詩人繼續說：「我記得您的名字，那些詩句太棒了，帶給我極大的喜悅！」可是，這一刻，主辦人說話了，他邀請詩人們依照字母順序到麥克風前，一一朗誦他們最新的幾首詩。

所以，詩人們到麥克風前朗誦，接受掌聲，然後回到他們的座位。雅羅米爾不安地等著輪到他講話；他怕自己說話會結巴，他怕自己不知該如何恰如其分地掌握語調，他什麼都怕；但是他接著就起身了，他像是被眩惑了；他甚至沒有時間去想。他開始讀詩，從最初的幾行詩開始，他就對自己有了信心。結果，隨著他第一首詩而來的掌聲是目前為止在大廳裡持續最久的。

掌聲讓雅羅米爾的膽子變大了，他讀第二首詩比讀第一首的時候更有自信，兩盞聚光燈照亮他的四周，光線淹沒了他，攝影機在十公尺遠的地方嗡嗡作響，他一點也不覺得不自在。他假裝什麼也沒察覺，他毫不猶豫地朗誦著，甚至還可以從那寫著詩句的紙張上抬起眼，不只望著大廳模糊的空間，還看著明確的一個點（距離攝影機數步之遙的地方），那個漂亮的女導演就站在那裡。後來掌聲沒停，雅羅米爾又讀了另外兩首詩，他聽到攝影機嗡嗡作響，他看見女導演美麗的臉龐；後來他向台下致意，回到他的位子；這時候，老詩人從椅子上起身，莊嚴地把頭仰起，展開雙臂，然後再搭到雅羅米爾的肩上：「我的朋友，您是個詩人，您是個詩人！」而由於掌聲還是沒停，他自己也轉身面向觀眾席，舉起手，並且欠身致意。

第十一個詩人朗誦完他的詩之後，主辦人又走上講台，感謝所有的詩人，並且宣布在休息片刻之後，有興趣的人可以回到大廳和詩人們討論。「討論會不是強迫的；我們只邀請有興趣的人來參加。」

雅羅米爾很陶醉；所有人都來和他握手，並且圍繞在他身邊；其中一個詩人自稱是一家出版社的審稿人，他很驚訝雅羅米爾竟然從來沒有出版過詩集，他向雅羅米爾邀了稿；另一個詩人則邀請雅羅米爾參加學生會主辦的聚會；當然，門房的兒子也跑來他身邊，之後就片刻不離了，他要讓所有人明明白白地看到，他們可是從小就認識的；後來主任自己也跑過來了，他說：「我有一種感覺，今天勝利的光榮屬於最年輕的詩人！」

接著，他轉身向其他詩人宣布，他非常遺憾不能參加討論會，因為他得去參加學校的實習警察們舉辦的舞會，詩歌朗誦結束後，舞會馬上就要在隔壁的講堂開始了。附近幾個村莊有很多年輕女孩都藉這個機會來了，因為警察局的男人都是出了名的唐璜，他一邊說一邊露出貪婪的微笑：「好吧，同志們，謝謝你們朗誦的好詩，希望這不是我們最後一次見到你們！」他和詩人們握了手，然後走去隔壁的講堂，那裡已經傳來銅管樂隊的樂聲，像是要邀請人去跳舞了。

在這間剛剛還迴盪著熱鬧掌聲的大廳裡，一小群興奮的詩人這會兒又孤孤單單地聚在講台下了；其中一個主辦人走上講台宣布：「親愛的同志們，休息時間結束了，我要再一次請我們的來賓上來講話。想要和詩人同志們一起參加討論會的請坐下。」

詩人們再次坐回他們在講台上的位子，大廳空盪盪的，十來個人走過來坐在台下，就在他們前方，在大廳第一排的位子：這些人包括門房的兒子，陪詩人搭小巴士過來的兩個主辦人，一個裝木腿拄枴杖的老先生，加上另外幾個不那麼顯眼的人，還有兩個女人——其中一個約莫五十歲，應該是個打字員，另外一個就是剛剛拍完影片的女導演，現在她睜著兩隻平靜的大眼睛盯著詩人們；一個美女出現在這個大廳裡，格外引人矚目，尤其隔牆傳來的銅管樂聲越來越響亮，越來越誘人，舞會也越來越喧嘩。

這兩排人面對面坐著，人數大致相當，讓人想到兩個足球隊；雅羅米爾心想，此刻的靜默是對決前的靜默；而由於這靜默已經持續了差不多三十秒，他估計詩人隊一開場就失掉好幾分了。

但是雅羅米爾低估了他的隊員；他們當中有好幾個，一年參加的公開討論會就有上百場，這幾乎已經是他們的主要活動，是他們的專業，是他們的技藝了。讓我們回憶一下這個歷史細節：那時正是討論與集會的年代；五花八門的機構、社團、黨的委員會還有青年團，主辦了各式晚會邀請各門各派的畫家、詩人、天文學家或經濟學家來參加；之後，這些晚會的主辦人都會因為這些活動而被人在功勞簿記上一筆，因為那個年代要求的是革命的活動，既然革命的活動不能在街壘上進行，那麼當然就得在集會和討論之中大放異彩了。而這各門各派的畫家、詩人、天文學家或經濟學家也很願意參加這種晚會，因為這麼一來他們就可以表現出他們不是眼界狹隘的專家，而是有革命精神的專家，他們和人民是相連相繫的。

所以詩人們很清楚聽眾會問什麼問題，他們很清楚，由於或然率的統計結果有一種令人驚愕的規律性，所以這些問題會一再重複。他們知道，一定有人會問他們：同志，您是如何開始寫作的？他們知道，另一個人會問道：您寫第一首詩的時候是幾歲？他們知道，也會有人問他們：您最喜歡哪一個作家？再過一會兒，一定會有聽眾很想宣揚他的馬克思文化，他會提出這樣的問題：同志，你會怎麼定義社會主義的寫實主義？他們也知道，除了問題之外，有人會提出一些義正辭嚴的提醒，他們會請詩人們多寫以下這些主題的詩：（一）關於主辦今天這場討論會的警察，（二）關於年輕人，（三）關於資本主義年代生活的艱困，（四）關於愛情。

所以最初那半分鐘的靜默根本不是什麼尷尬的結果，而是詩人們太清楚這套公式，所以不當一回事，或者只是沒有協調好，因為這些詩人從來沒有用這種隊形登過場，所以每一個人都想把踢第一球的特權讓給別人。最後是那個六十來歲的老詩人開口說話了。他悠然自得地用誇張的語氣做了十分鐘的即興演講，然後邀請對面那一排人隨意提問。於是詩人們終於可以在一場臨時成軍的團體比賽中施展他們的辯才和熟練的技巧，從此刻開始，他們的表現無懈可擊：他們知道如何輪番上陣，如何以適當的言詞互補，如何迅速交替運用一個認真的答案和一則有趣的小故事。很顯然，所有重要的問題都問了，所有重要的答覆也給了（有誰聽到這位老詩人的話會覺得無聊？有人問他第一首詩是什麼時候、怎麼寫成的，他解釋說，要是沒有他那隻叫做「咪楚」的小母貓，他是永遠不會成為詩人的，因為是牠在他五歲的時候啟發他寫了第一首詩；之後，他朗誦了這首詩，而由於對面那一排人不知道這究竟是認真還是在開玩笑，老詩人連忙率先笑出來，接著，所有人都笑了，詩人和聽眾們都開懷地笑了好久）。

當然，義正辭嚴的提醒也少不了。站起來滔滔不絕的正是門房的兒子。是的，詩歌之夜是很成功，所有的詩也都是一流的，但是有沒有人想過，在我們聽到的這三十三首詩當中（如果我們算每個詩人差不多都朗讀三首的話），竟然沒有一首詩的主題或多或少跟國家保安局的團隊有關？可是，難道我們可以說保安局在我們的國民生活裡所占據的位子連三十三分之一都不如嗎？

接下來，那個五十來歲的婦人也站起來說話了，她說她完全同意雅羅米爾的同學所說的，但是她的問題完全不同：為什麼現在和愛情有關的詩這麼少？聽眾之間傳來一陣竊笑，婦人繼續說：就算在社會主義的體制下，人們還是會相愛，會想要讀一些和愛情有關的東西啊。

老詩人站了起來，仰起頭說，這位女同志說得一點也沒錯。難道在社會主義的體制下，我們得因為愛情而臉紅嗎？這難道是什麼壞事嗎？這位先生有點年紀了，但是他說夏天女人的薄洋裝會讓人忍不住揣想衣服底下年輕誘人的身體，他說他會情不自禁地看得目不轉睛，他承認他會這樣，並不覺得可恥。從十一位質詢者的那一排傳來心領神會的猥褻笑聲，老詩人受到鼓勵，繼續說了下去：他該送給這些年輕漂亮的女人什麼東西？是不是要送她們一把鐵鎚和一束蘆筍？他邀請她們來家裡的時候，應該在花瓶裡插一把鐮刀嗎？當然不是，他會送她們玫瑰；情詩就像是我們送給女人的玫瑰。

是的，是的，那個五十歲的婦人激動地表示她對老詩人的贊同，老詩人則從外套內裡的口袋掏出一張紙，開始朗誦一首長長的情詩。

是的，是的，太棒了，婦人讚不絕口，但是其中一位主辦人隨即站起來說，這些詩句當然很美，但是別忘了，就算是情詩，很顯而易見的，那也是社會主義詩人寫的。

為什麼這是顯而易見的？婦人問道，她還深深著迷於老詩人悲愴地仰起的那顆頭，還有那首詩。

這期間，其他詩人都講過話了，但是雅羅米爾一直沒有開口，他知道該輪到他說話了；他心裡想，時候到了；這個問題他已經想了很久；是的，從他常去找畫家的時候開始，他就在那裡乖乖聽畫家發表關於現代藝術與新世界的演說。唉！又是畫家透過雅羅米爾的嘴巴在發表意見了，從雅羅米爾的雙唇間跑出來的，又是畫家的聲音和話語了！

他說了什麼？他說愛情在舊社會是如此受到金錢、社會地位、偏見的扭曲，在現實生活裡，愛情永遠無法做自己，愛情只是它自己的影子。只有在新時代掃除了金錢的權力與偏見的影響力之後，才把人變成完整的人，把愛情變成前所未有的偉大愛情。所以社會主義的情詩表現的就是這種被解放的偉大感覺。

雅羅米爾很滿意自己說的，他看到女導演一雙黑色的大眼睛一直望著他；他心想，「偉大的愛情」、「被解放的感覺」這些字眼就像一艘帆船，從他的嘴巴航向這雙大眼睛的港灣。

但是他才說完，就有一個詩人露出嘲諷的微笑說：「你真的相信愛情的感覺在你的詩裡比在海涅[32]的詩裡更有力量嗎？或者雨果的愛情對你來說太不偉大了？馬哈或是聶魯達[33]作品裡的愛情也受到金錢和偏見的破壞嗎？」

真是天外飛來橫禍。雅羅米爾不知該如何回應；他紅了臉，他看見前面一雙黑色的大眼睛見證了他的潰敗。

婦人對於雅羅米爾的同行冷嘲熱諷的問題感到很滿意，她說：「同志，您希望怎樣改變愛情？直到時間的盡頭，愛情永遠都是一樣的。」

主辦人再一次介入了：「事情可不是這樣的，同志，肯定不是！」

「不，我的意思不是這樣，」詩人立刻說了。「我要說的是從前的情詩和現在的情詩之間的差別，重點不在於感覺的強度。」

「那麼，重點在哪裡？」五十來歲的婦人問道。

「嗯，是這樣的：從前的愛情，就連最偉大的愛情，都一直是一種逃逸的方式，一種逃避社會生活的方式，在當時是惹人反感的。相反的，對現在的人來說，愛情和他的社會責任、他的工作、他的戰鬥，和形成他整體的一切都是相連的。新的愛情之美就在這裡。」

對面那排人對於雅羅米爾的同行的論據露出讚許的表情，但是雅羅米爾卻不懷好意地笑了出來：「親愛的朋友，這種美一點也不新，難道在古典詩人的生活裡，他們的愛情和他們的社會戰鬥不是處在完美的和諧狀態嗎？雪萊著名的那首詩所描寫的那對戀人都是革命分子，他們一起死在火刑台上。難道這就是你所謂的那種與社會生活割離的愛情？」

最糟的是，雅羅米爾的同行的反應和片刻之前的雅羅米爾一樣，他也不知該如何回應相反的意見，這回換他答不出來了，可是這卻造成一種印象（一種讓人無法接受的印象）：過去和現在沒有差別，而新世界是不存在的。不僅如此，那個五十來歲的婦人又站起來了，她帶著一抹質問的微笑說：「那麼，請告訴我，從前的愛情和現在的愛情，不同的地方在哪裡？」

就在這決定性的一刻，就在所有人都走進死胡同的時候，那個裝木腿拄枴杖的男人說話了；這期間，雖然看得出他不耐煩，但他還是很專心地聽著這場辯論；現在，他站起來了，而且穩穩地靠在一張椅子上說話：「親愛的同志們，容我自我介紹，」他這麼說，而跟他同一排的人則立刻大叫著抗議說不必介紹了，大家都很認識他了。但是他打斷他們，他說：「我不是要向你們自我介紹，我是要向我們邀請來參加討論會的同志們自我介紹，」由於他知道詩人們不會知道他的名字，他簡短地向他們說了他的生平：他是這棟別墅的門房，他已經在這裡將近三十年了；從工業家科克瓦拉的時代他就已經在這裡了，這裡曾經是這位

32. 海涅（Heinrich Heine，一七九七—一八五六）：德國抒情詩人。

33.【法文版註】馬哈（Karel Hynek Mácha，一八一〇—一八三六）、聶魯達（Jan Neruda，一八三四—一八九一）：十九世紀捷克詩人。

工業家的夏季行館；大戰期間他也在這裡，那時候這位工業家被逮捕了，這棟別墅成了蓋世太保的度假中心；戰後，別墅被基督教政黨沒收充公，現在則是由警方進駐。「好了，根據我所經歷過的這一切，我可以說沒有一個政府比共產黨政府更照顧勞動者的。」很顯然，現在和任何時候一樣，事情從來就不是盡善盡美的：「在科克瓦拉的時代，在蓋世太保的時代，在基督教政黨的時代，巴士的停靠站一直都在別墅的對面。」是的，這很方便，他只要走個十來步就可以從巴士站走到他在別墅地下室的住處。但是現在巴士站竟然移到兩百公尺遠的地方！他已經極盡所能四處投訴了，結果怎麼做都完全沒用。「請告訴我為什麼，」他一邊說，一邊用枴杖敲打地面，「現在別墅是屬於勞動者的，巴士站有必要移到這麼遠的地方嗎？」

第一排的人們反駁（有點不耐煩又有點像在調笑）說是人家已經跟他解釋過一百遍了，巴士現在停靠在前一陣子蓋好的工廠前面。

裝木腿的男人回答說他很清楚，但是他提議讓巴士停靠在兩個地方。

第一排的人們回答他說，巴士兩百公尺就停一次是很蠢的事。

「蠢」這個字惹火了裝木腿的男人；他說沒有人可以用這種方式對他說話；他用枴杖敲打地面，滿臉脹得通紅。而且，他們說得不對，巴士本來就可以兩百公尺設一個站。他清楚得很，在其他巴士的路線上，站與站的距離就是這麼近。

其中一個主辦人站起來把捷克斯洛伐克國營公路運輸公司的法令逐字引述給裝木腿的男人聽（他這麼做應該已經不是第一次了），法令明確規定禁止在這麼短的距離內設站。

裝木腿的男人回答說，他提過一個折衷的辦法；或許可以在別墅和工廠的中間設一個站。但是人們告訴他，這麼一來，巴士站對工人和警察都會很遠。

這場討論持續了二十分鐘，詩人們想加入論戰也沒辦法；聽眾對於他們自己熟知的這個主題十分熱中，根本不讓詩人們說話。警察同事們一陣回擊之後，裝木腿的男人喪了氣，滿臉不悅地坐回椅子上，大廳重歸寧靜，但是立刻又被隔壁講堂逸出來的銅管樂聲入侵了。

接下來，有好長一段時間都沒有人說話，其中一個主辦人終於站起來感謝詩人們大駕光臨並且提供這麼有意思的討論會。老詩人起身代表客人們說，詩人在討論會上的收穫比聽眾的收穫更多（他還強調總是如此），該說謝謝的是他們。

隔壁講堂傳來唱歌的聲音，聽眾們圍著裝木腿的男人平撫他的怒氣，詩人們孤孤單單地待在那裡。過了一會兒，門房的兒子和兩個主辦人走過來，陪他們走去搭小巴士。

8

小巴士載著詩人們回布拉格，車上除了詩人之外，還有美麗的女導演。詩人們圍繞著她，每個人都極盡能事要引起她的注意。很不幸的，雅羅米爾的座位離她太遠，不能加入這個遊戲；他想起他的紅髮女孩，他萬分確定，紅髮女孩實在醜得無可救藥。

後來小巴士在布拉格市中心的某處停下，有幾個詩人決定要去酒吧再待一會兒。雅羅米爾和女導演也跟他們一起去了；他們坐了一張大圓桌，邊喝邊聊，離開酒吧的時候，女導演邀他們去她家。可是，剩下的詩人已經沒幾個了：雅羅米爾、老詩人，還有那個出版社的審稿人。這個年輕女人住在一棟現代的別墅裡，她分租了二樓一個漂亮的房間，眾人各自在扶手椅上坐下，又喝了起來。

老詩人對女導演施展著無可匹敵的熱情，他坐在她的身邊，盛讚她的美麗，讀詩給她聽，即興地為她的魅力吟詩頌讚，不時還跪在她的腳下執起她的手。出版社的審稿人對雅羅米爾的熱情也相去不遠；當然，他盛讚的不是雅羅米爾的美麗，他只是無數次地重複著：你是個詩人，你是個詩人！（讓我們順便留意一下這件事，當一個詩人說某人是詩人的時候，這跟我們說一個工程師是工程師或者說一個農夫是農夫，完全不是同一回事，因為農夫是耕地的人，而詩人並不是寫詩的人，而是——讓我們回憶一下這個字眼！——上帝的選民，他是被挑選來寫詩的，而且只有詩人才可以確信他在另一個詩人身上認出了上帝恩寵的痕跡，因為——讓我們回憶一下韓波的這封信——所有的詩人都是手足兄弟，只有兄弟才能在另一個兄弟身上認出家族的祕密記號。）

老詩人跪在女導演面前，不停摸著她的雙手，而女導演的目光卻不曾離開過雅羅米爾。雅羅米爾一下就發現了，他也被女導演迷住了，他的目光也一刻不曾離開她。這是個漂亮的矩形！老詩人凝望著女導演，審稿人凝望著雅羅米爾，雅羅米爾和女導演互相凝望。

這個目光的幾何圖形只中斷過一次，那時，審稿人挽著雅羅米爾的手臂把他拉到與這個房間相鄰的陽台上；他邀雅羅米爾和他一起對著圍欄下的院子撒尿。雅羅米爾很樂於從命，因為他希望審稿人不要忘記他承諾過要幫他出一本小詩集。

他們兩人回到房裡的時候，原本跪著的老詩人站了起來，說他該走了；他看得很清楚，年輕的女導演心裡渴望的不是他。然後他邀審稿人（比起老詩人，他就太不經心也太不體貼了）讓那渴望並且有資格獨處的兩位留下來獨處，因為就像老詩人所說的，他們是今晚的王子與公主。

審稿人終於明白是怎麼回事，準備要走，老詩人立刻挽著他的手臂拉他走向門口，雅羅米爾知道他將要留下來與這個年輕女人獨處，她坐在一張大扶手椅上，雙腿交叉，一頭散亂的褐髮，兩眼動也不動地盯著他……

兩個人即將成為情人，這故事如此永恆，讓人幾乎忘了故事發生的年代。講這種豔情的故事多麼愉快啊！如果可以把年代忘記，該是多麼甜美的事！我們生活的年代耗盡我們短暫生命中的氣力，要我們順從地去做些無用的工作，如果可以忘記歷史，該有多美好啊！

但是此刻，歷史的幽靈來敲門了，他走進了故事裡，他走進來的時候並沒有隱藏在祕密警察的外表之下，也沒有躲在驟然降臨的革命後頭；歷史並不是只會在生命戲劇性的高峰上行走，歷史也會像一股髒水，緩緩浸透日常的生活；歷史以一件男性內褲的樣貌走進我們的故事裡。

在雅羅米爾的國家，在我們所說的這個年代，優雅是一種政治錯誤；那時候人們穿的衣服非常醜（畢竟，戰爭才結束沒幾年，物資還很匱乏）；內衣的優雅在這個刻苦的年代根本就是一種罪惡的奢侈！男人們受不了那時候在店裡賣的這種醜內褲（寬寬大大的褲筒直落到膝蓋，下腹還有一個滑稽的開口），於是拿運動用的粗布短褲來代替，也就是人們穿去運動場或體育館的那種短褲。這是件怪事：在這個年代，波希米亞的男人都穿著足球選手的服裝上他們情人的床，像是去運動場一樣，可是從優雅的角度來看，這種事倒也不壞：運動短褲還有某種充滿活力的優雅，而且都是些開心的顏色——藍色、綠色、紅色、黃色。

雅羅米爾不管他衣服的事，因為母親會幫他打理；她幫他挑衣服，幫他挑內衣，她會注意不讓他著涼，她會注意他穿的內褲夠不夠暖。雅羅米爾衣櫃的抽屜裡擺了多少件內褲她一清二楚，她只要看一眼就知道雅羅米爾今天穿的是哪一件。只要她看見抽屜裡一件內褲也沒少，她就會生氣：她不喜歡雅羅米爾穿運動短褲，因為她認為運動短褲不是內褲，只有上體育館的時候才可以穿。雅羅米爾抗議說那些內褲很醜，她則是隱忍著怒氣回答說，他應該不會穿內褲給人看吧。所以去紅髮女孩家的時候，雅羅米爾不會忘記從衣櫃的抽屜裡拿一件內褲出來，藏在書桌的抽屜裡，然後偷偷穿上一件運動短褲。

只是，這一天，他不知道晚上會發生什麼事，他穿了一件醜得要命的內褲，又厚又破舊，灰灰髒髒的！

您會說事情只不過變得棘手了一點，譬如說，他可以把燈關上，人家就看不到了。唉，問題是房間裡有一盞玫瑰色燈罩的床頭燈，這盞燈亮著，像是等不及要照亮這對情人的愛撫，雅羅米爾無法想像他該說什麼才能讓女導演把燈關了。

或者，您或許會留意到，雅羅米爾其實可以把他那條醜內褲和長褲一起脫掉。只是，雅羅米爾根本沒想到內褲可以和長褲一起脫掉，因為他從來沒有這樣脫過衣服；一下子就脫得精光，這讓他感到害怕；他總是一點一點地脫，然後穿著他的運動短褲久久地愛撫紅髮女孩，直到他整個人都興奮了，才脫掉短褲。

所以他緊張得杵在那雙黑色大眼睛的前面，他宣布說他也該走了。

老詩人簡直要發脾氣了；他對他說他不應該冒犯女士，並且低聲向他描述他即將享有的樂事；但這些話只是讓雅羅米爾更確定他的內褲帶來的悲慘。他望著那雙絕美的黑眼睛，心都碎了，他往門口退去。

才走到街上，他就後悔了；他無法揮去這個絕色美女的影像。而老詩人也很讓他心煩（他們在電車站和審稿人告別，現在只剩下他們兩人走在黑暗的街道上），因為他不停地責怪他冒犯了年輕的女導演，他說他的所作所為十分愚蠢。

雅羅米爾告訴老詩人，他無意冒犯年輕的女導演，但是他愛他的女朋友，他的女朋友也愛他愛得發狂。

您很天真，老詩人說。您是詩人，您一輩子都是大情人，您跟另一個女人上床不會傷害您的女朋友的；生命短暫，機會一縱即逝啊。

這種話聽了真讓人痛苦。雅羅米爾回答老詩人說，在他看來，把我們所有的一切投入獨一無二的偉大愛情，比起一千個轉瞬即逝的愛情美好；在他女朋友的身上，他就擁有了所有的女人；他的女朋友千變萬化，他的愛無窮無盡，比起一個唐璜遇上一千零三個女人，他可以跟他的女朋友一起經歷更多意想之外的情愛冒險。

老詩人停下腳步；雅羅米爾的話顯然打動了他：「您或許是對的，」他說：「只不過我是個老人，我屬於舊世界。我得向您承認，雖然我結婚了，但是我瘋狂地想要代替您留在這個女人的家裡。」

雅羅米爾繼續發展他關於愛情要專一的偉大論調，老詩人仰起頭說：「啊，您或許是對的，我的朋友，我甚至該說您確實是對的。難道我沒有跟您一樣夢想過偉大的愛情嗎？一個獨一無二的愛情？像宇宙一樣無窮無盡的愛情？只是啊，我揮霍了這份愛，我的朋友，因為在這舊世界裡，在這個金錢與妓女的世界裡，偉大的愛情注定是要失敗的。」

他們兩人都醉了，老詩人的手臂攬著年輕詩人的肩膀，兩人一起在電車的軌道中央停下腳步。他把雙臂伸向天空大叫：「讓舊世界滅亡吧！偉大的愛情萬歲！」

雅羅米爾覺得這舉動很值得崇敬，很波希米亞，很詩意，於是兩人都熱情地叫了好久，在布拉格黑暗的街道上叫著：「讓舊世界滅亡吧！偉大的愛情萬歲！」

後來老詩人跪在雅羅米爾跟前的石板路上，吻他的手：「我的朋友，我向你的青春致意！

我的老年向你的青春致意，因為只有青春可以拯救世界！」沉默了一下之後，他用他的頭磨蹭雅羅米爾的膝頭，他用一種非常憂傷的聲音加上一句：「我要向你偉大的愛情致意。」

他們終於分手了，雅羅米爾也回到他的房裡。他自願放棄的這個美女的影像又出現在他的眼前。他被一股懲罰自己的欲望推動著，走去鏡子前面看自己。他脫掉長褲看自己穿著那條又醜又破舊的內褲；他帶著恨意，久久凝望自己滑稽的醜樣子。

後來他明白了，他帶著恨意的時候想的不是自己，他想的是母親；他的內衣都是母親幫他準備的，他得躲著她換上運動短褲，然後把內褲藏在書桌的抽屜裡，他想著母親，她知道他的每一只襪子和每一件襯衫。他帶著恨意想著母親，是她用一條長長的狗鍊拉著他，狗鍊盡頭的頸圈嵌在他的脖子上。

9

從那天晚上開始，他對紅髮女孩變得更冷酷了；當然，這種冷酷披著愛情莊嚴的外衣：怎麼，她不明白他此刻關心的是什麼事？怎麼，她不知道他現在的心情？難道對她來說，他陌生得讓她對他心底深處發生的變化毫無概念？如果她真的愛他——像他愛她一樣——至少她也應該猜到他心裡在想什麼啊！怎麼，她感興趣的事，他都不感興趣？怎麼，她總是對他說起她哥哥的事，還有另一個哥哥，還有一個姊姊，還有另一個姊姊？所以她並沒有感覺到雅羅米爾心事重重，需要她的關心，需要她的理解，而且雅羅米爾只會把她永恆的閒話家常當作是自我中心的表現？

當然，紅髮女孩要為自己辯護。為什麼她就不能這樣或那樣？譬如談她家裡的事？難道雅羅米爾都不談他家的事嗎？難道紅髮女孩的母親比雅羅米爾的母親差嗎？她提醒他（這是那天之後她第一次提起），他的母親闖進房間打斷了他們，還塞了一顆滴了藥的方糖到她的嘴裡。

雅羅米爾恨他的母親但是也愛她；在紅髮女孩的面前，他立刻替母親辯護：她想要照顧紅髮女孩，這樣也傷害到她了嗎？這只能說是她很喜歡紅髮女孩，把她當成了家裡的一分子！

紅髮女孩笑了出來：雅羅米爾的母親總不會笨到分不清做愛的呻吟和胃痙攣的哀鳴

吧！雅羅米爾火了，不說話了，紅髮女孩只好請他原諒。

有一天，他們在街上散步，紅髮女孩讓雅羅米爾挽著他的手臂，兩人都固執地閉口不語（當他們不互相責罵的時候，他們閉口不語，而當他們不悶著不說話的時候，他們就互相責罵），雅羅米爾突然瞥見兩個漂亮的女人朝他們走來。其中一個比較年輕，另一個年紀比較大；年輕的那個比較優雅也比較美，但是（雅羅米爾嚇了一大跳）那個年紀比較大的女人也很優雅，而且漂亮得令人驚訝。雅羅米爾認出這兩個女人：比較年輕的就是女導演，年紀比較大的是他母親。

他紅著臉跟他們打招呼。兩個女人也跟他打了招呼（媽媽開心得毫不掩飾），可是對雅羅米爾來說，被人看見他和這個不漂亮的女孩子在一起，簡直就跟女導演撞見他穿醜陋的內褲一樣。

回到家，他問媽媽是在哪兒認識女導演的。媽媽故意逗弄他說，她們認識已經有一段時間了。雅羅米爾繼續追問，媽媽卻始終避而不答；這就像男人問他的情婦一個私密的細節，可是情婦為了激起他的好奇心，遲遲不答；媽媽最後還是告訴了他，這個討人喜歡的女人是半個月前來找她的。她很欣賞雅羅米爾的詩，所以想拍一部關於雅羅米爾的短片；這是一部業餘製作的電影，國家保安局的電影社提供贊助，所以觀眾保證會很多。

「為什麼她來找妳？為什麼她不直接跟我說？」雅羅米爾覺得奇怪。

她不想打擾雅羅米爾，好像是這樣的，她也想從雅羅米爾的母親那裡盡可能知道更多有關他的事。而且，有誰會比母親更瞭解兒子呢？這個年輕的女人實在太善體人意了，她還請母親一起編寫劇本：是的，她們共同創作了一份關於年輕詩人的劇本。

「為什麼妳什麼都沒跟我說？」雅羅米爾問道，他出自本能地對於母親和女導演的結盟感到不快。

「我們是運氣不好才在街上遇見你。我們兩個本來打算要給你一個驚喜。有那麼一天，你回家的時候會發現一群拍電影的人，還有攝影機。」

雅羅米爾能怎麼樣？有一天，他回到家裡，他和這個年輕女人握了手，幾個星期前他還去過她家，此刻雖然他在長褲裡穿著一件紅色的運動短褲，但他還是覺得自己跟那天晚上一樣可憐。打從警察們舉辦詩歌之夜以後，他就沒有再穿過那些嚇人的內褲了，只是，他一出現在女導演的面前，就會有某個人演出這些內褲的角色：當他在街上遇見女導演和母親走在一起，他被人看見身上纏繞著女朋友的紅色頭髮，那簡直就是一條醜陋的內褲；而這一次，母親矯揉造作的語句和擠眉弄眼的閒扯取代了小丑般的內褲。

女導演宣布（沒有人問過雅羅米爾的意見）要開始拍攝紀錄片所需的材料了，童年的照片加上母親的評論，因為，就像這兩個女人順便告訴他的，整部影片的概念是一個母親在說她詩人兒子的事。他想要問媽媽會說些什麼，可是又害怕知道；他臉紅了。房間裡，除了雅羅米爾和兩個女人之外，還有三個男人帶著一台攝影機和兩架大型聚光燈；他覺得這些男人一直在看他，而且不懷好意地露出微笑；他不敢吭聲。

「您這些童年的照片實在太精彩了，我很想全部用上去。」女導演一邊翻著家庭相簿一邊說。

「這些相片拍得進去嗎？」媽媽一副行家的語氣問道，女導演向她保證沒什麼好擔心；然後她向雅羅米爾解釋說，影片的第一幕是這些相片的剪接，媽媽會就著這些相片講她的回憶，但是畫面上看不到她。接著，媽媽會出現，接下來才是詩人；詩人在他的老家，詩人正在寫東西，詩人在花園裡，在繁花之中，最後是詩人在大自然裡，他在這裡最愉快；那是他最喜歡的地方，在遼闊的風景裡，他將朗誦他的詩，而影片就結束在這樣的畫面。（「是嗎？這是我最喜歡的地方嗎？」他一臉頑固的神情問道；他這才知道原來他最喜歡的地方是布拉格城郊這片岩石矗立起伏的浪漫風景。「怎麼可能？我根本就討厭這個地方。」他如此反駁，可是沒有人把他的話當一回事。）

雅羅米爾討厭這個劇本，他說有些地方他還想自己改一改；他指出有不少東西都太老套了（把一歲小毛頭的照片拿給觀眾看未免太可笑了！）；他強調應該還有更有趣的問題值得一談；兩個女人問他有什麼想法，他答說他一時也說不清楚，但是他希望晚一點再拍這部片子。

無論如何他都希望影片可以延後開拍，但是他爭不過她們。媽媽摟著他的肩膀，對她褐髮的合作伙伴說：「您看！這就是我們家永遠不滿足的那個人！他從來就不會滿意的……」然後她低頭溫柔地對著雅羅米爾的臉說：「我說得對不對呀？」雅羅米爾不回答，媽媽又說了一次：「我說得對不對呀？你是我們家永遠不滿足的小朋友。媽媽說得沒錯吧！」

女導演說，不滿足是作者的美德，但是這一次作者不是雅羅米爾，而是她們兩人，她們已經準備好承擔一切風險了；雅羅米爾只要讓她們照著她們的意思去拍片就行了，就像她們讓雅羅米爾隨他高興去寫詩一樣。

媽媽補充說，雅羅米爾不應該害怕影片會對他造成傷害，因為媽媽和女導演兩個人都為了他盡心盡力在構思這部片子；媽媽說這話的聲音很迷人，實在很難說這迷人的樣子是要做給雅羅米爾看，還是她的新朋友。

總之，她表現出迷人的樣子。雅羅米爾從來沒見過她這樣；她甚至一早就去找美髮師，而且顯然還要人家幫她弄了一個年輕的髮型；她說話比平常大聲，沒事就笑，她用上了這輩子聽到的所有風趣的句子，她興味盎然地扮演女主人的角色，她給站在聚光燈旁的男人們端上咖啡。她對黑眼睛的女導演說話的時候，彷彿是相熟的朋友（藉此讓自己加入她的年齡層），她同時也摟著雅羅米爾的肩膀，一副溺愛的模樣，把他當成永遠不滿足的小朋友（藉此把他送回處男的年代，小男孩的年代，尿布的年代）。（啊，這場演出真是精彩，這對母子，他們面對面，把對方推開：媽媽把雅羅米爾推到尿布裡，雅羅米爾把媽媽推到墳墓裡，啊，這場演出真是精彩，這對母子……）

雅羅米爾認輸了；他知道這兩個女人像火車頭一樣衝出去了，他根本說不過她們；看到聚光燈和攝影機旁邊的三個男人，他心想，這群冷嘲熱諷的觀眾，只要他走錯一步，就會噓聲大作；所以他說話的聲音幾乎是微弱的，可是兩個女人回答他的聲音卻很大，觀眾們都聽得到，因為觀眾的存在對她們而言是有好處的，對雅羅米爾來說卻有壞處。所以他對她們說，算他輸了，他要走了；可是她們反對（她們始終表現出迷人的樣子），她們認為他應該留下來；她們說，如果他幫助她們工作，她們會很開心；所以他花了幾分鐘看攝影師拍攝相簿裡幾張不同的相片，然後就回到房間，假裝在讀書、寫作；他的腦子裡接連閃過一些混亂的念頭；他努力要在這個糟透的情況裡找出一點正面的東西，他想到，或許女導演是為了接近他才動念要拍這部片子的；他心想，他的母親只是個絆腳石，他得耐著性子繞過去；他努力讓自己冷靜下來，想一想如何利用這個可笑的拍片計畫，也就是說，如何彌補那一夜離開女導演房間的那件蠢事，如何平撫那次失敗給他內心帶來的波動；他努力克服自己的靦腆，不時跑去隔壁房間看看拍攝的進度如何，他想要藉此重溫——至少再重溫一次——那個凝望的眼神，那個在女導演家令他如此陶醉的眼神；可是這會兒，女導演根本無心理睬他，她完全投入工作，他們眼神交會的次數極少，時間極短；於是他不再嘗試，決定等拍片工作結束之後再去對女導演說要送她回家。

當那三個男人下樓去把攝影機和聚光燈搬上貨車的時候，雅羅米爾從房間走了出來。他聽見母親對女導演說：「來，我送妳回去，我們在路上還可以喝一杯。」

在這個下午的工作時間裡，在他把自己關在房裡的時候，這兩個女人已經熟到不再以「您」相稱了！他發現這件事的時候，感覺就像有人當面搶走了他的情人。他冷冷地和女導演說了再見，兩個女人出門之後，他也出門了，他氣沖沖地往紅髮女孩的公寓快步走去；她不在家；他在門口來回踱了半個小時，心情越來越沉，最後她終於出現了；紅髮女孩一臉愉快的驚喜，雅羅米爾則是一臉冷酷責怪的表情；怎麼會這樣，她為什麼不在家！怎麼會這樣，難道她沒有想到他應該會過來嗎！她去哪兒了，這麼晚才回家？

她才關上門，雅羅米爾就扯下她的連身裙；接著，他跟她做愛，他想像下面躺的是那個黑眼睛的女人；他聽見紅髮女孩的喘息，由於他看見的是一雙黑色的眼睛，他以為這些喘息聲屬於這雙眼睛，他實在太興奮了，一連和她做了好幾次愛，但是每次都持續不過幾秒鐘。對紅髮女孩來說，這和平常太不一樣了，她笑了出來；問題是這一天雅羅米爾對於嘲諷特別敏感，他並沒有感受到紅髮女孩笑聲之中寬容的善意；他被惹火了，甩了紅髮女孩兩個耳光；這對雅羅米爾來說，像是某種撫慰的藥膏；她哭，雅羅米爾打她；被我們打哭的女人流的眼淚，是救贖；那是為了我們而被釘在十字架上垂死的耶穌基督；有那麼一會兒，雅羅米爾因為紅髮女孩流淚的這一幕而覺得開心，接著他低頭看她的臉，安慰她，然後心情平靜地回家了。

兩天之後，拍攝工作繼續進行；貨車又來了，三個男人（這群帶著敵意的觀眾）從車上下來，他前天晚上在紅髮女孩那裡聽到她喘息的漂亮女導演也和他們一起下來；當然，媽媽也在，她變得越來越年輕，像一把樂器在那裡低鳴、雷鳴、大笑，這把樂器逸出了樂隊，自己在獨奏。

這一次，攝影機的鏡頭得直接對準雅羅米爾；鏡頭必須呈現他在自己熟悉的地方的樣子，在書桌前，在花園裡（因為雅羅米爾喜歡，似乎是這樣的，他喜歡花園，他喜歡花壇，他喜歡草地，他喜歡花）；鏡頭必須呈現他和母親在一起，別忘了，母親錄了一段關於雅羅米爾的長篇大論。女導演讓他們坐在花園裡的一張長椅上，她要求雅羅米爾和母親閒聊，還得一直維持自然的樣子；雅羅米爾光是學自然的樣子就學了一個小時，而媽媽則沒有一刻不是充滿活力；她隨時都說著些什麼（在影片裡，他們說的話我們一句也聽不見，他們無聲的對話搭配的是母親的評論），當她發現雅羅米爾的表情缺少笑容，她開始對他說，當他這種小孩的母親並不容易，他這麼害羞、孤僻又總是會怯場。

接下來他們上了貨車，來到布拉格城郊的這個浪漫角落，也就是雅羅米爾的母親確信她當初懷了他的地方。她這個女人太正經，從來不敢告訴任何人為什麼這片風景對她來說這麼可貴；她不想說，但是又很想說，所以她當著所有人的面，拐彎抹角地說，這片風景對她個人來說，一直是代表愛情的風景，尤其是肉慾的風景。「你們看那片土地的起伏多麼厲害，簡直就像一個女人，像女人的曲線，像母親的體型！再看看這些岩石，這一塊塊各踞一方矗立的岩石，多麼巨大！這片懸岩，陡峭，挺直，不是有某種男子氣概嗎？這不就是男人的風景和女人的風景嗎？這不就是一片情色的風景嗎？」

雅羅米爾很想發火；他想要對她們說，她們的片子很蠢；做為一個懂得什麼是好品味的男人，他的驕傲在體內反抗著；他應該可以搗搗蛋，或者至少可以逃走，就像當年在伏爾塔瓦河的浴場那樣，但是這一次，他不能這麼做；女導演黑色的眼睛在那裡，他在這雙眼睛之前完全無力；他害怕再次失去這雙眼睛；這雙眼睛堵住了他逃逸的路徑。

後來他被安排在一塊大石頭附近，他得杵在石頭前面朗誦他最喜歡的詩。媽媽興奮極了。她已經好久沒來這裡了！就是在這裡，她跟一個年輕的工程師做了愛，在一個星期天的早晨，那已經是多少年以前的事了，就是在這裡，就是她兒子現在站的這裡；彷彿她的兒子在這麼些年後，像一顆蘑菇那樣冒了出來；（啊，是的，彷彿孩子們就在父母親撒下種子的地方，像蘑菇那樣來到這個世界！）媽媽興奮極了，她看到這棵奇異的，這棵美麗的，這棵不可能的蘑菇用顫抖的聲音在朗誦詩句，說他想要死在火焰裡。

雅羅米爾覺得自己讀得非常糟，但是他也沒別的辦法；他不斷對自己說，他不會怯場，可是卻徒勞無功，前一次在警察別墅的那個晚上，他朗誦得那麼出色，那麼精彩，可是在這裡，他可沒辦法；杵在這塊荒謬的岩石前面，在這片荒謬的風景裡，他很慌張，不知道會不會有布拉格的人來這裡遛狗或是帶女朋友來散步（您瞧，他跟二十年前的媽媽有相同的恐懼！），他沒辦法集中精神，他說話的時候連發音都有困難，一點也不自然。

她們強迫他一連重複了幾次那首詩，但最後還是放棄了。「他總是怯場，」媽媽嘆了一口氣。「從高中開始就是這樣，每次要考試他就發抖；有多少次都得要我逼著送他去學校，就因為他會怯場！」

女導演說，到時候可以再找個演員幫他朗誦詩，重新配音，雅羅米爾只要站在岩石前面，張張嘴巴什麼都別說就行了。

雅羅米爾就這麼做了。

「哎喲！」女導演對他大吼，這次她已經失去耐性了。「嘴型得要對得上才行啊，就好像您在讀您的詩那樣，嘴巴不能亂張啊。到時候配音的演員是要跟著您嘴唇的動作來朗誦的！」

所以，雅羅米爾在岩石前面張著嘴（乖乖地，正確無誤地），攝影機終於發出嗡嗡的聲響。

10

前天，他穿著輕便的風衣在外頭對著攝影機，今天，他得穿上冬天的大衣，圍圍巾，戴帽子；下雪了。他們約好六點鐘在紅髮女孩家的門口，可是現在已經六點一刻了，紅髮女孩還沒回來。

遲到幾分鐘當然不是什麼大不了的事；可是受了這幾天的屈辱之後，雅羅米爾已經無法再忍受任何輕微的冒犯了；他在公寓門前來回踱步，街上到處都是人，每個人都看得出他在等一個不急著和他碰面的人，他的失敗就這樣公諸於世了。

他不敢看錶，他怕這個動作的象徵意義太大，會讓整條街上的眼睛都發現他像一個戀愛中的人，人家讓他在那兒徒勞地等；他輕輕拉起大衣的袖子，把袖口的一角塞在錶帶底下，這樣他就可以偷偷看那兩根指針了；他發現已經六點二十分了，他簡直要氣瘋了：怎麼會這樣，每次約會他都比約定的時間早到，而紅髮女孩，她比他笨又比他醜，為什麼每次都遲到？

她終於來了，她看見雅羅米爾鐵青著臉。他們走進房間，坐了下來，紅髮女孩開始道歉：她剛剛在一個女性朋友家，她說。這個說法真是糟得不能再糟。當然，或許她說什麼都沒用，更何況對雅羅米爾來說，一個女性朋友代表的正是微不足道的東西。雅羅米爾對紅髮女孩說，他很理解她和那些女性朋友一起做的消遣確實很重要；所以他建議她再回去那個朋友的家。

紅髮女孩知道事情這麼下去就糟了；於是她說她和那個朋友說的是很嚴肅的事；她的朋友快要和男朋友分手了；她好像很難過，一直哭，紅髮女孩想讓她平靜下來，所以一直陪到她不哭了才離開。

雅羅米爾說她讓朋友不再流淚是一件非常好的事。但是，如果雅羅米爾因為不想再看到有個女孩把她愚蠢朋友的愚蠢眼淚看得比他還重要，而決定跟她分手，到時候誰會來讓她不再流淚？

紅髮女孩意識到，事情越來越糟了；她對雅羅米爾說她很抱歉，她後悔了，請他原諒。

但是雅羅米爾的羞辱不會因為這一點歉意就感到飽足；他反駁說，道歉完全不會改變他確信的事：紅髮女孩所謂的愛並不是愛；不是，他說；紅髮女孩還沒辯解，他已經預先駁斥了，他說他不是因為小心眼才從這看似平常的小事得出這麼極端的結論；恰恰就是這些小細節顯露出紅髮女孩對雅羅米爾最深層的感覺；這種令人無法忍受的隨便，這種自然而然毫不在意的態度，她就是這麼對待雅羅米爾的，彷彿雅羅米爾就是她的一個女性朋友，是她店裡的一個顧客，是她在路上遇到的一個路人！她永遠不要再厚顏無恥地說她愛他了！她的愛不過是對於愛情的一個平庸的模仿！

紅髮女孩看到事情已經不可收拾了。她想要用一個吻打斷雅羅米爾充滿恨意的悲傷；他幾乎是粗魯地把她推開了；她順勢跪下去，把頭靠在雅羅米爾的肚子上：雅羅米爾遲疑了一下，然後把她拉起來，冷冷地要她別再碰他了。

恨意像酒精一樣衝上他的腦門，這恨意是美麗的，令他著迷；這恨意從紅髮女孩那兒反射回來，變成對雅羅米爾自己的傷害，事情越是如此，這恨意就越讓他著迷；這是一種自我毀滅的憤怒，因為他很清楚，他把紅髮女孩推開，就是把他在這世上擁有的唯一女人推開；他很清楚地感覺到，他的憤怒沒有道理，他這麼對待紅髮女孩也不公平；但是或許正因為他知道這一點，才讓他變得更冷酷，因為吸引他的正是深淵；孤獨的深淵，自我定罪的深淵；他知道沒有這個女朋友他是不會幸福的（他將是孤獨一人），他也不會原諒自己（他會意識到自己並不公平），但就算是知道這些，也一點都對抗不了隨著憤怒而來的這股輝煌壯麗的陶醉。他對他的女朋友宣稱，他剛才說的不只是剛才有效，而是永久有效：他永遠都不希望她的手再碰他。

這並不是紅髮女孩第一次看到雅羅米爾生氣、嫉妒；但是這一次，她在雅羅米爾的聲音裡發現一種近乎瘋狂的執拗；她感覺到雅羅米爾為了飽足那股莫名的憤怒，什麼事都做得出來。同樣的，幾乎在最後一刻，就在墜入深淵之前，她說：「我求求你，不要生氣。你不要生氣，是我騙了你，我沒有去那個朋友家。」

雅羅米爾被搞糊塗了：「那妳在哪裡？」

「你一定會生氣的，你不喜歡他，可是我沒辦法，我一定得去看他。」

「那妳到底在誰那裡？」

「在我哥哥那裡。來我家住過的那個哥哥。」

雅羅米爾很生氣：「妳一天到晚跟他攪和個什麼勁？」

「你別生氣，他對我一點也不重要，跟你比起來，他對我根本一點也不重要，可是你想一想，他好歹也是我哥哥啊，我們小時候一起生活了十五年。他要離開了，離開很久，我得跟他道別。」

這麼多愁善感地跟哥哥道別，雅羅米爾很反感：「妳哥哥要去哪兒？會讓妳覺得必須花這麼長的時間跟他道別，讓妳把其他事都忘了？他要出差一個星期？還是去鄉下過一個星期天？」

不是，他不是去鄉下也不是去出差，事情比這嚴重得多，她不能告訴雅羅米爾，因為她知道他一定會生氣。

「妳說妳愛我就是這樣？我不喜歡的事妳就瞞著我？妳要藏著一些祕密不告訴我？」

是的，紅髮女孩很清楚相愛就是要告訴對方一切；但是雅羅米爾應該明白她：她害怕，她就是害怕……

「到底有什麼事，會讓妳怕成這樣？妳哥哥要去哪裡，讓妳怕得不敢說？」

雅羅米爾真的猜不到嗎？他真的猜不到是怎麼回事嗎？

真的，雅羅米爾猜不到（而此刻，他的怒氣在好奇心後頭躡跚著步履）。

最後紅髮女孩還是說了：她的哥哥決定要用地下的、造假的、非法的手段越過邊界；明天他就在外國了。

什麼？她的哥哥想要離棄我們年輕的社會主義共和國？她的哥哥想要背叛革命？她的哥哥想要變成移民？她難道不知道移民是什麼意思？她難道不知道所有的移民都會自動變成

外國政府的情報人員，目的就是要消滅我們的國家？

紅髮女孩完全同意。她的本能告訴她，雅羅米爾要原諒她有一個叛國的哥哥比原諒她讓他等候十五分鐘容易得多。這就是為什麼她會說她完全贊同雅羅米爾的講法。

「妳說妳同意我的講法，這是什麼意思？妳當時得說服他呀！妳得留住他呀！」

是啊，她當時也試過要說服她的哥哥；她盡了一切力量要說服她的哥哥；現在，雅羅米爾應該知道她為什麼遲到了；現在，雅羅米爾應該可以原諒她了。

雅羅米爾對她說，他原諒她遲到這件事；但是他不能原諒她有一個哥哥要去外國：「妳哥哥在街壘的另一頭。他是我個人的敵人。如果戰爭爆發，妳哥哥會對我開槍，我也會對他開槍。妳明白嗎？」

「嗯，我明白。」紅髮女孩說，她向雅羅米爾保證，她會一直和他站在同一邊：永遠和他站在同一邊，不會和別人。

「妳還說妳站在我這邊？如果妳真的站在我這邊，妳根本不會讓妳哥哥離開！」

「我能怎麼樣呢？難道我有力氣拉住他嗎？」

「妳應該立刻來找我，我知道該怎麼做。但是妳沒這麼做，還說了謊！說什麼妳在妳朋友家！妳想要誤導我！妳還說妳站在我這邊。」

紅髮女孩向他發誓，她真的站在他這邊，而且不管發生什麼事，她都會站在他這邊。

「如果妳說的是真的，妳就應該打電話報警！」

警察，怎麼可能？她總不能向警察告發自己的哥哥吧！這種事畢竟不可能吧！

雅羅米爾無法忍受她的反駁，他說：「怎麼不可能？如果妳沒辦法報警，我可以自己來！」

紅髮女孩再一次強調，哥哥就是哥哥，她無法想像自己向警察告發他。

「所以，妳覺得妳哥哥比我重要囉？」

當然不是！但是也不能因為這樣就去告發她的哥哥啊。

「愛情要就是全部，不然就是全無。愛情不是全部的話，就什麼也不是。我呢，我在這一邊，而他在另一邊。妳呢，妳應該跟我在一起，而不是站在中間地帶，站在我們之間。妳如果跟我在一起，妳就應該做我做的事，想我要的東西。對我來說，革命的命運就是我個人的命運。如果有人做出反革命的事，就是反對我。如果我的敵人不是你的敵人，那妳就是我的敵人。」

不是，不是，她不是他的敵人；所有的事情，所有的一切，她都想和他在一起；她很清楚，是的，她也知道，愛情要就是全部，不然就是全無。

「是的，愛情要就是全部，不然就是全無。在真正的愛情面前，所有的一切都會失去光彩，其他東西都不算什麼了。」

是的，她絕對同意，是的，她心裡的感覺確實就是這樣。

「真正的愛情絕對聽不見世界上其他的東西在說什麼，這就是真正愛情的特徵。只是妳啊，妳總是在聽人們怎麼說，妳總是在關心其他人，這麼多的關心就是沒有我，妳是在踐踏我啊！」

怎麼會呢，當然不是這樣，她不想踐踏他，她只是怕對她的哥哥造成傷害，嚴重的傷害，她怕她的哥哥要為此付出非常嚴重的代價。

「那又怎麼樣？就算他付出嚴重的代價，那也是公平的。妳怕他，是不是？妳怕破壞跟他的關係？妳怕破壞跟妳家人的關係？妳知不知道我有多討厭妳那可怕的卑微，妳對愛情的無能為力？」

不是的，她不是對愛情無能為力；她用她全部的力量在愛他。

「是的，妳是用妳全部的力量在愛我，」雅羅米爾痛苦地說：「但是妳沒有力量愛人！妳對愛情絕對是無能為力的！」

再一次，她發誓說這不是真的。

「如果沒有我，妳活得下去嗎？」

她發誓說她活不下去。

「如果我死了，妳活得下去嗎？」

不行，不行，不行。

「如果我拋棄妳，妳活得下去嗎？」

不行，不行，不行。她一直搖頭。

雅羅米爾還能要求什麼？他的怒氣消了，只留下怒氣之後的一大團混亂；他們的死亡突然出現在身邊；如果有一天，他們其中一人被另一人拋棄，他們互相承諾一個溫柔的死亡，一個非常溫柔的死亡。雅羅米爾的聲音因為感傷而破碎，他說：「我也一樣，沒有妳，我也活不下去。」紅髮女孩反覆說著，沒有雅羅米爾她活不下去，他們兩人反覆地說著這個句子，他們反覆地說了好久好久，最後融化在一股巨大而模糊的魅惑之中；他們扯下對方的衣服，開始做愛；突然之間，雅羅米爾發現他的手被紅髮女孩臉上淌落的淚水濡濕了；這真是太美妙了；這是他從來沒有經歷過的事，竟然有個女人為了他，為了愛情而流淚；對他來說，當一個人不想自足於做為一個人而渴望跨越本性的極限時，眼淚正是可以把人溶解的物質；他覺得，透過眼淚的中介，人可以逃離他實質的天性，逃離他的極限，與遠方融合，成為巨大無垠的存在。這眼淚的濡濕讓他感動極了，他突然發現他也哭了；他們做愛，他們全身都濕了，臉也都濕了，他們做愛，而說得真確些，他們互相溶解，他們的體液混在一起，像兩條河的水匯流，他們做愛，他們流淚，此刻，他們存在這個世界之外，他們就像與地面分離的一片湖泊，向天際升起。

後來他們平靜地並肩躺著，還久久地、溫柔地愛撫著對方的臉；紅髮女孩的頭髮黏成一綹綹的怪樣子，臉紅紅的；她很醜，雅羅米爾想起他寫的詩，他寫到他想要飲下她的一切：她過去的戀情，她的醜樣子，她黏在一起的紅頭髮，還有她滿臉的雀斑；他反覆對她說他愛她，她也對他重複相同的句子。

由於雅羅米爾不想放下這絕對滿足的時刻，他著迷於兩人彼此對死亡的承諾，他又說了一次：「真的，沒有妳我活不下去，沒有妳我活不下去。」

「我也是，如果我沒有了你，我一定會非常悲傷。非常。」

他突然警覺到了什麼：「所以妳還是可以想像，妳沒有我還是活得下去囉？」

MILAN KUNDERA

紅髮女孩沒有猜到這些話的後頭藏著陷阱。「我會非常悲傷。」

「但是妳活得下去。」

「如果你離開我，我能怎麼樣？但是我會非常悲傷。」

雅羅米爾明白，是自己一廂情願。紅髮女孩並沒有以她的死亡對他做出承諾；她說沒有他會活不下去，那只是甜言蜜語，只是花言巧語，只是一種比喻。可憐的傻姑娘，她完全不知道雅羅米爾在想什麼；她向他承諾她的悲傷，可是他只知道絕對的標準，全部或者全無，活著或者死去。雅羅米爾用充滿嘲諷的語氣問她：「妳會悲傷多久？一天？還是一個星期？」

「一個星期？」她語帶苦澀地說：「怎麼可能，我的薩維秋，一個星期……比這久得多了，不可能的！」她靠在他身上，藉由身體的接觸告訴他，她的悲傷是不能以星期來計算的。

雅羅米爾心裡想：他的愛到底值什麼？值幾個星期的悲傷？好吧，那麼悲傷到底是什麼？一點點憂鬱，一點點頹喪。那麼一星期的悲傷算什麼？悲傷從來就不會是沒完沒了的。她會在白天的時候悲傷幾分鐘，晚上的時候悲傷幾分鐘；全部加起來一共幾分鐘？他的愛情值幾分鐘？他的愛情可以值幾分鐘的悲傷？

雅羅米爾想像他的死亡，想像他和紅髮女孩的生活，那是一段無關輕重，沒有變化的生活，冷冷地、愉快地矗立在他的死亡上頭。

他不想再重拾那燃燒著妒火的對話了；他聽見她的聲音在問他為什麼悲傷，他沒有回答；這溫柔的聲音是沒有撫慰作用的藥膏。

他站起來，穿上衣服；他甚至不再對她兇了；她繼續問他為什麼悲傷，他沒有回答，只是憂傷地撫摸她的臉，然後專注地看著她的眼睛對她說：「妳會自己去報警嗎？」

她以為他們美好的性愛已經完全平息了雅羅米爾對她哥哥的怒火；雅羅米爾突如其來地問這個問題，她不知該如何回答。

再一次（悲傷而冷靜地），雅羅米爾問道：「妳會自己去報警嗎？」

她嘟嘟囔囔地說了些什麼；她想要說服他打消這個念頭，但是又不敢直接說出來。然而，她嘟嘟囔囔閃閃躲躲的意思卻很清楚，所以雅羅米爾說了：「我想妳是不會去的了。好吧！這件事我自己來處理。」再一次（用同情、悲傷、失望的手勢），他撫摸她的臉。

她被搞糊塗了，不知道該說什麼。他們互相親吻之後，雅羅米爾走了。

第二天早上，雅羅米爾醒來的時候，媽媽已經出門了。一大早，他還在睡覺的時候，媽媽就在椅子上放了一件襯衫、一條領帶、一條長褲、一件外套，當然，還有一條內褲。這持續了二十年的習慣不可能中斷，雅羅米爾總是消極地接受這個習慣。但是這一天，他看到淺卡其色的內褲掛在椅子上，兩個長長的褲筒在那裡晃來晃去，還有下腹的開口（為了排尿方便的一個了不起的發明），一股莊嚴的憤怒油然而生。

是的，這天早上，他起床的感覺像是為了一個決定性的日子。他伸手拿起內褲檢視著；他帶著一股近乎愛情的恨意看著這條內褲；然後他把其中一個褲筒的一頭放在嘴裡，用牙齒緊緊咬住；他用右手抓住同一個褲筒用力扯；他聽到布裂開的聲音；接著他把撕裂的內褲丟在地上。他希望內褲一直在那兒，他要讓媽媽看見。

接著他穿上一條黃色的運動短褲，穿上為他準備好的襯衫、長褲，打上領帶，穿上外套，然後走出家門。

11

他把他的身分證交給門房（像其他人一樣，要進入一棟像國家保安局總部這麼重要的建築物，不論是誰都得這麼做），走上樓梯。看他走得可真有那麼回事，他像在丈量自己的每一步！他走路的樣子彷彿一生的命運都壓在肩頭；他往上走不只是要走上建築物更高的樓層，而是走上自己生命中更高的樓層，他會在那裡看到他不曾見過的景象。

一切都很順利；走進辦公室的時候，他看見老同學的臉，而且，那是朋友的臉；這張臉，露出驚喜的表情，用一抹幸福的微笑迎接他。

門房的兒子說很高興雅羅米爾來看他，雅羅米爾從心底感受到這份喜悅。他坐在門房的兒子拉過來的椅子上，他第一次在老同學的面前感覺到這像是一個男人面對另一個男人的場面；像是兩個勢均力敵的人面對面，像是一個硬漢面對一個硬漢。

他們閒聊了一陣，天南地北，像好朋友那樣閒聊，可是對雅羅米爾來說，這只是個有意思的開場，他心裡迫不及待地等著要拉起舞台的布幕。「我要讓你知道一件非常重要的事，」雅羅米爾用低沉的聲音說：「我認識一個傢伙準備潛逃到西方國家，他馬上就要走了。我們得想辦法才行。」

門房的兒子立刻警醒起來，向雅羅米爾提了好幾個問題。雅羅米爾很快、很清楚地回答了。

「這件事很嚴重，」門房的兒子接著說：「我自己沒辦法做決定。」

接著他帶雅羅米爾從一條長長的走廊走進另一間辦公室，他把雅羅米爾介紹給一個穿便服的男人，這男人看起來比較成熟，他介紹說雅羅米爾是他的朋友，這個穿便服的男人於是對雅羅米爾露出友善的微笑；他們叫了一個祕書來給雅羅米爾做筆錄；雅羅米爾把一切說得清清楚楚：他女朋友的姓名；她工作的地方在哪裡；她的年齡；他是在哪裡認識她的；她的家庭背景；她的父親、她的兄弟姊妹在哪裡工作；她何時告訴他說她的哥哥要去西方國家；她的哥哥是什麼樣的人；雅羅米爾還知道她哥哥什麼事。

雅羅米爾知道的事不少，因為他的女朋友經常跟他提起她的哥哥；也正因為她常提起他，所以他認為這件事應該非常嚴重，他沒有浪費任何時間，在事情還不算太遲以前，跑來把這件事告訴他的同志們——他並肩作戰的同志，他的朋友。因為他女朋友的哥哥仇視我們的政權；這實在很可悲！他女朋友的哥哥出身於一個非常貧窮、非常平庸的家庭，但是他曾經幫一個資產階級的政客當過一陣子司機，他的身體和靈魂都跟密謀反對我們政權的那些人在同一邊；是的，他萬分肯定，因為他的女朋友確確實實跟他描述過她哥哥的看法；這個傢伙是有可能對共產黨人開槍的；雅羅米爾很容易就可以想像，當他和那群移民的隊伍會合之後會做出什麼事；雅羅米爾知道，他心裡最想做的就是毀滅社會主義。

這三個男人以簡潔陽剛的語氣讓祕書把他們說的話記下來，比較年長的那個男人交代門房的兒子要立刻採取必要的行動。當他們兩人又回到辦公室的時候，門房的兒子感謝雅羅米爾提供的協助。他對他說，如果所有人民都像他一樣警覺，我們的社會主義祖國就所向無敵了。他還說，他很高興，希望這不會是他們最後一次見面。雅羅米爾應該不會不知道，我們的社會主義政權到處都有敵人，雅羅米爾在學校經常出入學生的場所，他或許也認識藝文界的一些人，是的，我們知道他們大部分都是正直的人，但是這些人當中說不定也有不少破壞分子。

雅羅米爾熱切地望著警察的臉；他覺得這張臉很英俊；臉上刻畫著深深的皺紋，見證他艱困而陽剛的生活。是的，雅羅米爾也很高興，希望這不會是他們最後一次見面。他一無所求；他知道自己該做什麼。

他們握了手，互相微笑。

雅羅米爾的靈魂在微笑（男人帶著皺紋的燦爛微笑），他走出警察的大樓。他從大台階走下去，看見早晨冰冷的太陽從城裡的屋頂上方升起。他吸了一口冷空氣，感覺到身體滿溢著男子氣概，這股男子氣概想要引吭高歌，這股男子氣概就要從所有的毛孔溢出來了。

一開始，他想要回家，坐在桌前寫詩。但是走了幾步，他又折回來；他不想一個人獨處。他覺得在剛才那一個小時的時間裡，他的輪廓變得堅毅，他的腳步變得堅定，他的聲音變得更低沉了，他想讓人看見這個變化。他去了學校，和所有人說話。當然，沒有人說他變得不一樣了，但是陽光繼續閃耀著，城裡的煙囪上方飄浮著一首還未寫就的詩。他回到家裡，關在他的小房間裡。他塗黑了好幾張紙，但是都不滿意。

於是他把筆放下，想要思考一下；他想到少年要變成男人的時候必須跨越的神祕門檻；他相信他知道這個門檻的名字；這個名字並不是愛情，這個門檻叫做「責任」。可是關於責任的詩很難寫，這麼嚴厲的字眼能燃起什麼想像呢？但是雅羅米爾知道，恰恰就是這個字眼所喚醒的想像力才是新的，前所未有的，令人驚訝的；因為他眼前看到的責任不是這個字眼舊有的意義（從外部指派、規定的責任），而是人自己創造的責任，自由選擇的責任，這責任是自願的，是人的膽識與光榮。

這個想法讓雅羅米爾充滿自豪，因為他如此勾畫自己的肖像，一幅全新的肖像。他再次渴望讓人看見他令人驚訝的改變，於是他跑去紅髮女孩的家。已經快要六點了，她應該早就回家了。可是房東太太跟他說，她還沒從店裡回來。半個小時前，有兩位先生已經來找過她了，她也是跟他們說她的房客還沒回來。

雅羅米爾有的是時間，他在紅髮女孩住的那條街上走來走去。過了一會兒，他留意到有兩位先生也在那兒走來走去；雅羅米爾心想，這應該就是房東太太說的那兩個人；接著，他看見紅髮女孩從另一邊走過來了。他不想讓她看見自己，他躲在一棟建築物外牆的大門後面，他看著他的女朋友快步走向她的公寓，然後消失在門後。接著他看見那兩位先生也走了進去。他感到有些懷疑，他站在他的觀察哨不敢動。約莫過了一分鐘，他們三人從公寓裡走了出來；這時他才注意到距離公寓幾步遠的地方停著一輛汽車。那兩位先生和紅髮女孩上車之後，車就開走了。

雅羅米爾意識到，那兩個人很有可能就是警察；但是那令他動彈不得的恐懼馬上和一種令人激動的震驚混成一團，因為他想到，他今天早上完成的事情是一個真實的行動，在這個行動的命令下，事情動了起來。

第二天，他跑去他女朋友的家，想要在她下班回家的時候給她一個驚喜。但是房東太太告訴他，紅髮女孩從那兩位先生把她帶走之後就沒有回來了。

他很激動。第二天早上，他立刻去了保安局。和前一次一樣，門房的兒子對他的態度非常友善。他握了他的手，用爽朗的微笑包圍他，雅羅米爾問他，他的女朋友還沒回家，到底發生了什麼事，他對他說不要擔心。「你告訴了我們一條非常重要的線索，我們要好好審問這些人。」他的微笑很有說服力。

再一次，雅羅米爾在充滿陽光的冰冷早晨走出這棟警察的大樓；再一次，他吸著冰冷的空氣，他感覺自己很偉大，身上充滿了命運。但是這和前天並不一樣。因為這一次，他是第一次想到，他的行動讓他走入了悲劇。

是的，他從大台階往下走的時候，心裡確實是這麼想的，一字不差：我走入了悲劇。他不斷聽到這個親切又帶著恐嚇意味的句子：我們要好好審問這些人。而這幾個字撩起了他的想像；他意識到他的女朋友現在落在幾個陌生男人的手裡，任他們宰割，她現在身陷危險，這一連幾天的審問可不是一件小事；他想起他的老同學提到那個褐髮的猶太人還有警察的苦差事的時候是怎麼說的。這些想法和這些畫面讓他的心裡填滿一種溫柔、芳香、高貴的東西，他覺得自己變偉大了，他覺得自己穿街過巷走路的樣子，像一座巡迴的悲傷紀念碑。

後來他心想，他現在明白了，為什麼他兩天前寫的詩句根本不算什麼。因為那時候，他還不知道他將完成什麼事。直到現在他才理解自己的行動，直到現在他才理解自己，理解自己的命運。兩天前，他還想寫關於責任的詩呢；但是現在他懂得更多了：責任的光榮誕生於愛情被砍下的頭顱。

雅羅米爾穿街過巷走著，他為自己的命運深深著迷。回到家的時候，他發現有一封信。如果您下星期可以在某日某時來我家參加一場小聚會，我會很高興，那天晚上您會遇到一些有意思的人。信末是女導演的署名。

雖然這封邀請函沒有承諾任何確定的事，但是依然給雅羅米爾帶來無比的喜悅，因為他從中看到他和女導演並不是完全沒有機會，他們的情史還沒有結束，遊戲將繼續進行。有一個模糊的怪念頭鑽進他的腦子裡：這封信送來的時候，恰恰是他明白自身悲劇處境的那一天，這是極具象徵意義的；他有一種混亂又激動的感覺，他覺得過去兩天所經歷的一切，是為了讓他有資格正視褐髮女導演光芒四射的美麗，是為了讓他可以像一個男子漢，帶著自信，無所畏懼地去參加她的社交晚會。

他感到前所未有的幸福。他感到滿腦子都是詩，他在桌前坐了下來。不，把愛情和責任對立起來是不公平的，他心裡想，這正是這個問題舊有的概念。愛情或是責任，深愛的女人或是革命，不，不，事情完全不是這樣。他之所以讓紅髮女孩身陷危險，這並不是說愛情對他來說不重要；因為，雅羅米爾想要的，正是要讓男人和女人可以在未來的世界比從前愛得更強烈。是的，事情就是這樣：雅羅米爾讓自己的女朋友身陷危險，為的恰恰就是這個理由——他對她的愛比其他男人對他們的女人的愛更多；他為的恰恰就是這個理由——他知道愛情和愛情未來的世界是什麼樣子。為了未來的世界犧牲一個具體存在的女人（紅髮，善良，細瘦，多話）當然是很可怕的一件事，但這應該是我們這個時代唯一配得上美麗詩句，唯一配得上偉大詩歌的悲劇！

所以，他坐在桌前寫著，然後他起身在房裡踱步，他心想，他寫的是他寫過最偉大的東西。

這是個令人陶醉的夜晚，比他所能想像的愛情夜都令人陶醉，這是一個令人陶醉的夜晚，儘管他是獨自一人在他童年的房間裡度過的；媽媽在隔壁的房間，雅羅米爾完全忘了他幾天之前還很討厭媽媽的事；她敲門問他在做什麼的時候，他甚至還溫柔地回答她，媽媽，他請她讓他安靜，集中精神，因為他說：「我今天寫的是我這輩子最偉大的詩。」媽媽露出微笑（那是母親的微笑，親切的，理解的），讓他靜靜地寫。

後來他到床上，心裡想著，這時候紅髮女孩的身邊圍繞著一些男人：警察、調查員、警衛；他們想要她做什麼都可以；她坐在桶子上排尿的時候，警衛也可以從門上的窺視孔看她。

他不太相信這種極端的可能性（她應該會被審問，過一陣子就會被放出來了），但是想像力卻克制不住：他不斷地想像紅髮女孩在牢房裡，一個陌生人看著她坐在桶子上，調查員扯掉她的衣服；但是有件事讓他很驚訝：儘管出現這麼多的畫面，他卻一點也沒感覺到嫉妒！

妳得成為我的人，如果我要，妳得四肢折裂，死在輪架上，詩人濟慈的呼喊穿越了幾個世紀的時空。為什麼雅羅米爾要嫉妒？紅髮女孩現在是他的，她從來不曾比現在更屬於他：她的命運是他創造的；是他的眼睛看著她坐在桶子上排尿；是他的手心在警衛的手裡碰觸著她；她因他而受害，她是他的創作品，她屬於他，屬於他，屬於他。

雅羅米爾沒有嫉妒；他進入了男人雄性的睡夢裡。

第六部

中年男人

1

我們故事的第一部差不多包含了雅羅米爾十五年的生命，但是第五部，也就是最長的一部，反而只有一年。所以，在這本書裡，時間流動的節奏與真實生命的節奏相反；它越來越慢。

原因是，在流動的時光裡，我們在雅羅米爾死去的地方架起一座瞭望台，從那裡看他。對我們來說，他的童年在遠方，我們分不清月月年年；我們看到他和他的母親從模糊的遠方一直向瞭望台走來，到了瞭望台附近，一切都清楚得像一幅古畫的前景，肉眼可以分辨樹上的每一片葉子，還有每一片葉子上細緻的葉脈。

一如您的生命是您選擇的職業和婚姻所決定的，這部小說也受限於我們在瞭望台的視野，從那裡，我們只看得到雅羅米爾和他的母親，而其他人物只有和兩位主角一起出現的時候才看得到。我們選擇了我們的瞭望台，一如您選擇了您的命運，我們的選擇都一樣是無可挽回的。

但是每個人都會覺得遺憾，因為他只能經歷自己獨一無二的存在，而不能經歷其他的生命；或許您也希望經歷一切非現實的潛在可能，希望經歷您所有可能的生命。（啊！那不可企及的薩維耶！）我們的小說就和您一樣，它也想要當其他的小說，當它原本有可能卻沒變成的那些小說。

這就是為什麼我們一直夢想著其他有可能卻沒造起來的瞭望台。假設我們把瞭望台設在別處，譬如說，在畫家的生命裡，在門房的兒子的生命裡，或是在紅髮女孩的生命裡。我們對於這些人的生命，究竟知道些什麼？不會比雅羅米爾這個笨蛋知道的多吧，而他其實從來就不知道任何人的任何事！如果這部小說寫的是門房的兒子這個被壓迫者的一生，那麼，他的詩人老同學只會像插曲式的人物在小說裡出現個一次或兩次！又或者如果我們寫的是畫家的故事，如果我們最後終於明白他對他的情人的想法（被他用墨水在肚子上畫畫的那個情人！），那麼小說又會是什麼模樣？

如果人無論如何都走不出他的生命，小說就自由多了。假設我們偷偷地、快速地把我們的瞭望台拆掉，移到別處，甚至只要移動一小段時間也行！譬如，移到雅羅米爾死後多年！譬如，移到今天，沒有人，沒有任何人記得雅羅米爾名字的今天（他的母親也在幾年前死了）……

2

啊，我的天哪，如果我們把瞭望台移到今天！如果我們去拜訪那十位和雅羅米爾在警察之家的晚會一起坐在講台上的詩人！他們那天晚上朗誦的詩現在在哪裡？沒有人，沒有任何人記得了；而詩人們自己也不想再記起這些詩了；因為他們想到這些詩就覺得可恥，現在他們想到都覺得可恥……

終究，這遙遠的年代還剩下什麼？今天，這遙遠的年代對所有人來說，就是政治審判、迫害、禁書、司法謀殺。但是我們經歷過那個年代，我們記得，我們得提出我們的見證：那不只是恐怖的年代，那也是抒情詩的年代！詩人與劊子手一起統治。牆，後頭囚禁著男人和女人，牆上滿滿都是詩句，牆的前面，我們在跳舞。啊，不，這不是死神之舞。在這裡，是天真在跳舞！帶著血腥微笑的天真。

這是劣詩的年代嗎？不盡然！小說家如果用盲目從眾的眼睛書寫這個年代，寫出來的都是注定失敗的作品。但是抒情詩人如果也用同樣盲目的方式歌頌這個年代，卻經常會在身後留下美麗的詩歌。因為，容我重複一次，在詩歌的魔法國度裡，一切被人肯定的事都會變成真理，只要背後有真實感受到的情感的力量。而詩人們如此狂熱地感受著他們的情感，直到頭頂冒煙，冒出一道彩虹，一道奇蹟般的彩虹跨過監獄的上空……

不要吧，不要把我們的瞭望台移到現在，因為我們對於描繪那個年代沒什麼興趣，也不想給它提供一面面新的鏡子。我們之所以選擇這個年代，並不是因為我們想描繪這個年代的圖像，而只是因為這個年代似乎是一個無與倫比的陷阱，這個陷阱是為韓波設下的，是為萊蒙托夫設下的，這是一個為詩歌與青春設下的無與倫比的陷阱。而小說不正是為主人翁設下的陷阱嗎？時代的圖像，見鬼去吧！我們感興趣的，就是寫詩的這個年輕人！

所以這個年輕人（也就是我們把他叫做雅羅米爾的這個人），我們永遠不能讓他完全脫離我們的視界。好的，讓我們離開我們的小說片刻吧，我們把瞭望台移到雅羅米爾的生命之外，架設在一個和雅羅米爾大異其趣的人物的思維裡（這個人物像是用另一種完全不同的麵糰捏出來的）。但是我們也不要離開雅羅米爾的死超過兩年或三年，這樣我們才能留在雅羅米爾還沒被所有人遺忘的年代。讓我們把小說的這一部造得像一座亭閣，矗立在一座小城堡的大花園裡：

這座亭閣距離小城堡的主樓幾十公尺遠，是一棟獨立的建築，小城堡沒有它也還是小城堡；但是這座亭閣的窗戶是開著的，所以在亭閣裡總是依稀聽得到小城堡裡的人聲。

3

這本小說的第六部，我們把它比擬為一座亭閣，它的故事發生在一個單間公寓裡：入門的前廳有一個壁櫥，公寓主人漫不經心地讓櫥門大開；浴室，裡頭的浴缸仔仔細細地擦得發亮；廚房，一些散亂的碗盤；還有臥房，裡頭有一張很大的沙發床，床前有一面大鏡子，四面牆都是書櫥；幾幅裝了玻璃框的版畫（模擬的都是一些古代畫作和雕像）；一張長桌加上兩把扶手椅；還有一扇窗戶對著院子，看得到外頭的煙囪和屋頂。

下午時分，單間公寓的主人剛回來；他從公事包拿出一件皺巴巴的藍色工作服，他把衣服吊進壁櫥；他走進臥房，把窗戶整個打開：那是一個陽光燦爛的春日，一陣涼爽的微風吹進房裡，他走進浴室，在浴缸裡放了滾燙的熱水，然後脫下衣服；他檢視著自己的身體，覺得很滿意；這個男人約莫四十歲，但是打從他開始從事雙手的勞動工作開始，他就覺得自己健康得不得了；他的腦子變得更輕盈，他的手臂變得更強壯了。

現在，他躺在浴缸裡，他在浴缸的邊上架了一塊板子，這麼一來，浴缸同時也可以當桌子用；他的面前攤著幾本書（他對古代作者有一種奇怪的偏好！），他在燙人的熱水裡暖他的身子，讀著書。

然後他聽到門鈴響了。一短聲，兩長聲，停了一下，又是一個短聲。

他不喜歡被不速之客打擾，所以他跟情人們和朋友們都約定了暗號，這樣他就可以依鈴聲認出訪客是誰。可是這暗號會是誰呢？

他心想自己老了，記憶力變得很差。

「等一下！」他喊了一聲。他走出浴缸，擦乾身子，不慌不忙地套上浴袍，走去開門。

4

一個穿著冬季大衣的年輕女孩等在門口。

他立刻認出她來，他驚訝得一時找不到話說。

「他們放了我。」她說。

「什麼時候？」

「今天早上就放了。我在等你下班。」

他幫她脫下大衣；那是一件栗色的大衣，又厚重又破舊；他用衣架把大衣撐好，再把衣架掛上衣帽架。中年男人對年輕女孩穿的連身裙印象很清晰；他記得她最後一次來看他，穿的就是這件連身裙和這件大衣。三年前的一個冬日突然闖進這個春日的午後。

年輕女孩看到房間依然如昔，她感到驚訝，畢竟從那天之後，她的生命裡有那麼多東西都改變了。「這裡，一切都跟從前一樣。」她說。

「是啊，一切都跟從前一樣。」中年男人表示同意，他讓她坐在她習慣坐的那張扶手椅上；然後他問了她一連串的問題：妳餓了吧？真的嗎？妳真的吃過了嗎？妳什麼時候吃的？妳離開這裡之後要去哪裡？妳要去妳父母家嗎？

她對他說，她得去她父母家，她剛剛已經到了車站，但是又遲疑了，於是就來了他家。

「等等，我穿一下衣服。」他說。他剛剛才發現自己只穿了一件浴袍；他走到前廳然後把門關上；開始換衣服之前，他拿起電話聽筒；他撥了一個號碼，電話那頭傳來一個女人的聲音，他道歉說，他今天沒時間過去了。

他和在房間裡等他的年輕女孩並沒有任何感情上的約束；但是，他不想讓她聽到他說的話，所以他壓低了聲音。他一邊說，一邊看著掛在衣架上的厚重栗色大衣，這件大衣讓前廳滿溢著悲哀的樂音。

5

他見到她的最後一次，約莫在三年前，他認識她也差不多有五年了。他有幾個比她漂亮得多的女朋友，可是這個小姑娘有一些可貴的特質：他認識她的時候，她才剛滿十七歲；她天生就是個有趣的人，在性愛方面很有天分，又很配合：她在他的眼裡讀到什麼訊息就會照著去做；才花一刻鐘她就明白了，在他面前不要談感情，而且只要他邀她（差不多一個月就一次吧），無須任何理由，那一天她就會乖乖地過來，也不會不請自來。

中年男人從不隱藏他有喜歡同性戀女人的傾向；有一天，兩人陶醉在性愛裡，年輕女孩在他耳邊輕聲說，她曾經在游泳池的更衣室裡撞見一個不認識的女人，還跟她做愛；中年男人很喜歡這個故事，後來他意識到這故事不合情理之處，他更因為年輕女孩討好他的用心而感動。而且年輕女孩不只編故事給他聽，她還很樂意把中年男人介紹給她的女性朋友們，她於是成為他不少性愛娛樂的主謀與策畫者。

她明白，中年男人不只不要求忠誠，當他的女伴有認真交往的對象時，他還覺得更放心。所以她一直以一種天真的方式，讓中年男人知道她從過去到現在的男朋友，中年男人很喜歡這樣，也從中得到很多樂趣。

現在，她坐在他面前的扶手椅上（中年男人穿上一條輕便的長褲和一件毛衣），她說：「我從監獄出來的時候，看到幾匹馬。」

6

「馬?什麼馬?」

她在清晨走出監獄大門的時候,遇到幾個馬術俱樂部的騎師。他們坐在馬鞍上,又直又挺,好像黏附在馬上,與馬結合成一個非人的巨大身體。年輕女孩在他們腳下,覺得自己貼在地面,小得微不足道。在她上方,馬的喘氣聲和人的笑聲從遠處迎向她;她整個人縮在牆邊。

「後來妳去了哪裡?」

她去了電車的終點站。天還很早,但是太陽已經很曬人了;她穿著一件厚重的大衣,路人的眼光令她害怕。她怕電車站會有很多人,她怕人們盯著她看。但是還好,電車站只有一個老婦人。很好;只有一個老婦人,這就像某種撫慰的藥膏。

「那妳立刻就想到要先來我這裡嗎?」

她該做的事是回家,回她父母家。她去了車站,在售票口排了隊,但是輪到她買票的時候,她卻跑走了。她想到家人就怕得發抖。接著,她又覺得肚子餓,於是她買了一截臘腸。她坐在一個小公園裡等了四個小時,等到中年男人下班回來。

「我很高興妳先來我這裡,這樣很好,妳會想到先來我這裡。」他說。

「妳記得嗎?」過了一會兒他又說:「妳說過妳永遠不會再來我這裡了。」

「我沒說過。」年輕女孩說。

他微笑著說：

「妳說過。」

「我沒有。」

7

她確實是說過。那一天，她來看他的時候，中年男人立刻打開他的小酒櫃；他正準備要倒兩杯干邑葡萄酒來喝，年輕女孩卻搖搖頭說：「不要，我什麼都不想喝。我以後不跟你喝酒了。」

中年男人吃了一驚，年輕女孩繼續說：「我以後不會再來你家了，我今天來，只是為了告訴你這件事。」

由於中年男人還是一臉吃驚的樣子，她於是告訴他，她真心愛她的男朋友，中年男人也很清楚他的存在，她不想再欺騙他了；她來是要請中年男人諒解，不要生她的氣。

儘管中年男人的情愛生活極為多采多姿，但是他在心底還是一個充滿田園詩情懷的人，他時時照看著他情愛冒險生涯的寧靜與秩序。當然，年輕女孩就像一顆忽明忽暗不起眼的星星，在他愛情的星空裡運行，但是就算只是一顆小星星，當她突然從她的位置上消失的時候，還是會打亂一個宇宙的和諧，讓人不舒服。

而且，他受傷了，因為他無法理解：他總是讓年輕女孩知道，他很高興她有這個愛她的男朋友；他還要她講她男朋友的事，並且給她建議，教她如何應付他。他覺得年輕女孩的這個男朋友很有意思，他甚至把他寫給年輕女孩的詩放在他的抽屜裡；這些詩他很反感，但是同時又覺得很有趣，就像他對周遭的具體世界既覺得有趣，又覺得反感，而他還是在浴缸熱水騰騰的蒸氣中觀察這個世界。

他打算以一種犬儒的善意照看這兩個戀人，可是年輕女孩突然的決定讓他覺得她不顧過去的情分。他沒辦法克制自己，不流露絲毫情緒，年輕女孩見他神情陰鬱，於是滔滔不絕地為自己的決定辯護：她發誓她愛她的男朋友，她想要對他誠實。

現在她坐在中年男人的對面（在同一張扶手椅上，穿著同樣的連身裙），她聲稱她從來沒有說過任何類似的話。

8

她並沒有說謊。她屬於那些獨特的靈魂，不懂得分辨實然與應然，而把內心的欲望與事實當成同一回事。她顯然記得她對中年男人說了些什麼；但是她也知道她當初不該這麼說，現在她拒絕讓一個真實的存在進入她的記憶。

但是，突然之間，她倒是清清楚楚地記起了這件事：這一天，她在中年男人家待晚了，比原先計畫的時間晚，她的約會遲了，她的男朋友氣得要命，她知道如果不找一個和他的怒氣相當的藉口，他是不會原諒她的。於是她編了一個故事，說她的哥哥準備潛逃到西方國家去，所以她在他那裡待了很久。她沒想到她的男朋友會逼她去揭發她的哥哥。

她還記得，第二天她一下班就跑去找中年男人想辦法；中年男人表現出理解和友善；他建議她堅持她的謊話，還要讓她的男朋友相信，經過一番戲劇性的爭吵之後，她的哥哥對她發誓，決定不去西方國家了。他仔仔細細地教她如何描繪她勸服哥哥不要潛逃到西方國家的爭吵畫面，他還教她要暗示她的男朋友，說是他無意中拯救了她的家，因為要是沒有他的影響和他的介入，他的哥哥說不定已經在邊界上被逮捕了，或者，誰知道呢，說不定已經死了，被邊界的衛兵打死了。

「那一天，妳跟妳男朋友後來是怎麼說的？」現在中年男人問她。

「我沒有跟他說到話。我才回到家他們就把我抓走了。他們在我家前面等我。」

「所以妳從那次之後都沒有跟他說到話囉？」

「沒有。」

「可是妳應該知道他後來怎麼了吧？」

「我不知道。」

「真的嗎，妳真的不知道？」中年男人很驚訝。

「我什麼都不知道。」

年輕女孩聳聳肩，一點也不好奇，彷彿什麼也不想知道。

「他死了，」中年男人說：「妳被逮捕之後沒多久他就死了。」

9

這事，她不知道；遠方傳來她男朋友悲愴的話語，他總喜歡以死亡的尺度來衡量愛情。

「他自殺了嗎？」她聲音輕柔地問道，她突然覺得願意原諒他了。

中年男人微笑了一下。「才不是，他就像普通人那樣生了病，然後死了。他的母親也搬家了。妳去他們家的那棟樓房也不會找到任何他們留下的痕跡，只有墓園裡一塊黑色的大紀念碑，看起來像個大作家的墳墓。他的母親在上頭刻了一句：某某詩人安息於此，名字下頭的墓誌銘是妳那時候帶給我看過的，就是他說要死在火焰裡的那首詩。」

他們沉默了；年輕女孩心想，她的男朋友並沒有自己結束生命，而是平平凡凡地死了；他的死依然是對她背過頭去的一種方式。她出獄的時候下定決心永遠不要再見到他，但是她沒想到，他已經不在了。如果他已經不在這個世界上，那麼帶給她三年牢獄生活的原因也消失了，這一切，都成了一場惡夢，一場沒有意義的鬧劇，一件不真實的事。

「好，」中年男人對她說：「我們來做晚餐吧，妳來幫我。」

10

他們兩人都在廚房裡切麵包；他們把一片片的火腿和臘腸鋪在塗了牛油的麵包上；他們用開罐器打開一個沙丁魚罐頭；他們找到一瓶葡萄酒；他們從餐具櫃裡拿出兩只玻璃杯。

她來中年男人家的時候，他們一向習慣這麼做。看到這個已經變成刻板動作的生命片段始終在那兒等著，沒有改變，也不會改變，讓人覺得很安慰，今天她可以毫無困難地走進這個生命片段；她想，這是她生命中最美好的部分了。

最美好？為什麼呢？

在她生命的這個部分裡，她是安全的。這個男人對她很好，向來一無所求；她對他沒有任何罪惡感和責任感；她在他身邊一直都是安全的，就像我們可以在生命範圍之外待上片刻的那種安全；她在這裡是安全的，就像在第一場戲之後，簾幕降下，幕間休息開始的時候，戲裡的人物感受到的那種安全；其他的人物也把他們的假面摘下來，無憂無慮地交談。

許久以來，中年男人一直覺得自己活在生命的戲劇之外：戰爭初期，他偷偷潛入英國去和他的妻子會合，他加入英國空軍參戰，他在倫敦的一次空襲中失去妻子；後來他回到布拉格，還是留在軍隊裡，約莫就在雅羅米爾決定去高等政治學院註冊的那個年頭，他的上級認為他在大戰期間和那些資本主義的英國人走得太近，對社會主義的軍隊來說實在不太保險，於是他來到一家工廠的工作間，轉身背對歷史，背對他戲劇性的演出，背對他自己的命運，只管他自己一個人的事，只管他私人的娛樂和他的書。

三年前，年輕女孩跑來和他道別，因為他提供給她的只是短暫的休息，而她男朋友承諾的卻是生命。現在，她坐在他的面前，嚼著火腿麵包，她喝著葡萄酒，她幸福無比，因為中年男人給了她一個幕間休息的機會，讓她感覺到有一種美好的寧靜在她身上綻放開來。

她突然覺得自在多了，於是打開了話匣子。

11

桌上只剩下殘留著麵包屑的空盤和半瓶酒，她說起監獄、同房的牢友和警衛（她說得很輕鬆，並不誇張），她像平常那樣在她覺得有趣的細節上逗留，這些細節一個接一個連成一條叨叨絮絮的河流，沒有邏輯，但是卻讓人著迷。

可是，她今天的閒談裡還是有些新的東西；從前，她的句子總是天真無邪、緩緩地走向事情的重點，但是今天，她說的話似乎只是個託詞，她想要藉此避開事情的實質內容。

但她要避開的究竟是什麼事？後來中年男人覺得自己猜到了，他問道：「妳哥哥後來怎麼了？」

「我不知道……」年輕女孩說。

「他們把他放了嗎？」

「沒有。」

中年男人終於明白為什麼年輕女孩從車站的售票口逃走，他終於明白她為什麼這麼怕回家；因為她不只是一個無辜的受害者，她也是造成她哥哥和整個家庭不幸的罪人；他無法想像，他們在審問的時候是怎麼讓她承認的，他也無法想像，她是如何自以為在迴避，卻陷入越來越可疑的新謊言之中。她要如何對父母親解釋，用一樁想像的罪行揭發哥哥的不是她，而是一個沒有人聽說過的年輕人，而且這個人甚至已經不在人世了。

年輕女孩沉默了，中年男人感到一股同情湧上心裡，最終淹沒了他：「今天妳別回父母家了。妳還有時間，妳得先好好想一想。妳願意的話，可以留在這裡。」

接著，他傾身把手放在她的臉上；他沒有撫摸她，只是溫柔地、久久地把手放在她的臉頰上。

這手勢傳達了這麼多的善意，眼淚不由得順著年輕女孩的臉頰流了下來。

12

自從他心愛的妻子死後，他就討厭女人的眼淚；眼淚令他害怕，就像他想到女人有可能把他變成她們生命戲劇裡的一個演員，這種害怕是一樣的；他在眼淚之中看到一隻隻舞動的觸角，想要束縛他，把他從那首與命運無關的田園牧歌之中拉出來；他厭惡眼淚。

所以他吃了一驚，因為他的手感覺到眼淚惹人厭的濡濕。但是接下來他更驚訝了，因為他發現這一次他無法抵抗眼淚的力量；他知道這其實不是愛情的淚水，這些淚水的對象不是他，這些淚水不是詭計，也不是要脅的手段，也不是在爭吵；他知道這些淚水只是想成為淚水，就是為了淚水本身而流，這些淚水從年輕女孩的眼裡流下，就像悲傷或歡樂從人的身上逸出來，沒有人看見。他沒有任何盾牌可以對抗這些淚水的純真；他被淚水感動，直到靈魂的最深處。

他心想，從他和年輕女孩認識以來，他們從來沒有傷害過對方；他們總是迎合對方；他們總是獻給對方短暫的美好時光，除此之外，他們一無所求；他們從來沒有為了任何事情責怪對方。在年輕女孩被逮捕後，他盡了一切努力設法營救她，想到這裡，他感到特別滿足。

他把她從扶手椅上拉起來。他用手指抹掉她臉上的淚水，溫柔地把她摟在臂彎裡。

13

此刻的窗外，遠方的某處，三年前，死亡在我們扔在一旁的故事裡不耐地踱步；死亡瘦骨嶙峋的身形已經登上亮晃晃的舞台，這身形把他的影子投射得那麼遠，年輕女孩和中年男人現在面對面站著的這個單間公寓也被這身影占據了。

他溫柔地圈著年輕女孩的身體，年輕女孩縮著，動也不動，縮在他的臂彎裡。

這是什麼意思？她這麼縮著身體？

這意謂著她把自己交給他了；她倚在他的臂彎裡，她想要繼續這樣。

但是這委身的動作並不是敞開自己！她倚在他的臂彎裡，封閉，不可侵犯；她的肩膀聳起，護著她的乳房，她的頭並沒有轉向中年男人的臉，而是低向自己的胸部；她看著他毛衣的暗影。她倚在他的臂彎裡，把自己關閉起來，封鎖起來，她躲在他的懷裡，彷彿躲在一個鋼鐵製的箱子裡。

14

他把她濡濕的臉抬起來，開始吻她。讓他這麼做的是他同情的心理，而不是肉慾，但是情境也擁有自己的規律，那是無法避免的：他一邊吻她，一邊試著用舌頭把她的雙唇頂開；徒勞無功；年輕女孩的嘴唇一直緊閉著。

但是，奇怪的是，他吻得越是失敗，他心裡同情的潮水就越洶湧，因為他知道他擁在臂彎裡的年輕女孩著魔了，她的靈魂已經被剝除了，經歷這樣的剝除之後，她只剩下一道血淋淋的傷口。

他感到臂彎裡的身體蒼白軟弱，瘦骨嶙峋，令人同情，但是同情心濕潤的潮水，加上即將低垂的夜幕推波助瀾，這股同情的潮水抹去了事物的輪廓和大小，剝去了事物的確切與物質性。就在此刻，他渴望她的肉體！

這完全是出乎意料的：他感覺到某種慾念卻沒有肉慾，他感覺到興奮卻沒有衝動！這或許是純粹的善意，經過某種質變，轉化成肉體的慾望！

但是，也或許正因為這肉慾出乎意料又令人不解，這慾望令他心蕩神馳。他開始貪婪地愛撫她的身體，動手解開她連身裙的釦子。

她抵抗著說：「不要，不要！拜託你，不要！不要！」

15

由於話語的力量不足以讓他停手，她逃開了，跑去躲在房間的角落。

「妳怎麼了？有什麼不對嗎？」他問道。

她緊緊靠著牆邊不說話。

他走近她，輕撫她的臉：「妳別怕我，妳不應該怕我的。告訴我妳怎麼了？妳發生了什麼事？有什麼不對嗎？」

她動也不動，閉著嘴，找不到她要說的話。她的眼前浮現了她看到從監獄門口走過的那些馬，這些高大壯碩的牲畜和那些騎師結合成雙身一體的傲慢生物。她在這些生物的腳下顯得那麼低下，和他們完美的野獸形貌完全無法相比，她很想和身邊的東西融為一體，譬如一棵樹或是一面牆，讓自己消失在它們遲鈍的物質性之中。

他繼續追問：「妳怎麼了？」

「可惜你不是個老女人或是老頭子，」她終於說話了。

接著她又加上一句：「我不應該來這裡的，因為你不是老女人也不是老頭子。」

16

他撫著她的臉，久久不發一語，後來（房間裡已經暗下來了），他請她幫忙鋪床；他們並肩躺在大沙發床上，他用安慰人的溫柔聲音和她說話，彷彿他已經多年不曾和人說話。

肉慾消失了，但是同情，深深的，不倦的，始終在那兒，而且需要一點光；中年男人點亮一盞床頭的小燈，看著年輕女孩。

她躺著，表情痛苦，凝望著天花板。她到底發生了什麼事？他們在那裡對她做了什麼？打了她？恐嚇她？折磨她？

他不知道。年輕女孩不說話，他輕撫她的頭髮，額頭，臉龐。

他輕撫著她，直到他覺得她的眼裡不再有恐懼。

他輕撫著她，直到年輕女孩閉上眼睛。

17

公寓的窗戶開著，春夜的微風飄進房裡；床頭燈熄了，中年男人躺著，不動，躺在年輕女孩的身邊，他聽著她不安的呼吸，看著她漸漸入睡，確定她睡著之後，他再一次輕撫她的手，柔柔地，他很高興可以在她悲傷的自由裡，在她新的年代裡，給了她第一個晚上的睡眠。

我們曾經把小說的這一部比擬為一座亭閣，它的窗戶也是一直開著的，小說的香氣和聲響不斷透進來——這部小說，在即將到達高潮之前被我們扔在一旁。您聽見死亡在遠方不耐地踱步嗎？就讓死亡等吧，我們還在這裡，在這個陌生人的單間公寓，躲在另一部小說之中，躲在另一段冒險裡。

在另一段冒險裡？不，我們在中年男人和年輕女孩的生命裡，他們的相遇毋寧是他們諸多冒險之中的一次幕間休息，而不是一段冒險。這次相遇並不會衍生任何後續事件，只是中年男人在年輕女孩展開一生的爭逐之前，給她的片刻休息。

我們的小說也一樣，這一部只是一個寧靜的休息，一個陌生的男人突然在這裡點燃了善意之燈。在這座亭閣（也就是小說的這一部）從我們的視界消失之前，就讓這盞燈在眼前再亮一會兒吧，這平靜的燈，這仁慈的光。

第七部　詩人死了

1

只有真正的詩人知道，在鏡子築成的詩歌之屋裡有多麼悲傷。鏡子後頭，遠方的槍聲大作，心迫不及待地想要離去。萊蒙托夫扣上軍服的鈕釦；拜倫把手槍放進床頭櫃的抽屜；渥爾克在他的詩句裡和群眾一起遊行；哈拉斯把他的辱罵變成詩；馬雅可夫斯基踐踏他的歌喉。精彩的戰鬥在一面面鏡子裡驚天動地。

但是請注意！詩人們一旦不小心跨越鏡屋的界限，就會面臨死亡，因為詩人不懂得開槍，他們一開槍，打中的也是自己的頭。

唉，您聽見他們的聲音了嗎？他們在前進！一匹馬在高加索山蜿蜒的小路上奔跑；騎士正是萊蒙托夫，他佩著一把手槍。這會兒，我們聽到的是煞車的聲音，一輛汽車一面前進一面發出吱吱嘎嘎的聲音！這一次，是普希金，他也佩了一把手槍，他也要去跟人決鬥！

那現在我們又聽到了什麼？一列電車；一列布拉格的電車，有氣無力又都是噪音；雅羅米爾在這列電車上，他從某個郊區要到另一個郊區；天很冷：他穿著暗色的西裝，打了領帶，還穿了一件大衣，戴一頂帽子。

2

有哪個詩人沒有夢想過自己的死亡？有哪個詩人沒有想像過死亡？啊！如果死是必然的，讓我與你同去，吾愛，就在火焰裡，化為光與熱……您以為這只是一個偶然的想像遊戲，刺激雅羅米爾去想像他在火焰裡的死亡嗎？完全不是；因為死亡是一個訊息；是死亡在說話；死亡行為有其自身的語義學，去瞭解一個人的死法以及為了何種因素而死，並不是沒有意義的。

一九四八年，揚・馬薩里克[34]眼見他的命運在歷史的硬殼上撞成碎片，他從布拉格一棟宮殿高樓的窗戶摔死在院子裡。三年之後，詩人康斯坦丁・比布爾[35]為他參與建造的新世界的面貌感到恐懼，匆匆地從五樓跳到同一個城市（墜窗之城）的馬路上，他要像伊卡洛斯[36]一樣為了塵世的因素而消逝，並且藉由死亡，提供一個畫面證明空氣與重力之間悲劇性的不和，證明夢與醒之間悲劇性的不和。

34. 揚・馬薩里克（Jan Masaryk，一八八六—一九四八）：前捷克斯洛伐克政治家，一九四一年起擔任外交部長，一九四八年共產黨二月革命後仍留任，數週後被發現死於臥房窗下的院子裡。
35. 康斯坦丁・比布爾（Konstantin Biebl，一八九八—一九五一）：捷克詩人。
36. 伊卡洛斯（Icarus）：希臘神話人物，以蠟製的翅膀逃離克里特島，因未聽父親誡告，飛離太陽太近，導致翅膀融化，墜海而亡。

約翰・胡斯[37]和喬丹諾・布魯諾[38]不能被繩子絞死，也不能上斷頭台；他們只能死在火刑的柴堆上。他們的生命也成了某個熾熱散發的訊號，變成一座燈塔的光芒，變成一支火炬，在遙遠的時空中閃閃發光。因為肉體是即生即逝的，而思想是永恆的，而在火焰中顫動的生命，就是思想的形象。揚・帕拉許[39]在雅羅米爾死後二十年，在布拉格的一個廣場上把汽油澆在自己身上，點了火，如果他選擇用溺水來結束生命，那麼他的吶喊就很難迴盪在國民的良知裡了。

相反的，我們無法想像奧菲利婭[40]在火焰裡，她只能在水裡結束她的生命，因為水的深度和人類靈魂的深度可以相融合；對於那些迷失在自我之中，迷失在愛情之中，迷失在感覺之中，迷失在錯亂之中，迷失在鏡子之中，迷失在苦惱之中的人來說，水是終結的元素；民歌裡未婚夫征戰未歸的年輕姑娘們就是投水溺死的；哈麗艾特・雪萊[41]就是投水的；保羅・策蘭[42]就是投塞納河自殺的。

3

他下了電車，往那棟覆滿白雪的別墅走去。他還記得那一夜，他匆匆溜走，留下孤單的美麗褐髮女孩。

他想起薩維耶：

起初，只有他，也就是雅羅米爾。

後來雅羅米爾創造了薩維耶，也就是他的分身，有了他，就有了他的另一種生活，充滿夢想也充滿冒險。

現在，時候到了，夢的狀態與醒的狀態之間，詩歌與生活之間，行動與思想之間的對立廢除了，薩維耶與雅羅米爾之間的對立也消失了。兩個人最後融合在一起，變成同一個生物。夢境之人變成行動之人，夢境的冒險變成生活的冒險。

37. 約翰・胡斯（Jean Hus，一三六九—一四一五）：捷克宗教家，路德教派的先驅，認為教會占有大量土地是一切罪惡的根源，主張改革教會，否認教皇擁有最高權力，後以異端罪名遭火刑。
38. 喬丹諾・布魯諾（Giordano Bruno，一五四八—一六〇〇）：義大利科學家，受哥白尼影響，開始質疑上帝創造世界的宗教觀，後以異端罪名遭火刑。
39. 揚・帕拉許（Jan Palach，一九四九—一九六九）：捷克學生，一九六九年一月抗議蘇聯入侵捷克，自焚身亡。
40. 奧菲利婭（Ophelia）：莎士比亞《哈姆雷特》中的主要人物。
41. 哈麗艾特・雪萊（Harriet Shelley，一七九五—一八一六）：詩人雪萊的第一任妻子。
42. 保羅・策蘭（Paul Celan，一九二〇—一九七〇）：奧地利詩人。

他走向別墅，他覺得過去的靦腆又冒出來了，而且喉嚨在發癢，讓他的靦腆變得更嚴重了（她的母親不想讓他出門參加聚會，他應該乖乖躺在床上休息）。

他在門前猶疑，他得回想最近經歷的那些偉大的日子，才能給自己一點勇氣。他想到紅髮女孩，他想到她接受的審問，他想到那些警察，想到他靠自己的力量和自己的意志推動的事件正在進行……

他對自己說：「我是薩維耶，我是薩維耶……」然後摁了門鈴。

4

這天晚上的聚會，來的人包括年輕的男女演員、年輕的作家和美術學校的學生；房東自己也特別參加了這個派對，還把別墅所有的房間都借給他們。女導演把雅羅米爾介紹給幾個人，把一杯酒放在他的手上，請他盡情享用一瓶瓶的酒，然後就把他丟下了。

雅羅米爾杵在那裡，樣子僵硬得可笑，他穿著他的晚宴西裝、白襯衫，還打了領帶；他的四周，所有人都穿得不太講究，輕鬆自然，有好幾個人只套了件毛衣。他坐在椅子上，兩腳蹬來蹬去，最後終於做了決定；他脫下外套，掛在椅背上，敞開襯衫的領口，把領帶拉低；然後，他覺得自在一點了。

每個人都刻意表現要引人注意，年輕的演員們舉手投足都像在舞台上，說話的聲音又大又造作，每個人都努力凸顯自己的風趣，或者讓自己的意見顯得有原創性。雅羅米爾也一樣，他已經喝乾了好幾杯葡萄酒，他一直試著要把頭浮出談話的水面；有句話他覺得風趣得不得了，他找到機會說了好幾次，有那麼幾秒鐘還引起了旁人的注意。

5

透過牆板，她聽見某個電台喧鬧的舞曲；市政府不久以前把樓上的第三個房間分配給樓下房客那家人；另外兩個房間，寡婦和她兒子住的地方，成了一枚四面八方都被噪音包圍的靜默貝殼。

媽媽聽到舞曲的聲音。她一個人在家，心裡想著女導演。她第一次看到她的時候就隱隱有一種預感，覺得她和雅羅米爾有萌生愛意的危險。她試圖跟她建立友誼，只是想先占據一個有利的位置，在那裡為了保有兒子而戰。現在，她覺得屈辱，因為她的努力沒有任何用處。女導演甚至沒有想到要邀請她去參加聚會。他們已經把她丟在一邊了。

有一天，女導演告訴她，她在國家保安局的電影社工作，因為她出身於一個富裕的家庭，她需要一點政治上的保護才能順利完成學業。現在，媽媽終於明白了，這個投機的女孩子為了自己的利益無所不用其極；媽媽對她來說只是一塊墊腳石，她踩到上頭是為了接近雅羅米爾。

6

競爭繼續進行：每個人都想成為注意力的中心。有人跑去彈琴，有人成雙成對地跳舞，三兩成群的人大聲說笑；人們競相說些風趣的話，每個人都想要表現得比別人好，想要成為眾人矚目的焦點。

馬爾提諾夫[43]也在那裡；高大，英俊，散發著某種近乎輕佻的優雅，腰間佩著他的大匕首，身旁圍繞著女人。噢，他讓萊蒙托夫多麼不悅啊！老天也太不公平了，給這個白癡這麼俊美的一張臉，卻給了萊蒙托夫一雙短腿。但是詩人雖然沒有一雙長腿，卻擁有冷嘲熱諷的機智，將他向上提升。

他往馬爾提諾夫的那群人走去，在那裡伺機而動。後來，他說了一句失禮的話，他發現周圍的人都嚇呆了。

43. 馬爾提諾夫（Martynov）：沙皇時代的俄羅斯軍官，於決鬥時殺死詩人萊蒙托夫。

7

終於（消失了很長一段時間之後）她又出現在大廳了。她向他走來，用她黑色的大眼睛盯著他。「您玩得開心嗎？」

雅羅米爾心想，他就要重新經歷他們一起在女導演的房裡共度的美好時光了，他們就要面對面坐著，四目凝神相望了。

「不開心。」他這麼回答，還看著女導演的眼睛。

「您覺得無聊嗎？」

「我是為了您才來的，可是您一直不在。如果我不能和您在一起的話，您為什麼要邀我來？」

「可是，這裡還有一堆有趣的人啊。」

「或許吧。可是他們對我來說只是讓我可以接近您的一個藉口。他們對我來說只是幾階樓梯，我想踩著他們去跟您會合。」

他覺得自己很大膽，他也對自己的能言善道覺得很滿意。

女導演說：「今天晚上，這樣的樓梯在這裡還不少呢！」

「或許不要走這些樓梯，您可以指引我一個祕密階梯，可以更快地直接通到您的身邊。」

女導演微笑著說：「我們試試看吧。」她執起他的手，拉著他走。她帶他走上通往她房間的樓梯，雅羅米爾的心跳更猛了。

心臟是白跳了。在他認得的這個房間裡，還有其他客人。

8

隔壁房裡的收音機已經關掉很久了，夜深了，母親等著兒子，心裡想著自己的挫敗。但是她接著對自己說，就算她輸了這一仗，也要繼續奮戰。是的，這正是她心裡的感覺：她會奮戰，他不容許別人把他奪走，她不會和他分開，她要永遠陪伴他，她要永遠跟著他。她坐在一張扶手椅上，但是她有一種在行進的感覺；她有一種穿越漫長黑夜行進的感覺，她要去跟他會合，她要去把他奪回來。

9

女導演的房間充滿話語和煙霧，有個男人（約莫三十來歲）透過這些話語和煙霧專心地看了雅羅米爾好一會兒：「我想我聽人說過你。」他終於開口說話了。

「說我？」雅羅米爾有點得意。

男人問雅羅米爾，那個從小去畫家那裡的小男孩是不是就是他。

雅羅米爾很高興可以透過共同的關係，讓自己和這群不認識的人連結得緊密些，他連忙說是。

「可是你已經很久沒去看他了。」男人說。

「是的，是很久了。」

「那是為什麼？」

雅羅米爾不知該如何回答，他聳了聳肩。

「我知道為什麼，我告訴你，因為這有可能會影響你的前途。」

雅羅米爾乾笑說：「我的前途？」

「你發表詩，你在聚會裡朗誦詩，今天的女主人為了自己的政治名聲拍了一部關於你的影片。而畫家卻沒有權利展出他的作品。你知道報紙上都說他是人民公敵吧？」

雅羅米爾閉口不語。

「這件事你知道還是不知道？」

「我知道，我聽人說過。」

「似乎他的畫都是些資產階級的下流把戲。」

雅羅米爾閉口不語。

「你知道畫家現在在做什麼嗎？」

雅羅米爾聳聳肩。

「他們把他趕出中學，他現在在一個工地做粗活。因為他不願意放棄自己的想法。他只能趁晚上在人工的光線下作畫。但是他畫的還是一些美好的作品，不像你，淨寫一些美好的大便！」

10

又一句失禮的話，然後是另一句失禮的話，英俊的馬爾提諾夫終於被惹火了。他在所有同伴的面前怒斥萊蒙托夫。

什麼？萊蒙托夫得收回他那些風趣的話？他必須道歉？怎麼可能！

朋友們要他三思。為了一件蠢事跟人決鬥實在太荒謬了。有話還是好好說吧。你的生命比較珍貴啊，萊蒙托夫，那一點點榮譽的鬼火算得了什麼！

什麼？有什麼東西比榮譽更重要嗎？

有的，萊蒙托夫，你的生命，你的創作。

不，沒有什麼比榮譽更重要！

榮譽只是你的虛榮在作祟，萊蒙托夫。榮譽是鏡子裡的幻覺。榮譽只是一場表演，對象是這群不值得一提的觀眾，明天他們就不在這裡了！

但是萊蒙托夫很年輕，他經歷的分分秒秒都像永恆一樣遼闊，而在那裡看著他的這幾位女士先生，就是環形的世界大劇場！要嘛他就會踏出堅定陽剛的步伐，一步跨越這個世界，要嘛他就不配活下去！

11

他感覺屈辱的污泥從臉頰流下，他知道他不能再帶著這張被玷污的臉在他們面前多停留一分鐘了。他們想讓他平靜下來，想安慰他，卻徒勞無功。

「想讓我們和解，那是沒有用的。有些事情是不可能和解的。」然後他站起來，很神經質地轉身面對和他說話的人：「就我個人來說，我很遺憾畫家現在在做粗活，而且只能在人工的光線下作畫。但是，客觀來說，他靠蠟燭作畫或者他完全不畫對這個世界完全沒有差別。沒有事情會因此改變。他的畫作的世界已經死去很久了。真實的生活在他方！完全在他方！正是為了這個原因我才不再去畫家那裡。我沒興趣跟他討論那些不存在的問題。我祝他健康無比！我對那些死人沒有任何反對意見！希望壓在他們身上的土不會太重。這句話我也對你說，」雅羅米爾補充了一句，食指指著和他對話的人，「希望壓在你身上的土不會太重。你已經死了，而你甚至連自己死了都不知道。」

那個男人也站了起來，他說：「來看看一具屍體跟一個詩人打架會是什麼樣子，說不定會很有趣。」

雅羅米爾覺得血液衝上了腦門：「來試試看啊。」他說，他揮拳想打那個男人，可是那男人卻抓住他的手臂，狠狠地扭住，倒扣在他背後，然後一手抓住雅羅米爾的領子，一手抓住他的褲頭，把他拎了起來。

「我該把詩人先生拿到哪裡？」他問道。

在場的年輕男女幾分鐘前還努力要勸解這兩個對手，現在都忍不住笑了出來。男人把雅羅米爾懸在半空中，走過房間，雅羅米爾在那兒掙扎著，像一條柔弱而絕望的魚。男人把雅羅米爾拎到陽台的門邊，打開落地窗，他把詩人扔到陽台上，踢他。

12

一聲槍響，萊蒙托夫手摀著心口，雅羅米爾跌在陽台冷冰冰的水泥地上。

噢，我的波希米亞，你這麼輕易就把火槍的光榮變成胡鬧踢人的蠢事！

可是，難道我們就得因為雅羅米爾只是萊蒙托夫的可笑翻版而嘲笑他？難道我們得嘲笑畫家，只因為他模仿安德烈·布赫東這個超現實主義者，連他的皮大衣和狼狗都要模仿？安德烈·布赫東難道不也是在模仿什麼高貴的東西嗎？他不是也在模仿他想要相像的東西嗎？人類永恆的命運不正是這些可笑的翻版嗎？

而且，要把情況倒過來是再簡單不過的事。

13

一聲槍響，雅羅米爾手摀著心口，萊蒙托夫跌在陽台冷冰冰的水泥地上。

他穿著一件腰身緊裹的沙皇軍官制服，他從地上直起身子。他被徹底拋棄了。這裡少了文學史家，少了他們的撫慰藥膏，不然就可以給他的跌落一個莊嚴的意義。這裡少了手槍，不然槍響就可以抹去他幼稚的羞辱。這裡只有笑聲透過窗玻璃向他傳來，損害他的榮譽直到永遠。

他走近圍欄往下看。哎呀！陽台不夠高，他不確定跳下去會不會死。天很冷，他的耳朵凍僵了，他的腳也凍僵了，他一腳換一腳跳來跳去，不知道還能怎麼辦。他怕陽台的窗門會打開，他怕那些嘲笑他的臉會出現。他掉進陷阱。他掉進了鬧劇的陷阱。

萊蒙托夫不怕死，但是他害怕可笑。他想要跳，但是他沒有跳，因為他知道自殺是悲劇性的，但是失敗的自殺是可笑的。

（可這是怎麼回事？這是怎麼回事？這是什麼奇怪的句子！自殺不論成功或失敗，永遠都是同樣的一個行動，我們都是因為同樣的理由和同樣的勇氣才被引領到那裡去的啊！那麼，在這裡，悲劇與可笑之間的差別是什麼？只在於成功的偶然性嗎？區別卑微與偉大的又是什麼？萊蒙托夫，你說！只在於搭配的道具嗎？一把手槍或是踢上一腳？只在於歷史加諸人類冒險故事的背景嗎？）

夠了！在陽台上的是雅羅米爾，他穿著白襯衫，領帶的結拉得低低的，他冷得發抖。

14

所有革命分子都愛火焰。詩人雪萊也夢想著被火燒死。在他那首偉大的詩裡，戀人一起喪生在火刑的柴堆上。

雪萊把自己和妻子的形象投射在這對戀人身上，然而他自己卻是溺死的。但是他的朋友們，像是要彌補這個死亡語義學上的錯誤，在海岸上架起一個大柴堆，把他被魚兒啃噬過的身體燒成了灰燼。

但是雅羅米爾也一樣；死亡是不是也想嘲笑他，所以才把冰霜放在他的身上，而不是火焰？

因為雅羅米爾想死；自殺的念頭像夜鶯的歌聲一樣吸引著他。他知道他感冒了，他知道他要生病了，但是他不回房間裡去，他無法再承受羞辱了。他知道只有死亡的擁抱可以讓他平靜，他會以整個身體、整個靈魂去填滿這個擁抱，他最終會在這個擁抱裡找到偉大的尊榮；他知道只有死亡可以為他復仇，並且控訴那些訕笑他的人犯下了謀殺罪。

他心想，他要躺在陽台的窗門前，讓寒氣從底下烘烤他，讓死神的工作方便進行。他坐在地上；水泥如此冰冷，幾分鐘後，他除了臀部以外，已經沒有知覺了：他想要躺下，但是卻沒有勇氣把背貼在冷冰冰的地上，於是他又站了起來。

寒氣環繞他的全身：在他薄薄的鞋子裡，在他的長褲裡，在他的運動短褲裡，寒氣把手伸進他的襯衫裡。雅羅米爾的牙齒在打顫，他的喉嚨很痛，他沒辦法吞嚥了，他一直打噴嚏，他很想尿尿。他用凍僵的手指把長褲的前襠解開；接著他尿在前方的地面，他看見自己的手握著他的生殖器，冷得發抖。

15

他痛苦得在水泥地上扭絞著身體，但是無論如何，他都不願意打開陽台的窗門，進去加入訕笑他的那些人。可是這些人在做什麼？為什麼他們沒來找他？他們都這麼壞心腸嗎？還是都太醉了？他在這冰冷的空氣裡待多久了？

突然房間裡通明的燈火熄了，只剩下一點柔和的光。

雅羅米爾靠到窗邊，他看到一盞玫瑰色燈罩的小燈，照亮了沙發床；他看了好久，後來他看見兩具赤裸的身體交纏著。

他的牙齒在打顫，他一邊發抖，一邊看；半遮的窗簾害他看不清楚那個被男人身體壓在下面的是不是女導演的身體，但是一切跡象似乎都顯示正是如此：這個女人有一頭黑色的長髮。

但是這個男人是誰？天哪！雅羅米爾清楚得很！因為這個場面他已經看過了！冰天雪地，山上的小木屋，薩維耶和一個女人！可是從今天開始，薩維耶和雅羅米爾應該變成了同一個人啊！薩維耶怎麼會背叛他？天哪，他怎麼會在他的眼前和他的女朋友做愛？

16

現在房裡一片漆黑。已經什麼都聽不到也什麼都看不到了。他的腦子裡也是，什麼都沒有了：沒有憤怒，沒有遺憾，沒有屈辱；在他的腦子裡，只有刺骨的寒意。

他已經沒辦法再待在這裡了；他把玻璃窗門打開，走了進去；他什麼都不想看到，他沒往左看，也沒往右看，他快步走過那個房間。

走廊上有燈光。他從樓梯走下去，然後打開大廳的門，去找他的西裝外套；大廳裡一片漆黑，只有前廳透過來的一絲微光，照著鼾聲此起彼落的那些人。他還是冷得發抖。他在椅子上摸索著，想找他的西裝外套，可是沒在那裡。他打了個噴嚏；有個睡著的人醒了過來，要他有規矩一點。

他走到前廳。他的大衣掛在衣帽架上。他把大衣直接套在襯衫外面，拿起他的帽子，從別墅跑了出去。

17

隊伍開始行進。前頭，是一匹馬拉著靈車。靈車後面走的是渥爾克夫人，她瞥見白色枕頭的一角從黑色棺蓋的邊上露出來；這布邊的一角卡在那裡就像是一個譴責，她的小男孩（啊！他才二十四歲！）睡最後一覺的床沒鋪好；她按捺不住那股欲望，想去把枕頭好好放在小男孩的頭底下。

後來，他們把四周擺滿花環的棺材在教堂裡放下。祖母前不久才中風，她得用指頭把眼皮撐開才看得到。她檢視著棺材，檢視著花環；其中一個花環上的緞帶寫著馬爾提諾夫的名字。「把它扔了。」她下了命令。她的指頭撐開麻痺的眼皮，她衰老的眼睛忠誠地監看著那時才二十六歲的萊蒙托夫走完他最後的旅程。

18

雅羅米爾（啊！他還不到二十歲）在他的房裡發著高燒。醫生診斷說他得了肺炎。

透過牆板，我們聽見房客吵架吵得很大聲，寡婦和兒子住的兩間房是一座靜默的小島，是一座被包圍的小島。但是媽媽聽不到隔壁房間的喧鬧。她只想著那些藥，想著熱滾滾的藥草茶，想著冷敷的濕毛巾。雅羅米爾還很小的時候，有一次她就是一連好幾天陪在他身邊，把滾燙得發紅的他從死亡的國度帶回來。這一次也一樣，她會照顧他，一樣全心全意，一樣那麼久，那麼忠誠。

雅羅米爾睡了，說著夢話，醒了，又開始說夢話；高燒的火焰舔舐著他的身體。

好吧，終究是火焰嗎？他無論如何還是會化為光與熱嗎？

19

一個陌生男人在媽媽面前，他想要和雅羅米爾說話。媽媽拒絕了。男人提起紅髮女孩的名字。「您的兒子揭發了她的哥哥。現在他們兩人被逮捕了。我得和他談談。」

他們面對面站著，站在母親的房間裡，但是對母親來說，現在，這個房間只是她兒子房間的入口；她在那裡站崗，彷彿一個武裝的天使，守衛著天堂的大門。來客的聲音傲慢無禮，激起母親的怒氣，她打開兒子的房門，對他說：「好啊，您跟他說啊！」

陌生男人瞥見一個發燒囈語的年輕男人紅通通的臉，媽媽以低沉而堅定的聲音對他說：「我不知道您想說什麼，但是我可以向您保證，我兒子知道他在做什麼，他所做的一切，都是為了工人階級的利益。」

媽媽說的這幾句話，都是經常從兒子的嘴裡說出來的，但是在此之前，這些話對她來說都還很陌生，現在，她有一種力量無窮的感覺；現在，她和兒子的連結比過去任何時候都強；她和他形成一個靈魂，一個心智；她和他形成一個宇宙，一個由同一種物質構成的宇宙。

20

薩維耶手裡拿著他的書包，裡頭裝著捷克文作業簿和自然科學課本。

「你要去哪裡？」

薩維耶微笑，指著窗戶。窗戶開著，外頭的陽光閃耀，遠方傳來城市充滿冒險的聲音。

「你答應過要帶我一起走的……」

「那是很久以前說的。」薩維耶說。

「你要背叛我了？」

「是的，我要背叛你。」

雅羅米爾喘不過氣。他只感覺到一件事，那就是他恨透薩維耶了。不過就在最近，他還以為他和薩維耶只是同一個生命擁有雙重的外表，但是現在，他知道薩維耶是完全不同的另一個人，他是雅羅米爾不共戴天的敵人。

薩維耶俯身向他，輕撫他的臉說：「你很美，你是那麼美……」

「為什麼你跟我說話的樣子像在跟一個女人說話？你瘋了嗎？」雅羅米爾大叫。

但是薩維耶沒讓他打斷：「你很美，但是我還是得背叛你。」

接著，他轉身走向敞開的窗戶。

「我不是女人！你很清楚我不是女人！」雅羅米爾在他身後大叫。

21

高燒暫時退了，雅羅米爾四下看著；穿制服的男人那幀裝框的照片不見了。

「爸爸呢？」

「爸爸不在這裡了。」媽媽用溫柔的聲音說。

「為什麼？誰把它拿掉了？」

「是我，親愛的，我不希望他看著我們。我不希望有人夾在我們中間。現在，我也不必騙你了。我要讓你知道。你父親從來就不希望你出生。他從來不希望你活著。他想要逼我不讓你來到這個世界。」

雅羅米爾燒得筋疲力盡，根本沒力氣再問問題或者討論了。

「我美麗的小男孩。」媽媽對他說著，聲音已經沙啞了。

雅羅米爾明白，這個在對他說話的女人始終愛著他，始終不曾離棄他，他從來不必害怕會失去她，他從來不必為她感到嫉妒。

「我不美，媽媽，妳才美，妳看起來好年輕。」

她聽到兒子說的話，她幸福得想要流淚。「你覺得我美嗎？你跟我長得像，你從來就不想承認你跟我長得像。但是你真的長得像我，這讓我覺得很欣慰。」她撫摸雅羅米爾的頭髮，細細黃黃的像是絨毛，她不停地吻著：「你的頭髮是天使的頭髮，親愛的。」

雅羅米爾覺得自己實在太疲倦了，不會有力氣再去找其他女人了，她們都那麼遙遠，走向這些女人的路漫長無比。「其實，從來沒有一個女人真的讓我喜歡，」他說：「只有妳，媽媽。妳是世界上最美麗的。」

媽媽哭了，吻著他說：「你還記得我們去溫泉小鎮度假的事嗎？」

「記得，媽媽，妳是我最愛的人。」

媽媽透過一顆幸福的大淚珠看著世界；她周遭的世界在濡濕中模糊了；一切事物都擺脫了形式的束縛，開心地舞動著：「真的嗎？親愛的。」

「真的。」雅羅米爾說，他把媽媽的手握在滾燙的手心裡，他疲倦了，這疲倦沒有盡頭。

22

泥土已經堆在渥爾克的棺木上。渥爾克夫人已經從墓地回到家。石頭已經壓在韓波的棺木上，但是根據人們的說法，他的母親還是叫人打開了他們在沙勒維爾的家族墓穴。您看到她了嗎？這個身著黑色洋裝神情嚴峻的婦人。她檢視著陰暗潮濕的洞穴，她看到棺木確實在那裡，蓋得好好的，她才放心。是的，一切都井然有序。小韓波躺在那裡，不會再跑走了。小韓波永遠不會再逃了。一切都井然有序。

23

那麼，還是一樣，是水，只有水？沒有火焰嗎？

他睜開眼，看到傾在他身上的一張臉，微微凹陷的下巴和細黃的頭髮。這張臉如此迫近，讓他以為自己是趴在一口井上，看到了自己的影像。

沒有，沒有一絲火焰。他就要沉溺在水裡了。

他望著水面上的臉。後來，他在這張臉上，突然看見極大的驚恐。這是他最後看到的東西。

撒旦的觀點

弗朗索瓦・希加（Françis Ricard）

在天真的外表下，米蘭・昆德拉的作品其實是我們今天讀到最嚴苛的作品之一，我用的是嚴苛這個形容詞最徹底的意義，為的是強調他的作品總是以一種無可改變的方式呈現，對我們的心智、心靈來說，也是一種極難承擔的挑戰。如果我們耽溺其中，真正認同這些作品，很有可能被作品拖引到我們始料未及的遠方，直到意識的某種極限，直到這個「被破壞的世界」——《玩笑》的主角在故事最後發現的世界。在這裡，閱讀是一種不折不扣的破壞。

這就是為什麼評論家在論及昆德拉的小說時，用到「顛覆」這個字眼的時候並沒有想到他們竟然完全說對了。但是這些評論家很少說到昆德拉的顛覆有多麼全面，多麼決絕，斷無回頭的可能。這些評論家很少這麼說的原因有二。其一，是因為昆德拉的作品和其他「顛覆性」特質十分清楚的作品不同（例如亞陶[44]、巴泰耶[45]、杜韋赫[46]），昆德拉的作品並不如此宣稱，也不提供顛覆的理論或道德，也從不高聲吶喊。顛覆性，我們可以說昆德拉作品的顛覆性是簡單的、柔緩的、潛伏的，然而卻是徹底的、毫不留情的。

從外部看來，昆德拉的長篇與中短篇小說相對來說都是沒什麼攻擊性的：最常見的表面形式是相當傳統的，確實存在的背景，形象清晰的人物，時間性以及「逼真」的情節，尤其是簡單的書寫，而他的分析性與精確性，帶著一點十八世紀的味道，總之，和「文本爆燃」

（déflagrations textuelles）（而且經常還是純粹文本性的）相距甚遠，而這近十五、二十年來的新學院派小說已經讓我們很習慣這種爆燃的存在了。所以理論上，要把《玩笑》、《生活在他方》、《賦別曲》或者《可笑的愛》當作單純的好故事是有可能的——布局精彩、引人入勝、有趣、好玩，除此之外無它。但是這種「表面」的閱讀只有在我們沒有感覺的時候才有可能發生，說得精確些，除非我們沒有感覺到這種「表面性」，而且我們不再意識到我們讀的是一則刺耳的、虛幻的、以假亂真的敘事。然而這樣的意識，這樣的困惑，是讀者無法逃避的。很快的，這敘事的天真就無以為繼了，必須以不同的方式閱讀，必須真正去閱讀，也就是說，抱著懷疑，並且處在深沉的不確定之中。「眼前」看到的，沒多久就不再是一個故事了，而是拿故事做為幌子；人物不再是人物，而是人物的影子；溫泉小鎮不再是溫泉小鎮，而是某種在紙月亮照耀下的人工布景，幾個穿著戲服的小角色從上頭走過，卻已經不太確定自己正在演的是哪一齣戲；最後，甚至連我，做為讀者的這個我，也不再是正在閱讀的人了，而是一個假裝在閱讀的人，因為那些懷疑已經進入我自己的認同之中，徹底侵蝕了我。然而那些假面並未掉落：只是，假面讓人們看到它是假面，糟一點的或許是像《玩笑》裡的雅洛斯拉夫那樣，他開始去看，但他意識到，他看到的不是國王的臉，而是覆在上頭不讓人看見國王的一個遮蔽物。

但是這種「鋪設地雷式」的顛覆，比起發出轟然巨響的直接揭露方式有效得多。昆德拉

44. 亞陶（Antonin Arraud，一八九六—一九四八）：法國劇作家。
45. 巴泰耶（Georges Bataille，一八九七—一九六二）：法國思想家、作家。
46. 杜韋赫（Tony Duvert，一九四五—二〇〇八）：法國小說家。

並沒有轟然一聲摧毀這個世界：他把這個世界一塊一塊地拆解，有條有理，無聲無息，像個祕密警察。最後，沒有任何東西崩毀，地上沒有散落任何殘磚碎瓦，沒有任何爆炸的聲響，所有事物看起來似乎都沒有任何改變：只是被掏空了，矯情，脆弱，最後是被某種不真實所籠罩。但是這種微妙、這種輕，雖然確實增加了顛覆的效力，但是有時也會讓匆忙的讀者察覺不到這顛覆的存在，然而無論如何，匆忙的讀者還是會在潛移默化中，受到這顛覆悄悄地震撼。

但是，比起看似無足輕重的表面，還有一件事更能體現昆德拉的顛覆精神，而且讓昆德拉的作品如此嚴苛，同時也可以解釋為何人們經常誤解昆德拉，那就是他的徹底（radicalisme）——昆德拉立足其上並且引領讀者走入的否定性，在某種程度上，幾乎是讓人無法忍受的。以至於所謂的分類收編（récupération）在這裡是無從定位的，最後，它什麼也不是，只是拒絕真正地、徹頭徹尾地追隨一部作品的召喚。

譬如，政治類型的分類收編就是如此。近年來，西方國家自認問心無愧地創造了一個方便的範疇，將一干社會主義國家的作家都放在裡頭：這個範疇就是異議分子，其展現方式如今眾人皆知：政治迫害，沒有出版的可能（除非是「地下刊物」〔samizdat〕），流亡，而且尤其是，尤其是這樣的事實——作家支持與執政者不同調的政治主張。然而這當中大部分的特質都適用在昆德拉的身上。於是，人們也把他放進異議分子的範疇，換句話說，就是在作品中揭發蘇維埃的恐怖，捍衛自己的人民，對抗外來軍事勢力與意識形態入侵捷克斯洛伐克。很顯然的，這麼說都沒錯，但是這只說對了一部分，很不幸的，那些僅僅把昆德拉的小說當作歷史—意識形態—政治小說來讀的人就是侷限在這裡，而這也正是我所謂的分類收編。接下來我會解釋。

人們會在《玩笑》，也在《生活在他方》，在《賦別曲》，甚至在《可笑的愛》的幾則故事裡讀到一幅驚心動魄的完整圖像——由於其呈現方式是我所謂的私人史詩，因此顯得更驚心動魄——內容是捷克三〇年代和「布拉格之春」之後幾年的捷克政治史，這不足為奇，我們都會看到這樣的東西。呂德維克的「失敗」在某種意義上確實刻畫出一整個世代、一整個民族的幻滅，這些人相信過一九四八年的「布拉格政變」，之後他們花了二十年的時間換來片刻開懷的笑，然後又再次閉上了嘴。透過這樣的背景，昆德拉的作品確實建構出對於史達林主義最辛辣的揭發，無情地拆解了種種機制，也讓人看清了這個巨大的騙局。

但是為什麼停在這裡呢？必須繼續看下去啊，必須大膽地走得更遠，看看昆德拉是否能以透徹的目光看待祖國的歷史和政治，當然，因為他曾經親身經歷這一切，也曾經在其中成為受害者與反對者，但是或許更因為他直到某個特定的時刻（或者某個特定的思考點），他才徹底轉向，以決絕之姿離去，有點像《玩笑》的主人翁呂德維克，直到他不再完全相信生命，他才真正認識了自己的生命。但是人們經常把昆德拉當成一個政治作家（這是「異議分子」共同的命運），人們讀他的小說像在讀支持杜布切克[47]的宣言、反蘇維埃的宣言、反捷克共產黨的宣言，可是他的小說完全不是這麼回事。因為他的作品所棄絕的，是整個政治

47. 杜布切克（Dubcek，一九二一—一九九二）：一九六八年一月接任捷克共產黨中央總書記，任內推動改革，後引發「布拉格之春」的運動。

（不只是右派的政治體制或是左派的政治體制），是政治現實本身。這裡的「政治顛覆」是全面的，它不只攻擊這般或那般的實現成果，它攻擊的更是理念本身，攻擊政治的偶像（梵樂希[48]應該會用這樣的字眼，昆德拉不只在一個方面和這位詩人作家相似）。昆德拉投射在歷史與政治上的目光之所以會如此，究其實只是因為他並不把歷史和政治當一回事，而毋寧是後退一點來觀看，這後退與科學或歷史的「客觀性」毫無關聯，也和一個反對派鬥士的分析（純粹策略性的後退）無關，因為這是絕對的、無條件的後退，是無信仰的後退——和其他人不一樣——我們退了之後就不再回返了。「那如果歷史開我們玩笑呢？」呂德維克問自己。歷史學家或政治人物（甚至反對派的政治人物）都無法提出這個問題（因為這個問題會取消這些人的存在），這個問題自身就包含了它的答案。這個問題啟發了昆德拉也建立了他清晰的風格，昆德拉的作品也正因為如此而得以和雅洛斯拉夫・哈謝克[49]（這個被我們輕忽的偉大作家）四十年前的作品並駕齊驅——同時做為一種延續。哈謝克的作品是奧匈帝國統治下的捷克斯洛伐克最真實的圖像，昆德拉的作品則是當代最真實的圖像，是對神話徹底的拆解，是無邊無際的大笑，那是只有文學才能對政治、對歷史發出的笑聲，為的是無情地讓歷史和政治赤裸地呈現，也就是說，把歷史和政治變得一文不值，而這種做法並不是逃離，相反的，是穿透，是以深刻的方式讓政治和歷史發揮不了作用，並且揭發它們的恐怖。政治和歷史除了自身披覆的畸形論述之外，沒有任何可以自我辯護的說詞，這使得政治和歷史更形可恥。換句話說，如果昆德拉的小說就這一點而言是當代政治歷史的忠實畫像，那是因為這些小說只以這段歷史（甚至整個歷史）原本的樣貌來看待它：那是一個無意識的虛構，一齣宏偉卻又無關宏旨的悲喜劇，一顆或許只有文學能讓它漏氣的氣球。

不願意走到這個層次，卻把昆德拉的小說當作政治論戰的作品，這種做法，嚴格來說，就是在分類收編這些小說。就像把《生活在他方》這樣的小說僅僅看作是對於「壞」詩歌的嘲諷，這就是分類收編——我們換了個領域舉例，但其實也不是真的換了。這是半途而廢，沒有對小說的意圖追隨到底，這裡的問題或許依然是因為這個「底」就像我先前說的，有某種太過嚴苛的東西，幾乎令人無法承受。因為此處批判的對象（「顛覆」的對象）並不是「壞」詩歌，而確確實實是——我們必須這麼說——所有的詩歌，所有不論任何形式的抒情詩。

但是讀者無法輕易地得到這個結論，也就是說，讀者必須克服自己心底深處極頑強的抵抗才能得到這個結論。剛開始的時候，一切都很好，小說讓人開懷大笑。雅羅米爾一下子就讓我覺得可笑，我在他身上——在這個備受呵護的孩子身上，然後是在這個滿臉痘子的少年身上——看到一幅詩人的諷刺畫像，除此之外無他，我只感受到詩歌在他身上畸形、倒錯的展現。我嘲笑這個自以為是天才的爛詩人，我笑得很安心，因為我可以對自己說，雅羅米爾不是我，我不是他，因為他並沒有捕捉到真正的詩歌，所以我的自信心沒有受到損害。但是事情變化得很快，如果繼續讀下去（真正地讀），我的笑就會開始變成苦笑，雅羅米爾也變

48. 梵樂希（Valéry，一八七一—一九四五）：法國詩人作家。
49. 雅洛斯拉夫・哈謝克（Jaroslav Hašek，一八八三—一九二三）：捷克小說家，《好兵帥克歷險記》的作者。

危險了，他開始跟我相像起來了，尤其是他誠摯地信仰韓波、萊蒙托夫、羅特雷阿蒙、馬雅可夫斯基、里爾克，而我也一樣，就像其他人看到的，我對這些人是全心全意的，所以沒辦法再像先前那樣笑，也沒辦法笑得那麼安心了。剛剛還在我面前站在台上的丑角，現在走到觀眾席裡，走到我身邊，走到我身上，導致我接下來就沒辦法再和雅羅米爾保持距離了，我的笑——如果我想要（能夠）繼續的話——漸漸變成是在嘲笑自己，我必須避免這種事。雅羅米爾自以為超凡入聖的狀態現在被引向我的狀態，引向我自己的抒情詩，引向我身上對於詩的沉迷，換句話說，基本上就是引向我自己的天真。諷刺的畫像變成了鏡子。

我只能緊緊抓住最後的一著，對自己說：至少，雅羅米爾的詩很矯情，他自以為是詩人，所以「客觀來說」，他其實是錯的。但事情真是這樣嗎？雅羅米爾的那些詩，我們「誠實地」（或者把它們從小說裡抽出來）重讀吧。真的都是些爛詩嗎？錯的會不會是我？會不會是我緊抓著這些詩句品質不良的假設不放，藉此保護我自己——也保護我的意識——以免遭受針對這些詩句而來的嘲諷？事實上，雅羅米爾的詩的價值不亞於其他的詩，他的才華是真確的——我之所以否認這貨真價實的才華，我之所以不承認他的詩擁有價值，會不會事實上是在為我自己對詩歌的貨真價實與價值的信仰辯護，是要維持我信仰的清高呢？會不會只是因為我拒絕承認這個（可怕但是卻簡單的）事實：詩歌，一切詩歌，一切詩意的思維，都是一場騙局。或者該這麼說：是一個陷阱，是最駭人的陷阱。

讓我們接受這個事實吧。要沿著這部小說的道路走到這裡（走到這醜惡的結論）確實是極為困難的，而路上又有許多避難之地可以讓我離開原來的道路，不讓我受到傷害。但是如

MILAN KUNDERA

果我同意走下去，如果我不走進這些避難之地，那麼我被引入的「顛覆」，會是最徹底的，因為它會強迫我去質疑的，恰恰是我相信可以藉以擺脫這個世界的玩笑與政治滑稽劇的東西，恰恰是我以為——一旦其餘一切的非現實性都被證實了，一旦所有面具都被揭開了——現實唯一的赤裸面貌。但是這片地板本身塌陷了，我也再一次被送回到那永不潰敗的面具圈子裡，萬劫不復。

於是《生活在他方》或許可以跟《唐吉訶德》和《包法利夫人》並列史上最難寫的對抗詩的作品。詩，作為肯定事物的特權領土，作為陶醉的特權領土，作為「真確性」的特權領土。詩，作為上帝最後的根據地。如果我們要的話，我們可以把這部小說當成嘲諷爛詩的作品來讀，而這正是一個極佳的抵抗方式，抵抗的對象其實是另一種徹底得多的做法：摧毀天真的終極堡壘。

但是，天真之外還有什麼？詩歌之外還有什麼？什麼也沒有。或者應該這麼說，這個之外和之內其實沒有兩樣。在詩歌之外，一如在詩歌之內，都是散文統治的世界，也就是說：不確定、近似、不相稱、遊戲、滑稽的模仿、靈魂與肉體的不協調（如同詞與物的不協調）、假面舞會、錯誤，用一句話說，就是：撒旦，上帝的分身，但是（就像在鏡子裡）這個分身是顛倒的、墮落的、虛假的、諷刺的、荒謬的，這個分身試圖要冒充它的本尊，這個分身經常成功，還不斷地嘲弄自己。從此，要讓自己不被欺騙，只剩下一種方法，就是：也嘲弄自己。

所以，讀昆德拉的作品就是要在政治和歷史上，在詩歌上，在愛情上，並且普遍地在一切認知上，採取這種撒旦的觀點。也正因為如此，昆德拉的作品不只是純粹的顛覆，它同時也是純粹的文學。因為除了現實的認知之外，他的作品並不提供任何認知，我會說他提供的幾乎是一切認知（甚至詩意的、夢幻的認知）在戲劇上的可能性；除了肯定一切肯定的事物都有其不足並且不宜之外，他的作品不肯定任何事；除了偶然與錯誤這個惹人嘲諷的永恆帝國之外，他的作品不證明任何事；簡而言之，他的作品把我帶回我最初的意識，沒有任何一種意識形態也沒有任何一種科學可以容忍或者適用於這樣的意識，這是所有現實與所有非現實混雜在一起的意識，所有秩序裡都存在著一個更深層的無秩序，而我不是自己，還不是自己，而這一切，終究，只值得一陣大笑，完全值得。

昆德拉筆下所有的主人翁，不論叫做呂德維克、雅洛斯拉夫（《玩笑》）、雅庫布（《賦別曲》）、「中年男人」（《生活在他方》）、「助手」（〈沒有人會笑〉），或是艾德華（〈艾德華與上帝〉），每個人都生活、奮鬥、受苦、戀愛、衰老，為的是無可避免地導致這個結論——生活、奮鬥、受苦、戀愛、衰老，事實上（事實上？）他們做這些事只是以為自己是別人（可卻不是），尤其是把這個世界當成它或許應該是（但卻不是）的樣子，也就是說，把世界當成是上帝的創造物。這個結論非常簡單，但是卻遭遇讀者極大的抵抗，這個結論極具顛覆性，因為正是這樣的抵抗把讀者變成此刻的存在：劊子手偽裝成受刑人，客體變裝為主體，影子自以為是現實。但是「這是人的天性，」就像哈謝克筆下的帥克說的：「只要我們活著，我們就是在欺騙自己。」

然而還是得好好活著……

MILAN KUNDERA

關於弗朗索瓦・希加（François Ricard）

弗朗索瓦・希加是一位法國文學教授，一九七一年起任教於加拿大麥基爾大學。他評論當代文學的論文集《自我對抗的文學》曾獲得加拿大總督獎。他寫作許多文章探討米蘭・昆德拉的作品，刊登於美國、法國、義大利與加拿大等地的文學期刊。《阿涅絲的最後下午》是希加對米蘭・昆德拉作品的評論專書。

國家圖書館出版品預行編目資料

生活在他方／米蘭·昆德拉(Milan Kundera)著；尉遲秀譯. -- 二版. -- 臺北市：皇冠, 2019.12 面；公分. --（皇冠叢書；第4812種）（米蘭·昆德拉全集；3）
譯自：Život je jinde
ISBN 978-957-33-3495-8(平裝)

882.457　　108019495

皇冠叢書第4812種
米蘭·昆德拉全集 3
生活在他方
ŽIVOT JE JINDE

作　者—米蘭·昆德拉
譯　者—尉遲秀
發行人—平　雲
出版發行—皇冠文化出版有限公司
台北市敦化北路120巷50號
電話◎02-27168888
郵撥帳號◎15261516號
皇冠出版社（香港）有限公司
香港銅鑼灣道180號百樂商業中心
19字樓1903室
電話◎2529-1778　傳真◎2527-0904
責任主編—許婷婷
美術設計—王瓊瑤
著作完成日期—1973年
二版一刷日期—2019年12月
二版三刷日期—2023年7月
法律顧問—王惠光律師

讀者服務傳真專線◎02-27150507
電腦編號◎044102
ISBN◎978-957-33-3495-8
Printed in Taiwan
本書定價◎新台幣420元／港幣140元